Ángel Gil Cheza

Otoño lejos del nido

Papel certificado por el Forest Stewardship Council®

Primera edición: febrero de 2020

© 2019, Ángel Gil Cheza
© 2019, Penguin Random House Grupo Editorial, S. A. U.
Travessera de Gràcia, 47-49. 08021 Barcelona

Printed in Spain – Impreso en España

ISBN: 978-84-9129-435-1
Depósito legal: B-323-2020

Impreso en Rodesa, Villatuerta (Navarra)

SL94351

Penguin
Random House
Grupo Editorial

A veces encontramos un claro en el bosque;
como un ejército en retirada, así escampan
las hojas y sus ramas. Una grieta en un lienzo.
Un error en la matriz de un sistema perfecto.
Eso nos hace libres.

Para mi hija Eira.

PREFACIO

El ganso *Branta Leucopsis* es nidífugo y fitófago; sus crías se alimentan de materias vegetales por vía directa y no por regurgitación de sus progenitores; por ello abandonan el nido al poco de nacer, de otro modo no tendrían ninguna vía de sustento. El parecido de sus colores con los de la concha del percebe le ha dado también el nombre de Barnacla Cariblanca o Ganso Percebe. Una vieja leyenda —difundida durante el medievo por altos cargos eclesiásticos para burlar el ayuno en época de Cuaresma— afirmaba, incluso, que el crustáceo era la larva de esta ave, que crecía en los árboles y caía al suelo una vez maduro el avechucho. Seguramente, parte de esta creencia se deba a que el *Branta Leucopsis* se reproduce, en su mayoría, anidando en los escarpados acantilados rocosos de Groenlandia, a salvo de zorros árticos u osos polares. Hasta hace poco, la ornitología había creído que los polluelos descendían los acantilados —en ocasiones, de más de cien metros—, que separan el nido de la tierra rica en pastos que necesitan para alimentarse, a lomos de sus progenitores. Pero lo cierto es, como se ha descubierto recientemente, que las crías se enfrentan, con tan sólo un par de días de vida e incapaces de volar, a la prueba más dura de su existencia. Animadas por sus padres, que las arengan desde abajo, cuando ya no soportan el hambre, saltan al vacío abriendo lo más que pueden las alas con su todavía ligero plumón. Casi la mitad de la especie pierde la vida en el momento de abandonar el nidal, hay pollitos que resisten los duros golpes contra las rocas pero aun así no alcanzan a levantarse de nuevo, o lo consiguen pero caen en las fauces de algún zorro aventajado. Los que sobreviven siguen a sus padres hasta los pastos, y cuando llega el otoño migran hacia el sur en grandes bandadas. Abandonan la tierra que los vio nacer, y los nidos, que volverán a ocupar al verano siguiente.

Alguna matemática extraña podría aplicarse a argüir por qué unos polluelos se salvan y otros no. Seguramente es la misma que explica la victoria, la derrota y todas las suertes. Y debe de ser tan sencilla como salir del nido sin volver la vista, sin vacilar, y confiar en uno mismo.

Otoño lejos del nido

Informativos territoriales en la televisión pública catalana.
14 de octubre de 2016. (Traducción del catalán de
Enric Poll)

Fuentes policiales han confirmado a primera hora de esta tar-
de la desaparición del reconocido escritor Ireneu Montbell.

Montbell presentaba esta semana el lanzamiento de su
última obra, Leña muerta, *pero el acto se vio suspendido ayer*
por la tarde, después de que el entorno más cercano del escri-
tor reconociese que no había noticias de su paradero desde el
pasado miércoles.

La policía no descarta ninguna línea de investigación,
por cuanto no han encontrado signos de violencia en su do-
micilio ni ha sido localizado su teléfono móvil, según fuentes
cercanas al caso.

Ireneu Montbell es autor de novelas como Cada tarde a la misma hora *o la merecedora del Premio Nacional de la Crítica Literaria 2005* Caer de pies.

A pesar de su desaparición, su nueva novela ya está en las librerías, y parece que se ha colocado en unas pocas horas en las listas de los más vendidos en plataformas digitales y en grandes cadenas. Esperemos que todo acabe en un susto y Montbell pueda disfrutar del éxito que auguran a este informativo expertos consultados.

Desde Vallvidrera, les ha informado Xavier Prorat.

PARTE I

El vecindario inglés

1

Un año más tarde
Viernes, 3 de noviembre de 2017

Teresa Gener bajaba la escalinata hacia las siete y media. La tarde se recortaba como un trozo de papel, con trazos rectos y simetría vaga, allá en la sierra hacia donde se dirigía. Una llama ocre aplastaba la ciudad con una violencia celestial. Al arrancar el coche, un antiguo Seat Toledo, aquel sonido a viejo motor le recordó que no lo había llevado al taller otra semana más. Dudó entre hacerlo en aquel momento y volver a casa en el ferrocarril o no. Mejor a la semana próxima. Era viernes y había prisa por llegar, conduciría despacio, nada podía ocurrir más allá del propio miedo a un accidente, y eso ya la atormentaba cada vez que se ponía al volante desde que aprobara el carné de conducir doce años atrás. Apenas pasaba de los treinta pero le había parecido una vida larga la suya. Desde pequeña, vivir había sido un esfuerzo. Hay gente así, capaz de desear la nada antes que enfrentarse a la vida. La vida no siempre es una suerte, ni un anhelo, la vida puede ser peor que la nada, peor que el silencio, que el cuerpo detenido sin aire, sin flujo sanguíneo. Cuesta creerlo, pero es así, y no es sólo propio de humanos. El *Ilustrated London News* publicó en 1875 la noticia de que un perro había intentado reiteradamente ahogarse y tras ser rescatado en varias ocasiones consiguió finalmente hundir la cabeza bajo el agua el tiempo suficiente para quedarse sin oxígeno, y morir. Hay quien pensará que algo había oculto en el agua que lo hacía zambullirse una y otra vez. Quizá sí. El suicidio es una conducta humana que no podemos confundir con los instintos animales que no sepamos interpretar. Pero no hablo de suicidio. Hablo de dejarse morir. Del terrible esfuerzo que realizan algunas personas para no dejarse morir, que es lo que harían, por indolencia, por desidia. Teresa era de ese tipo de personas. Y aun así, fruto de un irracional miedo a la fatalidad, cuando conducía se le pasaban imágenes terribles por la cabeza. Especialmente si transitaba de noche. Especialmente también desde que tuvo a Elisa. Así que emprendió la marcha a poca velocidad. Podía demorarse. Cuando llegara a casa encontraría a Carles, su marido, y a la pequeña en la cocina, amasando las pizzas para la cena. Siempre era igual, en viernes, y siempre llegaba con la misma calma. Se quitaba los zapatos y jugaba a entrar sin hacer ruido. Ellos se hacían los despistados hasta que la tenían justo detrás, y entonces le lanzaban un puñado de harina, apenas nada, lo suficiente para hacer un poco el tonto. Siempre lo mismo. Hacía un tiempo que también los viernes había sexo en el matrimonio. Tras una crisis de pareja tuvieron la templanza suficiente para sentarse uno frente al otro y negociar. Algo tan simple como eso. Qué quieres y qué estás dispuesto a hacer por salvar todo lo que te importa, tu familia. Qué necesitas para ser feliz y qué hace que tu vida sea una basura. Sencillo. Nada más sencillo y nada más complicado. Muchos optan por el silencio, y consumen sus días intentando ser felices a pesar de sus parejas. Otros huyen a otras vidas que acaban siendo parecidas; aunque a veces, con suerte, no. Los que se quedan y deciden luchar deberían tener presente la teoría triangular de Sternberg: complicidad, erotismo y compromiso en igual medida. Una fórmula del amor que, afortunadamente, ellos mismos pudieron acabar aplicando, aunque a mínimos.

La noche caía sobre las copas de los árboles y éstas se abatían a su vez sobre el coche, con toda su frondosidad borraban la carretera más allá de la luz de los faros, donde la naturaleza crecía en un desorden perfecto. Encendió la radio, sonaban las noticias:

La jutge de l'Audiència Nacional ha dictat l'ordre europea de detenció de Carles Puigdemont i els quatre consellers cessats que són a Bèlgica. Es tracta de Toni Comín, Meritxell Serret, Clara Ponsatí i Lluís Puig.

[...] La jutge també ha tramitat una ordre de recerca i captura nacional i internacional de tots cinc, a través de Policia Nacional, Guàrdia Civil i Interpol.

Suspiró hasta vaciar los pulmones y apagó la radio. Luego lanzó sus pensamientos a años de distancia. Hasta la crisis que salvó su matrimonio, que como cualquier otra sólo admitía dos posiciones, *on* y *off*. Sonrió al pensar en aquella conversación mientras atravesaba la serra de la Collserola, sobre la que se recuesta la ciudad de Barcelona. Recordaba el trato que los había salvado del naufragio cuando las cosas no habían ido bien un año antes. Fue simple. Cada uno anotó en un papel tres ingredientes que le harían la vida en pareja más llevadera. Ella, dos funciones al año en el teatro del Liceo, por primavera y otoño, unos días de vacaciones en familia en la isla de Formentera cada verano y, por último, poderse dar un baño a la semana con la casa en silencio, a la luz de las velas y con una copa de vino, mientras Carles visitaba a sus padres con Elisa. Él, en cambio, disponer de una tarde del fin de semana para salir en bici por el monte, reservar la mitad del garaje para elaborar cerveza artesanal, una *amber ale* con aroma a caramelo viejo que insistía en beber antes de que hubiese alcanzado el proceso de maduración adecuado, y su deseo estrella, los viernes habría sexo, del tipo que fuera. Tras acostar a la niña y tomar una copa de vino se arrastrarían por todas partes, de sus cuerpos y de la casa, como cuando no eran más que unos novios hambrientos el uno del otro. Aquello duró apenas un par de meses. Teresa llegaba del trabajo cansada o con la cabeza puesta en algún problema, lo masturbaba y fingía estar pasándolo bien, hasta que él eyaculaba y el encanto desaparecía en tan sólo un segundo, adiós al cuento. El matrimonio no era más que eso.

Quizá toda la vida lo era. Un fiasco. Pero menos en viernes. De repente dio un frenazo. Una familia de jabalíes cortaba la carretera. Los jabatos se enfrascaban en una disputa por algo que su madre blandía en las fauces. Observó a aquellos cerdos salvajes. Nunca los había visto tan bien, a la luz de los faros. Antes era difícil acercarse a uno. En los últimos tiempos llegaban hasta la misma playa en busca de la comida de los turistas. Pronto transitarían por la ciudad sin que nadie pudiera evitarlo. Quizá ya no había lugar en la pirámide de la vida para ellos lejos del hombre, de sus basuras, de su inmundicia.

Aparcó bajo los pinos del jardín. Al llegar a la puerta principal de la vivienda la encontró abierta. Carles era muy despistado. Vio luz en la cocina. Avanzó con cuidado de no hacer ruido. No tardarían en detectar su presencia y antes de que pudiera asustarlos ya le habrían lanzado un puñado de harina. Pero no salieron a su encuentro. No había nadie. La luz iluminaba el banco y, efectivamente, Carles había estado amasando. Allí estaba la masa abandonada. Pero no vio ni a su marido ni a Elisa. Se sirvió una copa de vino. Se descalzó y lanzó los zapatos hacia la entrada. Miró la nada y dio un sorbo. Saboreó con el paladar y con los pies jugó a arañar las baldosas del suelo. Entonces vio las huellas. Había docenas de ellas. Recordó a los jabatos blandiendo algo en sus fauces. Rodeó la isla de la encimera y entonces se topó con los pies. Dio un grito apenas que le rompió la garganta. Su marido estaba tirado en el suelo, inmóvil. Comenzó a llamar a la niña dando voces al tiempo que se agachaba junto a él. Cuando comprendió que estaba muerto se apartó aterrada.

Ya no era su Carles, ahora tan sólo veía un cadáver de ochenta kilos sobre las baldosas de la cocina, como un animal abatido. Se desgarró la voz gritando y la niña no apareció por ninguna parte.

Las primeras unidades de la policía autonómica llegaron en veinte minutos. Eran cuatro chicos jóvenes. Pertenecían a la comisaría de Sant Cugat del Vallés. Se miraban los unos a los otros sin saber muy bien qué hacer. Uno de ellos, un tal Perelló, había querido tomar el mando hasta que llegaran los de la Unidad de Investigación Criminal y el forense, pero abandonó enseguida su propósito al ver que no obtenía ninguna información de la mujer y se dedicó a husmear, como el resto, por los lugares en los que Teresa ya había buscado. Ella no se apartaba de la cocina, ahora. Estaba en shock.

—¿Se encuentra bien, señora? —dijo, aunque no era mucho mayor que él—. ¿No quiere que llamemos a una ambulancia?

Ella no contestó. El agente miró a sus compañeros, que parecían estar tan ofuscados como él. Al final reaccionó.

—García, quédate con ella hasta que lleguen el forense o la ambulancia y los pones al corriente. Nosotros —dijo dirigiéndose a los otros dos compañeros— será mejor que vayamos a mirar por fuera.

Salieron a la noche. Inmensa, con luna. Húmeda. Las huellas de la niña tan sólo llegaban hasta la puerta. A partir de ahí no se distinguía nada. Decidieron separarse veinte metros uno de otro y comenzar una pequeña batida. Sabían que podía ser vital no perder ni un segundo más. Nadie se atrevía a pronunciar una palabra, a decir en voz alta lo que temían encontrarse entre aquellos matorrales. Un par de sirenas se oían allá abajo, arrancadas a la ciudad. Todavía tardarían casi diez minutos en llegar hasta allí.

Perelló caminaba entre la oscuridad. Su pequeña linterna mordisqueaba la negrura apenas a un par de metros de él. Nunca le había gustado perderse en la noche como a otros chicos. Nunca pudo dormir con las luces apagadas del todo, tampoco ahora, que no consentía en bajar las persianas más que a media altura, a pesar de que su novia odiaba la luz de la mañana en la cama, y se apresuraba a bajarlas en cuanto él ya estaba levantado. Así que aquella noche, el bosque, con su silencio y su rugosa negrura, era un lugar inhóspito para él, incierto, y por ello, peligroso. Caminaba con cuidado de no tropezar. Despacio, y al tiempo, le inquietaba escuchar cómo se alejaban cada vez más las pisadas de sus dos compañeros. Las sirenas habían dejado de oírse. Quizá ya habían llegado a la casa. Se imaginó a los de la Unidad de Investigación Criminal apareciendo con sus aires altaneros y tratándolos como si fuesen poco menos que agentes de movilidad urbana. El forense podía haber llegado ya, también. Aquella noche tan oscura tejida entre los árboles le causaba más pavor a cada paso. Temía encontrar a la niña sin vida, con los ojos abiertos, la piel desnuda arañada por las ramas, y la sangre, como lava, en todos sus orificios. Pensó en dar media vuelta y ver qué pasaba en la casa. Sus compañeros debían de haber regresado hacía ya rato. Era mejor ponerse a las órdenes de quien estuviese al mando y realizar una verdadera batida. Entonces lo oyó. Era un riachuelo. E imaginó a la niña atrapada en aquella agua fría y negra. Pura y helada. Debía de tratarse de la riera de Vallvidrera, que atravesaba la sierra. Caminó guiado por el murmullo del fluir del cauce. Parecía un susurro humano de un dialecto incierto. Aquello lo aterró de nuevo. Tenía la piel gélida, la espalda sudada a pesar del frío y las piernas y los brazos entumecidos. Pero algo tiraba de él. Quizá era mejor policía de lo que creía. Si había una oportunidad de encontrar a la niña con vida, y sin duda era una cuestión urgente hacerlo, no podía volver atrás y echarla a perder. Cada segundo era crucial. Entonces, apareció un claro, y la vio. Estaba de espaldas. Apenas medía un metro. Iba en pijama, descalza. La luna le deshacía el cabello. Apelotonado como una corteza. La llamó:

—Elisa…

Y no obtuvo respuesta. Se acercó poco a poco e imaginó que se volvía y tenía la cuenca de los ojos vacía. La boca cosida como una muñeca de trapo. O las orejas en las manos, arrancadas como un trozo de papel. Cualquier imagen desconcertante de las que asaltan a los niños con imaginación en la noche. Nada ocurrió. La niña, salvo algún moratón, se mostraba ilesa bajo aquella luz de leche nocturna. Le puso la mano sobre el hombro y tampoco se inmutó. Miraba al frente, con la vista perdida, con el pánico impreso en la mirada, la piel blanca y helada. Los pies y las manos tiesos de frío y con magulladuras. Algo había entre los árboles. Perelló giró la vista y en ese momento todo el miedo que había contenido desde que saliera de la casa media hora antes, todo el pánico a la oscuridad sembrado de niño, todos los fantasmas que había desterrado de su imaginación con los años, el pavor a los muertos, a los cementerios, a la noche, al terror, a la soledad humana, todo ello se presentó ante él de pronto. Aquello era lo más espantoso que había podido imaginar nunca. Una bola de ramas. Una esfera perfecta pendía de lo alto de un árbol. Debía de medir un par de metros de diámetro. Y dentro, un ser humano colgado por el cuello. Una mujer. Desnuda. Pendida como un animal. Como uno de esos galgos en los caminos profundos de un país profundo. Intentó gritar pero nada salió de su garganta. Apenas un graznido. Entonces necesitó correr, escapar de allí, como nunca lo había hecho. Pero era como si la noche lo agarrara. Se golpeaba el rostro con las ramas que no veía venir y se arañaba las piernas con las matas, que parecían salir de la nada para entorpecerle el paso. Perdió la linterna, cayó rodando hasta golpearse contra un árbol. Pero de nuevo el temor tiró de él y voló ladera arriba otra vez. Llegó a la casa llorando y gimiendo como un niño. De la pequeña ni rastro. El *mosso* no atendía a nada, sollozaba sin parar.

—Cabo Tarrós —gritó una voz—. Es uno de los chavales. Venga rápido.

2

La vista de Ivet planeaba alada sobre la joven noche, expulsada allá afuera, tras la ventana. Las sombras de los robles se habían desplomado despacio hasta desaparecer por completo disueltas en la oscuridad, que llegaba temprana en el temprano noviembre. Y luego se endurecía hasta que el paisaje, oculto en el negro más inquietante, jugaba a asustar a algún niño con el crujir de una rama; si bien es verdad que es el silencio que va después el que causa mayor desasosiego. Ivet descosía aquella negrura con los ojos. Buscando respuesta a preguntas que no lo eran siquiera, no más que interrogantes vitales, y en algunos casos ni eso. El cuerpo policial al que pertenecía había sido decapitado apenas hacía una semana. La situación de tensión política entre el Gobierno central y el Govern de Catalunya había sacudido como un manzano bajo el pedrisco al cuerpo de los Mossos, que pasó de héroe a villano para unos, y de villano a héroe para otros en apenas unas semanas. Y la apatía se había vuelto pegajosa como una tos infantil. Pero allá fuera, tras los pinos blancos, tras la noche que se precipitaba herida de luna, la gente continuaba matándose, las leyes continuaban ajenas al sentido común y las familias apagaban la luz para no gastar, y desde su silencio febril escuchaban la televisión y las risas de algún vecino que todavía conservaba un empleo medio digno. Los padres inventaban juegos en los que todos se cubrían de ropa como si estuviesen de excursión, para no poner la estufa, o en los que se repartía la comida en los platos en cantidad inversamente proporcional de menor a mayor, y los hermanos mayores se hacían los tontos mientras que los pequeños, ajenos a la desolación, protestaban por todo hasta que los primeros los hacían callar aguantando las lágrimas como podían. Esa sociedad continuaba allá abajo en Barcelona, y en el resto de poblaciones que la bojaban como pétalos sueltos. Se zafó de aquellos pensamientos, se alejó de la ventana y se dispuso a coger sus cosas y marcharse. Era viernes. Hora de encerrarse en casa. Pronto la ciudad la rodearía con su adusta soledad. Una soledad que se metía en la cama de una al final del día, fluía con el agua de la ducha, abría la puerta de la nevera, una soledad que flotaba incluso en el aceite hirviendo de la sartén… Aquella noche vería la tercera temporada de alguna serie de una sentada. Y la cuarta quizá. Había llegado a odiar Barcelona. Una urbe que la convertía, con su ritmo cíclico, en una mujer sola. Había pasado cincuenta y dos de sus cincuenta y ocho años sin pareja. Ya ni se acordaba de lo que era que la tocasen por debajo de la ropa. Que una mano templada la recorriese sin prisa. El teléfono la sacó de sus pensamientos a la fuerza, como un corcho de vino.

—Portabella… —dijo.

—Sargento, soy Tarrós. Veo que no ha hablado con Àngels…

—No, estaba ocupada.

—Estoy en La Floresta. Asesinato, y muy jodido. ¡Es mejor que venga! —dijo. Y añadió—: No he visto nada igual en mi puta vida.

Diez minutos más tarde Ivet conducía sin prestar mucha atención a la carretera. Demasiados recuerdos le traía aquel bosque en las tripas de la Collserola. En aquel distrito jugó al amor por primera vez con veinte años. Apenas había vuelto en un par de ocasiones por allí. ¿Qué debió de ser de aquel chaval? Un tal Pere… Había asistido a las fiestas de verano con un grupo de amigos. En los años setenta y ochenta La Floresta era un lugar mágico para los jóvenes. Un oasis de monte en libertad junto a la gran ciudad. Aquella noche una amiga la había sacado de casa a pesar de sus evasivas, su abuela acababa de morir y ella intentaba formularse las preguntas capaces de llenar un vacío así. Conoció a Pere entre la multitud y juntos robaron un par de cervezas en el bar. Ella entretenía al camarero haciéndose pasar por extranjera, su cabello rubio le permitía aquellas cosas, y el chico se coló tras la barra gateando. Salieron de allí corriendo y riendo. Luego el amor cayó sobre ellos, fugaz, valiente, como debe ser el amor. Cuando, ya de madrugada y a punto de separarse, iban a besarse en la estación de tren, alguien apareció, algún familiar de él que también viajaba de camino a Barcelona o algo así, y de ese modo comenzó una aburrida conversación sobre una tía lejana que estaba convaleciente, y una sobrina que estudiaba en el Liceo francés…, y de pronto el tren se puso en marcha y se marchó, y con él Ivet y su carroza de Cenicienta. Sin ningún motivo aquella noche anidaba en su memoria como ideal de lo que era el amor puro. Sin ser apenas consciente llevaba treinta y ocho años comparando a cada hombre que aparecía en su vida con aquel chico, Pere. Rio amargamente al pensarlo. No había sido realmente consciente de aquella excentricidad hasta aquel momento; allí, conduciendo en medio de la oscuridad, con el único sonido de las ruedas rasgando la grava, comprendió que aquella fantasía la había protegido del hastío de una vida carente de amor, y condenado a eso mismo.

El GPS del iPhone le indicó que torciera a la izquierda en el siguiente cruce de caminos. Siguió por una vía más estrecha. Algunas casas con un cierto aire anglosajón testimoniaban que un ingeniero norteamericano, Fred Stark Pearson, fue el responsable de aquel núcleo urbano al proyectar una zona residencial exclusiva hacía más de un siglo, que, con los años, había resultado otra cosa, un tipo de urbanización más ecléctico, por momentos señorial y con reminiscencias *belle époque* y por momentos un sembrado de viviendas autoconstruidas, o edificadas sin criterio estético unificado alguno. Lejos, a millones de años, quedaba aquella ciudad jardín de pérgolas y tenis. Doscientos metros más adelante había llegado a su destino. Una casa unifamiliar práctica, austera, aunque la ubicación ya podía considerarse el más preciado lujo. El tejado al estilo inglés, más pronunciado, le hizo pensar que algún gusto común un tanto singular sí flotaba en el ambiente en aquella sierra, y de algún modo ello impregnaba cada proyecto arquitectónico que se erigía en aquella naturaleza casi obscena que lo pervertía todo de aire puro.

Tarrós la esperaba en la entrada. Ivet dejó el coche alejado de la casa. Apenas se podía aparcar en aquel camino y ya había allí varias patrullas de los Mossos, la berlina de Óscar Pla, el patólogo, y algún otro vehículo que no reconoció. La humedad se cogió a su garganta como dos manos fuertes, capaces de apretar a voluntad. Se abrochó el abrigo hasta arriba. Escuchaba voces.

—¿Qué tenemos? Cuéntame —dijo Ivet mientras le tomaba de la mano una libreta de notas a Tarrós. Ambos se dirigieron adentro—. ¿Qué te ha pasado? —le preguntó al observar que cojeaba.

—Me caí en la bañera.

—¿Me tomas el pelo?

Tarrós no respondió e Ivet no quiso inquirir más. Volvió a caminar y el cabo comenzó a hablar tras ella.

—Tenemos una muerte natural en el interior. Carles Cubells, treinta y seis años, casado con aquella chica de allí —dijo señalando hacia una ambulancia que tenía la puerta lateral abierta, y donde unos sanitarios atendían a una mujer—, Teresa Gener. Llegó del trabajo y se encontró el pastel.

Ivet volvió la vista y observó a la mujer en la ambulancia.

—Ha sufrido un ataque de pánico. La están evaluando, pero ya está mejor. —Respiró—. Ahora mismo la van a llevar al Clínic, la pequeña está allí en observación.

Ivet lo miró… Y él aclaró:

—Hipotermia y shock. No le han sacado ni una palabra.

—¿Edad?

—La niña, cuatro, cinco como mucho. —Se detuvo y la observó antes de continuar—: La chica, menos de veinte. El cuerpo está abajo, a un kilómetro y pico por el bosque.

Ivet cambió el semblante y arrugó todas las facciones. No soportaba el sufrimiento infantil. No podía con el dolor de un menor. Y las muertes de niñas o adolescentes que había presenciado a lo largo de su carrera la habían perseguido durante semanas, debajo de la cama, dentro del armario, en la ducha al cerrar los ojos para enjabonarse el cabello…, siempre estaban ahí. Sus fantasmas particulares que la perseguían. Y todo el raciocinio del mundo no paliaba aquel horror hasta pasado un tiempo, cuando conseguía diluirlo. Así que sabía que aquello le iba a costar digerirlo. En el interior de la casa había un par de agentes tomando huellas y la ayudante del forense.

—Hola, Silvia.

—Buenas noches, Ivet.

—Creía que se trataba de una muerte natural… —dijo señalando a los de la unidad científica.

—Sí, pero es por la niña, no sabemos cómo ha ido a parar tan lejos. Puede que alguien la llevara contra su voluntad. O a saber…

Ivet miró el banco de la cocina. Observó los preparativos de las pizzas, la copa de vino, el estado de cada objeto…

—El padre se desplomó…

—Seguramente. Tiene un golpe en este lado de la frente, pero fruto de la caída. Se golpeó contra esta esquina cuando ya estaba muerto —apuntó la ayudante del forense—. Mira qué sonrisa… El espasmo cadavérico hace una foto del momento de la muerte, del gesto que adoptamos. Ocurre en casos de muerte cerebral o por paro cardíaco. Se llevan la última expresión a la tumba. —Se levantó—. Bueno, lo cierto es que se borrará la sonrisa de su cara en unas horas. —Ivet ya no la escuchaba, o hacía como que no, no le interesaban aquellas gilipolleces.

Tarrós guardaba silencio tras ella.

—Así que la niña se debió de asustar, y fruto de un ataque de pánico salió huyendo.

—En principio las huellas podrían ser de jabalís. Todavía no han atacado a nadie, pero tiempo al tiempo.

—Ésas son de un veinticinco, como mucho, de la niña. Y están por debajo. Seguramente los animales aprovecharon que la puerta estaba abierta y olía a pizza para venir a robar un poco de comida cuando la niña ya no estaba…

—Puede…

—Está bien. —Se dio la vuelta—. Tarrós, ahora salgo y vamos a ver aquel horror del bosque.

Tarrós bajó la vista. Sabía que debía esperar fuera. Ivet dio una vuelta por la casa, como si buscase algo, y volvió a la cocina. Entonces pareció encontrar lo que buscaba. Sobre la nevera había algunas botellas. Nada que echar en falta, seguro. Disimuladamente, aprovechó que la ayudante del forense salió afuera un momento para guardar una en el bolso sin ver siquiera lo que era. En ese momento uno de los agentes entró en la cocina.

—Sargento, Tarrós la espera fuera. El forense quiere hablar con ustedes y hay un buen tramo hasta llegar. Y no se puede ir en coche.

Por poco no la sorprendió con la botella en la mano.

—Bien, voy al baño y salgo enseguida.

El agente la miró pero no dijo nada. Ir al baño en un escenario que no había que contaminar no le parecía una acción ejemplar. Pero salió sin más. Ivet entró en el aseo, cerró con seguro y sacó la botella del bolso. Miró la etiqueta. Vodka ruso.

—Oh, Dios. Gracias, pero no necesitaba tanta atención —susurró. Dio un enorme trago, y luego otro. El calor la hizo enrojecer y apretar los labios como si tuviese que hacerlo para retener el licor en la boca—. Ahora vamos a ver qué puta atrocidad nos espera allá abajo —se dijo antes de abrir la puerta. Y salió de aquel baño con aquellos ojos del color del vidrio reciclado, el cabello rubio canoso y su caminar torpe.

El cabo Tarrós iba delante. Otros dos agentes los acompañaban. Hacía más frío por momentos. No de invierno, no lo era, pero el frío de otoño siempre golpea por sorpresa, como los chicos malos de los barrios difíciles, con la urgencia de saber que todo el respeto se pierde o se gana en segundos.

Atravesaban aquella noche del demonio y Tarrós optó por comenzar a hablar.

—Llegaron un par de patrullas y decidieron salir a buscar a la niña. ¿Conoce a Perelló? —Ivet negó con la cabeza y verbalizó algo parecido a un *no*—. Él fue quien nos llevó hasta aquí. Entonces encontramos también a la pequeña.

—¿Dónde está ahora? Quiero hablar con él.

—Está arriba, en uno de los coches. —Esperó antes de continuar—: Está muy abatido. Van a abrir una investigación interna.

Ivet se detuvo.

—¿Por qué?

—Ha llegado lloriqueando como un niño.

—¿Y…? —insistió.

—Dejó a la niña allí abajo. Podríamos no haberla encontrado tan fácilmente… La abandonó.

—¿Qué hay de la chica?, ¿cómo ha muerto?

—Eso es lo más perturbador de todo. No he visto nada igual en toda mi puta vida.

—Eso ya lo has dicho antes.

—Parece obra del diablo, o una secta, qué sé yo…

Ivet comenzó a preguntarse qué demonios debía de haber allá abajo. Dejó pasar a los agentes y ella se puso al final de la marcha. Allí, sin detenerse, sacó la botella y dio otro gran trago que no pasó desapercibido para Tarrós. Nada le pasaba desapercibido al cabo.

—Una cosa más —dijo éste alzando la voz—. El subinspector ha venido.

Ivet se detuvo un momento.

—¿Qué coño hace aquí ese repeinado?

—Ya lo sabe.

—No, no lo sé. ¿Quién lo ha llamado?

—Supongo que el doctor Pla, han llegado juntos. Está buscando el ascenso como un perro. Y más ahora…, con todo lo que ha pasado. ¿Ha visto su Twitter? No para de echar mierda sobre los compañeros…

—Tengo la impresión de que me vigila.

—Nos vigila a todos, sargento.

—Aun así… ¿qué hace aquí un viernes por la noche? Ya me sorprendería verlo a las diez de la mañana…

Pisaban sobre la hojarasca. Los dos agentes hacían como que no oían la conversación. El arroyo comenzó a sonar en alguna parte. Había luces.

—Es aquí —advirtió Tarrós. Estaban llegando.

3

A medida que se acercaban al claro, la luz acuchillaba aquella oscuridad por la que avanzaban bajo los árboles. Las voces de Pla, el médico forense, y del subinspector Veudemar sonaban con una extraña cadencia. Ivet no dio otro trago, pero le hubiese gustado, aunque cubrió con su antebrazo la boca del bolso, como si la botella pudiese salir de allí sola o pedir auxilio. Como si ello bastase para borrarlo todo. Tarrós y los agentes iban delante, ella fue la última en verlo. Una esfera de un par de metros de diámetro pendía de lo alto de un punto donde confluían tres árboles. Ramas muertas se agolpaban como atraídas por un magnetismo incierto y formaban una bola perfecta que dejaba pasar cierta luz a través de ella. Una pequeña abertura permitía ver con más claridad el interior. Un cuerpo humano colgaba por el cuello. Una mujer joven. La sargento observó los pies un segundo. Alguien de la científica a quien ella no conocía les estaba tomando fotos en aquel momento. Otros dos agentes ampliaban el cordón de seguridad con cinta. Pla y Veudemar guardaron silencio hasta que el grupo llegó a ellos.

—Buenas noches, Ivet —espetó el forense.

—Ivet… —dijo a modo de saludo el subinspector Veudemar. La luna teñía su cabello de plata.

La sargento hizo un ademán de saludo con la cabeza y se acercó hasta estar frente a la esfera.

—¿Qué es esto?

No era una pregunta que esperase respuesta, era su forma de luchar contra el horror, y una manera de denotar estupefacción, aunque le sonó a poco. Así que lo repitió.

—¿Qué hostias es esto?

Veudemar la miró con reprobación. Pero no dijo nada. Cosa que la sorprendió.

—Esto —dijo Pla señalando hacia el interior de la esfera— es un intento de hacernos pensar en un suicidio. Quien lo ha hecho ha puesto todo su empeño; lo imagino, o los imagino, no sabemos cuántos eran, cargando con el cuerpo hasta aquí, a pulso, sin dejar que arrastrase sobre la vegetación, sin poderlo llevar más que en brazos o con una carretilla, pero no hay trazos en el barro, no lo creo.

Pla se detuvo para que alguien tomase la palabra. Era un hombre muy ceremonial. Ivet sacó una linterna de su bolso, la botella hizo un ruido al chocar con las llaves pero ella disimuló, la encendió y dio una vuelta a la esfera mientras alumbraba su interior. La chica apenas se balanceaba, pero la cuerda que la sujetaba crujía de vez en cuando.

—No me refiero sólo a ella.

Ahora también crujía el enorme cable de acero que sujetaba aquella esfera y la polea en lo alto.

—No tiene más de veinte años —dijo Pla—. A simple vista, y sin poder hacer un examen apropiado hasta que no venga el juez y nos la llevemos al depósito...

—¿Quién está de guardia? —preguntó Ivet.

—Márquez... o Méndez, no sé... —respondió Tarrós consultando su libreta—. Está de suplente.

Veudemar se alejó unos pasos, e hizo como que observaba el entorno. Parecía estar lejos de allí.

—Tenga cuidado, señor —le advirtió uno de los *mossos* que acordonaba la zona—. No hemos terminado.

—Bien, bien... —respondió mientras volvía donde estaba.

Pla se dispuso a continuar, pero Ivet se adelantó.

—Por favor, dime que esto no tiene que ver con Halloween.

El forense no contestó a eso.

—Me atrevería a decir que murió estrangulada. —Ivet iluminó el cuello de la chica con la linterna—. Tiene marcas de equimosis producidas por la presión de los dedos y estigmas ungueales alrededor del cuello. Parece distinguirse bien el círculo de estrangulación completo a nivel del cartílago cricoides. —La sargento siguió con la lumbre la marca del cuello—. Además, presenta lividideces en glúteos y espalda. Quedó tumbada al morir, y estuvo en esa posición al menos veinticuatro horas. No, no tiene que ver con Halloween. Lleva muerta menos de dos días, pero no mucho menos.

—Ivet arrastró la luz de la linterna hasta el bajo vientre derecho, donde se apreciaba una mancha verde oscuro—. La fosa ilíaca derecha ya presenta putrefacción, pero apenas acaba de comenzar. La trasladaron aquí en las últimas doce o quince horas.

—¿Cómo sabe que no la trasladaron aún con vida y la colgaron? —preguntó Tarrós.

—No presenta livideces en manos y pies, y tampoco en el bajo vientre. La sangre ya estaba seca y detenida cuando la movieron. Como mínimo, habían pasado veinticuatro horas desde su muerte. Además, apenas existe surco de ahorcadura en el cuello, por lo que me parece observar desde aquí fuera. Podré especificar más cuando la tenga en el depósito, pero no creo que cambien mis conclusiones gran cosa.

—¿Dónde estaba la niña? —preguntó Ivet.

El forense la miró un segundo.

—Justo donde estás tú…

—Vino hasta aquí huyendo, buscando ayuda, esperaba encontrarse a alguien… —dijo Ivet.

—¿Qué le hace pensar eso? —interrumpió Veudemar.

Continuó sin siquiera mirarlo.

—Nosotros hemos tardado dieciocho minutos en llegar hasta aquí caminando a buen ritmo. Y hemos venido sin rodeos. La niña no tardó más de media hora. Y para una niña de cuatro años eso es correr bastante, y sabía a dónde se dirigía. Esperaba encontrarse a alguien que le prestara ayuda, pero no esperaba encontrar esto.

Veudemar arrugó el rostro y escupió:

—¿Cómo sabe que tardó menos de media hora?

—Son casi las once de la noche. Teresa Gener suele llegar a las ocho y media. Me he fijado en el horno. Su marido…

—Carles Cubells —apuntó Tarrós.

—Carles —repitió Ivet— llegó a encender el horno. Lleva en funcionamiento desde las ocho y cuarto. Durante ese cuarto de hora hasta que llegó Teresa ocurrió todo. El padre se desplomó y la niña salió huyendo asustada. La primera patrulla de los Mossos llegó a las 20:51. Y ese agente…

—Perelló —matizó Tarrós.

—Ese agente llegó de vuelta a la casa a las 21:45, corriendo, sin detenerse… Debió de encontrarse con la niña veinte minutos antes, justo antes de ver el cadáver de la chica, hacia las 21:25 horas. Ella no tuvo más que treinta minutos para llegar hasta aquí sin dar rodeos, conocía el lugar, vino buscando protección y se encontró esta monstruosidad; entonces llegó el chico, Perelló, asustado como un niño, y la abandonó frente a ese horror.

Se dieron la vuelta y observaron a la muchacha que se columpiaba con el cuello partido. Entonces el cielo, con toda su oscuridad, con aquel insoportable olor a muerte, cayó sobre todos ellos.

PARTE II

La chica del bosque

4

El bar Poc a Poc en la calle Princesa de Barcelona era uno de esos locales de otro tiempo, donde se sirve a clientes que tienen nombre y apellido, donde se bebe despacio, pero nunca en silencio. Ivet había dejado que Tarrós la acercara a casa. Había acabado bebiendo casi media botella de vodka en el bosque. Y las curvas de Collserola no eran como para tomarlas a la ligera. Así que se dejó convencer y luego insistió en invitar al cabo a una cerveza en el bar que había debajo de su piso. Ambos necesitaban poner un poco en orden sus ideas. El Poc a Poc era un local pequeño donde la barra ocupaba un lugar central y quedaba el espacio justo para que los clientes la rodeasen.

—Dos medianas, jefe…

—Creía que ya había bebido suficiente, sargento.

Ivet miró a Tarrós, luego sonrió, y dio un trago a la cerveza que acababan de ponerle delante. Acto seguido cambió el semblante de su cara.

—¿Qué crees que era eso? Esa esfera gigante formada por ramas… ¿Quién puede pasar tantas horas en un bosque haciendo algo así, recogiendo toda esa leña, anudándola para formar esa bola de ramas y sujetarla en lo alto…, y qué relación tiene con la muerte de la chica? Mañana vamos a tener que hacer muchas preguntas en ese barrio inglés…

—¿De dónde ha sacado todo lo que les ha dicho a Pla y al subinspector? Apenas hemos tenido tiempo de hablar.

—Estaba todo en tu libreta.

Tarrós bebió y alguien lo empujó por detrás. Era una mujer habitual en el barrio. Siempre iba pintada lo más que podía, como si cada salida a la calle pudiese ser la última, no debía de tener más de sesenta años pero aparentaba ochenta. El alcohol había hecho mella en su piel, y su piel había hecho mella en su manera de beber.

—Lo siento, guapo —dijo notablemente ebria—. ¿Cómo te llamas?

Tarrós no contestó, giró la cabeza e intentó seguir la conversación con Ivet.

—Aun así, creo que ha hecho usted un buen trabajo.

La mujer insistía en recalcar lo atractivo que le parecía Tarrós.

—Creo que le has gustado… Aunque es un poco mayor para ti… ¿Qué edad tienes? ¿Cuarenta y seis?

Hablaban como si ella no estuviese.

—Cuarenta y cuatro —dijo algo incómodo por que la conversación se centrara en él.

Hubo un silencio y ambos aprovecharon para dar otro trago. El dueño del local le pidió a la mujer que los dejase en paz. Aunque sabía que Ivet era policía y que podían cuidar de sí mismos, pero quiso ser educado.

—No sé si te va a gustar esto, pero a veces olvido que eras una mujer.

Tarrós la miró ahora a los ojos.

—Bueno, ya me entiendes —añadió ella—, no es que fueras una mujer, tan sólo…

—Lo entiendo. No se preocupe.

Ivet levantó la mano con el signo de la victoria para pedirle dos cervezas más al barman.

—Mi perro se muere —dijo a continuación.

—¿Por qué me lo cuenta a mí?

—No lo sé…

—¿Qué le pasa?

—Tiene metástasis. El veterinario cree que le queda una semana, dos a lo sumo…

Hubo un silencio.

—Me aterra quedarme sola.

Los dos callaron unos minutos.

—¿Qué cree que ha pasado?

—Por el momento no tengo ni idea. Creo que la niña conocía el lugar. No sé si su padre puede haber construido algo así, pero la niña lo conocía. —Intentaba vocalizar bien, pero el alcohol le agarraba la lengua y se lo impedía—. El tío ha caído fulminado y la niña ha salido corriendo hacia allí, así que creo que a lo mejor esperaba encontrarse con alguien.

—¿Con la chica?

—Puede.

—¿Cree que la ha matado él?

—No lo sé… Matas a una chica, la metes en una bola de ramas y vas a casa a preparar tranquilamente unas pizzas con tu hija… ¿Funciona así la mente de un psicópata? No lo sé…

Tarrós barrió el suelo con la vista antes de hablar:

—No me he acostado con nadie desde la operación. Eso es lo que me aterra a mí. —Ivet escuchaba sin decir nada—. Hace cuatro años que soy un hombre por fuera, y me aterra fracasar como hombre, me aterra que después de tanto tiempo todo se eche a perder. Eso es lo que me aterra a mí…

—¿Qué hay de aquella chica? Os vi un par de veces al salir del trabajo.

—No cuajó… ¿Qué le pasará a Perelló?

—No lo sé. Dependerá del examen psicológico, y de la investigación.

—¿Volverá a comisaría?

—Claro, pero a la calle puede que no.

De camino al portal los dos caminaban en silencio.

—Gracias por acompañarme, Tarrós. ¿Quieres subir y que nos acostemos? —dijo Ivet.

—No será necesario —dijo sonriendo levemente por agradecer la broma—. Buenas noches, sargento.

—Buenas noches… Escucha, eres un buen hombre.

Pero Tarrós ya no contestó a esto último, caminaba hacia Via Laietana. Ivet subió a pie, el ascensor llevaba averiado una semana. La comunidad de vecinos estaba en números rojos porque algunos propietarios no podían pagar las cuotas trimestrales. Así que la compañía del ascensor no tenía ninguna prisa en arreglarlo. Ivet entró en el piso. *Mel* se acercaba despacio. Todavía andaba, gracias a Dios, pensó. El perro volvió a su colchoneta y se dejó caer de golpe, hacerlo poco a poco requería de unas fuerzas que ya no tenía. Ivet cogió la fregona y limpió las meadas que había. Luego fue hasta la habitación, cogió el colchón y lo llevó junto al chucho. Lo tiró en el suelo a su lado, se quitó el jersey y los pantalones y se echó junto a él. Lo abrazó y se durmió.

5

Fuera, la noche. Fuera, la vida de la gente que tenía vida. Hacía un rato que había apagado la radio. La emisora clásica era lo único que soportaba, pero con diez horas había tenido suficiente. Las dos últimas prefirió escuchar sus pensamientos. Un hombre, una mujer deben escuchar el silencio a veces, solía decir su padre. Había tenido una mala racha. Una de ésas en las que llegas a casa y cenas lo mismo que has comido, y a la mañana desayunas lo que ha quedado de la cena. La mayoría de la gente nunca ha vivido esa situación, pero más de los que creeríamos sí. El vivir sabiendo que más allá de hoy no hay nada seguro. Que más allá de esa barra de pan no hay nada. Que ese cartón de leche que hemos alargado una semana es el último. Una persona que vive al límite de tal modo adquiere una extraña lucidez nada envidiable. La mirada perdida. Los cinco sentidos siempre activados, siempre alerta. En cualquier momento puede aparecer algo en tu camino, un euro en un carro perdido del supermercado, un cigarrillo a medio terminar humeante en la acera, un amigo que no conoce tu situación con el que te tropiezas por la calle y te invita a una cerveza. Aceptas y crees que estás soñando. Has mirado tantas veces a la gente que tomaba una en las terrazas o apoyada en las barras que te cuesta creer que ésa sí es para ti. Así que procurando no mostrar demasiado entusiasmo la ases y piensas que con tragos cortos te puede durar veinte minutos. Y entonces te das cuenta de que si vieses a alguien en tu situación llorarías por él.

La mala racha parecía haber terminado un par de semanas antes, cuando un tipo amigo de un tipo al que conocía le presentó a Félix, que se denominaba a sí mismo empresario de la construcción e interiorista, lo que sería un chapuzas de toda la vida. El tipo, un canario sin acento canario, estaba buscando a alguien que supiese un poco de todo, albañil, carpintero, electricista, fontanero… Édgar no dudó en ofrecerse, aunque admitió que no sabía nada de electricidad ni de fontanería. Félix lo miró un segundo, y luego le dio el trabajo igualmente. Eres un tío de fiar, se te ve en la mirada, dijo. Así que llevaba dos semanas encerrado en aquel zulo, un antiguo bar en el centro del Raval que prácticamente había reformado él solo. Trabajaba a puerta cerrada y a escondidas porque el local no tenía licencia de obras. Así que durante la jornada, de doce horas, no veía ni hablaba con nadie. Había pedido un adelanto de cincuenta euros con los que pretendía subsistir hasta el día de cobro, que según Félix era el cuarto de cada mes. Básicamente los había invertido en café, pan y mortadela. Si se comportaba y trabajaba bien, no le faltaría la faena, le dijo el canario. Era día 3, así que por la mañana tendría 840 euros en el bolsillo. Estaba feliz. Pagaría el alquiler de su habitación y el de los dos meses anteriores, que debía, llenaría su estante de la nevera y su porción de congelador. Compraría cerveza, vino, pescado… Cocinaría, joder, cocinaría… Estaba terminando de colocar el suelo laminado, había cortado todas las piezas unas horas antes cuando aún podía hacer ruido. Ahora las iba colocando como si fuese el juego de Tetris. Se fijó en que faltaban sólo tres. Tres piezas más y a casa. Entonces sonó la puerta, alguien dio tres golpes, que era una especie de contraseña. Édgar dejó la pieza en el suelo y fue a abrir. Era el dueño del local, un tal Diego, un tío con los brazos de hierro. Tan sólo se habían visto en dos ocasiones.

—Hola, ¿cómo va la faena?

—Bien, estaba terminando el suelo.

Al entrar se detuvo un momento, y luego preguntó con cierto tono de preocupación:

—¿Dónde está todo?

—No sé a qué te refieres —respondió Édgar.

—Los conductos del aire, las mesas, las lámparas, la tele… todo, ¡joder! —Parecía ponerse nervioso.

—No sé de qué hablas. Yo llevo aquí dos semanas. Deberías hablar con Félix.

—Pues hablo contigo, para algo sois socios.

Édgar comenzó a sospechar que algo raro pasaba.

—No sé de qué me hablas, Félix y yo no somos socios.

—Mira, chavalote, os he dado mucha pasta por adelantado. Cada vez que me habéis pedido dinero he confiado en vosotros.

—Yo no he visto ni un euro todavía. No soy yo con quien debes hablar.

El tal Diego adoptó un tono más amenazador. Acercó su cara a la de Édgar más de lo aceptable.

—Os he dado quince mil pavos, hijo de puta.

—Escucha, Diego… Habla con…

—No, escúchame tú. No tienes ni idea de a quién le estás tocando los huevos. Quiero todo el mobiliario aquí mañana. Primer aviso.

Édgar comprendió en aquel momento que todo era en vano. Guardó silencio y vio cómo se cerraba la puerta de la calle.

Caminaba hacia casa. Hacía meses que no tenía bono de metro. Llamó varias veces al teléfono de Félix, pero como era de esperar nadie contestó. Lo cierto es que llevaba varios días sin verlo. Comenzaba a comprender que no iba a cobrar un solo euro, y que era mejor no volver por aquel local. Había lanzado la llave por debajo de la persiana. Aquel tío hablaba en serio, y tenía pinta de no medir las consecuencias de sus actos. La gente así era peligrosa. Apenas se había rascado en todo el día, pero ahora no podía evitarlo, le ardía la piel. Sabía que era mejor que aquella ropa sucia de trabajo no le frotase la dermis, pero la comezón era como una llama encendida. Convertía su piel en una lengua de lava. Llevaba así varios meses. Lo que comenzaron siendo granos, luego se convirtieron en pústulas y empezaron a crecer. Algunas ahora ya medían varios centímetros. Años atrás, en la universidad, tuvo un primer brote que no se repitió hasta mucho después. Entonces fue tan sólo en un brazo, y su dermatóloga lo trató eficazmente con una pomada. Ahora la cosa era más seria. En los últimos años las costras habían sido habituales, pero la difícil situación por la que pasaba en aquellos momentos no ayudaba a su sistema inmunológico y el cuarenta por ciento de su cuerpo se encontraba ya afectado. Había días buenos, en que los picores iban y venían, y días malos, en los que los picores no cesaban ni un segundo. A veces creía enloquecer. Por la comezón, y porque las pústulas no dejaban de crecer. Lo hacían hasta que se unían unas con otras y continuaban creciendo hasta alcanzar la siguiente. Como hizo Barcelona con Gràcia, Sarrià, Sant Andreu y el resto de municipios que fue alcanzando y absorbiendo la urbe mientras agrandaba su superficie. A veces, de madrugada, cuando los temores y los problemas parecen de magnitudes y consecuencias bíblicas, se preguntaba qué ocurriría cuando las llagas rodearan los ojos y la boca, el ano, el glande. Con todo aquel pus amarillento verdoso que secretaba su piel por cada postilla. Y sentía que cada centímetro de su epidermis que caía en el lado oscuro de la fuerza, como él lo llamaba, suponía que le quedaba menos tiempo para lo inevitable. Para que la situación fuese crónica e irreversible. Y por eso, de algún modo, se comportaba como si el final de algo, no sabría decir de qué, estuviese cerca. Como si un equipo de rescate fuese a sacarlo en cualquier momento de aquella situación desesperada.

Las calles de Barcelona fueron pasando bajo sus pies una a una desde El Raval hasta el carrer Guitard, en el barrio de Sants. Al llegar abrió despacio, sabía que sus compañeros de piso se acostaban temprano. El uno, paquistaní, Imran, atendía la tienda de ultramarinos de su primo doce horas al día. El otro, Antonio, un albañil de verdad, de los de la vieja escuela, no como él, era un hombre de cincuenta y cinco años, maño, separado, padre de tres adolescentes, que se refugiaba en el trabajo por no hacerlo en la bebida, porque vivía avergonzado. Avergonzado de vivir así, en un piso compartido, como un estudiante, y no con su familia. Un día bebió tanto que fue a buscar a quien ahora ocupaba su lugar en su casa, Ricard, un hombre de buena casa y mala ralea, que hablaba mal de él a sus hijos siempre que podía. Fue a donde sabía que lo encontraría. Entre seis le pegaron la paliza de su vida. Antonio estuvo una semana en el hospital. No denunció a nadie. Volvió a casa cojeando como un perro y al día siguiente se marchó a trabajar sin esperar el alta médica.

Édgar abrió la nevera, sabía que quedaba aún algo de mortadela. Al hacerlo se encontró una pequeña sorpresa. Imran le había dejado en su estante un plato con arroz y pollo con un papel escrito en catalán: «*Bon profit*». Pobre chaval, pensó. Evitaba imaginar la cara que pondría cuando le dijese que no podía pagarle la habitación otro mes más. Cogió el plato y un vaso de agua del grifo y se metió en su cuarto. Iba comiendo mientras se despojaba de la ropa. La mayoría de pústulas estaban húmedas, con la piel macerada. Se recostó sobre la cama desnudo y observó su cuerpo. Aquello le pareció una cartografía perversa. Creía poder apreciar cómo crecían, cómo se unían las unas a las otras. Imaginó que al juntarse todas esas placas la piel al completo se despegaría del cuerpo, y por debajo, una nueva cobraría forma. Como si fuese un reptil. En aquel momento ya no pudo resistir más el picor, apagó la luz, y se arrancó la piel hasta que cayó dormido.

6

Sábado, 4 de noviembre de 2017

Tarrós conducía sujetando el volante sólo con el dedo de una mano. Lo cual ponía nerviosa a Ivet, que pisaba el pie como si frenara desde el asiento del copiloto a cada curva que el cabo cogía a más velocidad de la aceptable. Pensó que por su modo de conducir nadie hubiese dudado de que era un hombre. Hombres, siempre con algo que demostrar, siempre bajo la presión pueril de creerse evaluados, pensó.

—¿Te dolió la operación?

Tarrós la miró un segundo en el que dejó de atender a la carretera. Ivet casi se arrepiente de hacerlo.

—No fue una, fueron dos operaciones. ¿Le interesa el tema o preguntaba por complacencia?

Ivet sonrió.

—Me interesa.

—La primera intervención fue una faloplastia —le mostró el antebrazo derecho, donde era visible una profunda cicatriz—, me tomaron tejido para componer el órgano, los testículos me los pusieron de silicona. Estuve once horas en el quirófano. En la segunda operación me realizaron un implante de una prótesis de pene... es para poder alcanzar la erección. De otra forma es imposible... —Se detuvo un segundo—. Bueno..., ya sabe...

Hubo varios cientos de metros de trayecto en silencio. La luz de la mañana quemaba las copas de los pinos blancos.

—¿Sientes placer? —Ivet se corrigió—: Quiero decir, ¿puedes sentirlo?

—Sí, te reconstruyen las conexiones nerviosas del clítoris en el nuevo glande. En siete u ocho meses vuelves a sentirlo.

Pasaron de largo el Baixador de Vallvidrera. La mañana trajo una bruma que parecía un decapado sobre el paisaje. Ivet recordó aquella madrugada de los años setenta en que Pere se esfumó tras aquella misma bruma.

—¿Cómo está su perro? —preguntó Tarrós.

—¿Te interesa el tema o preguntas por complacencia? Tarrós sonrió.

—No. Me interesa.

—Está mal. Se caga y se orina encima. No puede bajar las escaleras ni apenas ladrar. No puedo dejarlo solo mucho rato. Cada poco paso por casa y lo atiendo. Pero se va, ha decidido irse.

—¿Cuántos años tiene?

—Quince. Más o menos. No lo sé. Lo encontré, o él me encontró a mí. Nunca se sabe en estos casos.

Seguían por la BV-1462. Ya no había curvas. Pasaron bajo la autovía.

—Intento matarlo antes de que muera —dijo.

Tarrós la miró. Ella continuó:

—Nunca le di una magdalena. Le encantaban y nunca le di una. Ya sabes lo que dicen…, los perros no pueden comer dulces… Cuando la veterinaria me dijo que no había nada que hacer fui a la tienda y compré doce bolsas. Las tiene allí, a disposición. Le dejo unas cuantas y va comiendo según quiere, o puede. Con un poco de suerte para él las magdalenas lo matarán antes que el cáncer.

Tarrós volvió su mirada de nuevo hacia ella.

—¿Sabe que eso no es posible, verdad? No va a morir por las magdalenas.

Hubo un largo silencio.

—Cuando deje de comer lo sacrificaré —añadió—. Si puedes tener una erección sin problema, y eres capaz de sentir placer, ¿de qué tienes miedo? ¿Qué puede fallar?

El cabo movió ligeramente la cabeza y sonrió tan apenas. Ella también lo hizo. Comenzaban a vislumbrar las primeras villas de La Floresta y Tarrós torció a la izquierda.

—El inspector Terramilles quiere hablar con usted. Esta mañana ha intentado llamarla y tenía el teléfono apagado o no sé…

—Lo pongo en silencio para no molestar a *Mel*.

—Creo que Veudemar no va a estar al frente del caso finalmente. Y eso le ha molestado. La chica ya se encuentra en el instituto forense.

—Será mejor que llame al jefe mientras llegamos a casa de Teresa.

—Le dije que no le arrancaba el coche anoche, porque le sorprendió que lo hubiese dejado aquí.

Ivet levantó el pulgar como signo de aprobación, ya tenía el teléfono en la oreja. Pero Terramilles no respondió y lo volvió a meter en el bolso. Poco después Tarrós detuvo el coche junto al de ella, a los pies del bosque.

—¿Qué han hecho con la esfera? —preguntó mientras salía.

—Sigue allí abajo. Hay una patrulla, Borràs y Lupiérez, creo. Los de la científica no han terminado con las huellas. ¿Qué cree que es?

—¿Todavía cojeas? No me vas a decir qué te ha ocurrido…

—Me caí, ya se lo dije anoche.

Ivet no creía una palabra. Pero continuó hablando.

—Pienso que simboliza algo, la hiciera quien la hiciera. Es una bola perfecta, de ramas muertas, con una abertura… ¿Sabes a qué me recuerda esa abertura? —Tarrós dio el silencio por respuesta—. A los nidos de golondrina.

Ahora sí intervino el cabo.

—¿Piensa que es un nido?

—No lo sé. ¿Qué piensas tú de todo esto? No has abierto la boca desde ayer.

—No estoy seguro. Al verlo pensé en un ritual, una especie de sacrificio de alguna secta.

—¿Una secta? —preguntó Ivet con cierto escepticismo.

—Algo así…, no sé. Hubo muchas comunas por aquí en los sesenta y setenta. Ahora continúa habiendo muchas casas okupas, comunidades anarquistas, antisistema…

—Pero de ahí a que sea obra de una secta esotérica…

—No lo sé. Pensé en una noticia que leí hace un tiempo. Anoche la busqué. —Tarrós dio un par de pasos hacia los árboles, respiró todo el aire puro como si pudiese sorber aquel boscaje, luego se dio media vuelta y continuó—. En 2011 aparecieron una docena de cabras y un cordero muertos en una masía del parque, no muy lejos de aquí. Les habían extraído toda la sangre durante la madrugada del sábado. El pastor los encontró el domingo por la mañana alineados. El hombre lo atribuyó a una secta porque hace años él mismo encontró un cordero degollado. Y no creía posible que fuese el ataque de perros salvajes como ya se había dado en alguna ocasión porque las marcas eran completamente diferentes, y no había ni rastro de la sangre extraída. —Tarrós miró al interior de la espesura, como si alguien pudiese oírlo escondido tras los árboles—. Lo de la chica muerta dentro de la esfera esa… tiene pinta de algo raro, ritual, un trastorno obsesivo compulsivo… No sé.

—¿Estás hablando en serio?

El cabo se cruzó de brazos. En algún lugar una ardilla roja voló de una copa a otra.

—No es un sacrificio, Tarrós. Quien lo hizo se molestó en simular un suicidio. Aunque de una forma tan torpe… —Sonrió con cierta apatía—. Pero no… Si fuera un sacrificio, nos lo hubieran dejado claro, a nosotros, a los dioses, a la madre que los parió o a quien coño fuera dirigido… —Ivet se miró la muñeca—. Son las ocho y media.

—La mujer debe de estar despierta ya…

—No creo que haya pegado ojo. Ni que lo haga durante días. Ayer estaba fuera de sí. Llegas a casa, tu pareja ha muerto y tu niña está perdida. Y cuando aparece es casi un fantasma. Lo tenías todo, todo, y de pronto zas —dijo chasqueando los dedos—. Te parecerá ridículo que tenga miedo a perder un perro comparado con esto.

Tarrós no contestó a eso; como la mayoría de las veces. Se pusieron a caminar hacia la puerta de la vivienda. Escuchaban sus pisadas sobre la hojarasca. Nada más. Ivet pensó que quizá era mejor no luchar contra ese silencio, contra la soledad que se le venía encima. Que en un lugar así, en medio del bosque, enfrentándose a ella misma, a sus fantasmas y sus miedos, se hallaba la anhelada libertad, la causa última de toda vida humana. O puede que viviendo allí, en medio de la nada, una bonita mañana de enero apareciese aquel chico, Pere, de entre los árboles. Con su sonrisa envejecida, pero capaz de alumbrar la noche, como aquella de aquel verano lejano. Entonces el timbre de su teléfono la arrancó de aquellos pensamientos denodados.

—Portabella.

—Sargento, soy Lupiérez. Estamos en Collserola, junto a la esfera. Ha venido un hombre. Creo que debería hablar con él. Dice que conoce a la chica, y que ella construyó la bola.

7

ajaron de nuevo aquella senda del demonio. Con la luz del día todo parecía distinto. Hubiese sido fácil creer que era otro lugar. Ahora sí podía oler la savia, la vida que brotaba de aquellos robles, de las ramas de las genistas, los torviscos, de cada rincón. La muerte también debía de buscar la belleza, porque allí la había. Le extrañó aquel pensamiento. Un hombre de tez arrugada y crin blanca esperaba junto a los agentes. La esfera seguía allí, junto al arroyo. El agua corría con más fuerza, o se hacía oír más, o acaso la noche la había enmudecido con su profundidad, y ahora, a la mañana, trotaba por los recovecos, como las aguas preñadas de truchas en ríos más copiosos que aquél, que de poco no llegaba ni a regato. Un par de agentes de la Unidad Territorial de Policía Científica tomaban muestras y recogían cualquier cosa a su alcance.

—Buen día —dijo el hombre alzando el brazo rígido como si fuese a dejarlo caer sobre alguien.

Ivet y Tarrós continuaron bajando un poco más hasta tenerlo enfrente.

—Buenos días, soy la sargento Portabella y éste es el cabo Tarrós.

Lupiérez se acercó un poco:

—Este hombre suele pasear por aquí todas las mañanas. Nos ha preguntado qué ha pasado y hemos estado hablando.

—¿Cómo se llama usted? —preguntó Ivet.

—Joan Muntanyer.

—¿Qué edad tiene? —Tarrós iba apuntando en su libreta.

—Setenta y tres haré el próximo mes.

—Dice que conoce a la chica que ha hecho esto…

—Sí, se llamaba Aèlia. Venía mucho por aquí.

—Lupiérez, llame a comisaria y que Àngels intente averiguar la identidad completa. —Luego se volvió de nuevo hacia el hombre—. ¿Qué significa mucho para usted? ¿Cada semana?

El viejo pensó un momento…

—Desde antes del verano, desde mayo más o menos, ha venido cada día… Quizá no todos, pero cuatro o cinco a la semana seguro.

—¿Venía tan temprano? No son ni las nueve.

—No, yo salgo también por la tarde… Ya sabe, el médico quiere que camine. —El hombre perdió la vista entre la maleza—. La primera vez que la vi había llovido. Estaba acurrucada junto a ese árbol. Apenas se la veía. Le pregunté si necesitaba ayuda o cobijo o alguna cosa…, yo vivo aquí cerca…

—Después me comunicará su dirección exacta por si tenemos que volver a hablar con usted… —dijo Tarrós.

—Bueno, el caso es que no se quiso mover de aquí —continuó—. Me dijo que esto era lo que andaba buscando, y me preguntó un par de cosas. Luego le ofrecí mi paraguas pero tampoco lo quiso, se quedó aquí, mojándose, y yo me marché.

—Dice usted que fue ella la que construyó esta esfera…

—Sí. Al día siguiente cuando la vi había comenzado a traer ramas de todas partes… Tardé varias semanas en comprender qué estaba haciendo.

—¿La ayudó alguien? ¿Solía tener compañía?

—No, salvo en algún momento puntual, supongo, porque subir la esfera a lo alto debió de costar.

—Sí, debe de pesar doscientos kilos, pero con esa polea de carga hasta yo podría levantarla —dijo Ivet señalando el artilugio—. ¿Suele venir mucha gente por aquí?

—Lo cierto es que sí. Los vecinos pasean por el bosque. Además, desde que ella construyó el nido…

—¿El nido?

—Sí, así lo llamaba, el nido… Desde que lo construyó, la gente viene a verlo. Aunque yo creo que a ella no le gustaba que nadie merodease, prefería estar sola. Alguna vez me comentó que debería haberlo construido más apartado, donde nadie lo pudiera encontrar. —El viejo humedeció los párpados—. Era un buena chica, ¿sabe? Venía y pasaba la tarde en su nido. No molestaba a nadie.

—¿Quiere decir dentro de la esfera?

—Sí, se sentaba ahí dentro y era como si desapareciera de la faz de la tierra. Y ahí pasaba las horas.

Ivet miró aquella esfera, aquel nido construido por unas manos delicadas y fuertes, una bola perfecta, un péndulo…

—Tarrós, quiero un listado de todos los vecinos en un kilómetro a la redonda. Que se descarten en una primera tanda los que no tengan acceso a pie hasta aquí.

—¿Puedo continuar mi paseo, inspectora?

—Sargento… —corrigió—, soy la sargento Portabella. Sí, puede continuar. Dele sus datos al cabo, es posible que volvamos a hablar con usted.

Lupiérez se acercó leyendo unas notas.

—Àngels piensa que se puede tratar de Aèlia Imbert. Veinte años.

—¿Imbert?

—Sí, es la nieta de Francesc Imbert.

—¿Quién? —preguntó Borràs.

—Imbert, el empresario. Su hija intentó detener el metro con sus manos. Tenía poderes, dijo. —Ivet se encogió—. La niña estaba delante. Llevaba toda la tarde con su madre, que iba puesta hasta las cejas de LSD y anfetaminas. Poniéndola en peligro. La pequeña tenía tres años. La hizo correr por Via Laietana por el medio de la calzada, que viene un dragón, le gritaba, los coches las esquivaban. No las atropellaron de milagro. Cuando sacaron a la chica de debajo del tren la niña continuaba allí. Nadie había reparado en ella. Así que vio a su madre hecha trozos literalmente. Los iban dejando en el andén. Yo estaba allí aquella tarde.

Tarrós no estaba acostumbrado a ver a Ivet tan diáfana. Pero no supo qué decir. Y de nuevo guardó silencio.

—Sargento, tenemos la dirección de la chica —dijo Lupiérez mientras le tendía la mano con un papel y una anotación.

8

Ivet conocía aquella luz débil, aquel silencio ojeroso, aquel abismo que rodea cualquier casa, hogar, familia que se ve golpeada por la ausencia…, que no la muerte, la muerte no es nada, una palabra, pero la ausencia, esa ausencia que se presume interminable cuando alguien comienza a no estar…, esa inmensidad es atroz. La conocía bien, Ivet… Tras la muerte de su hermana vio a su madre y a su padre atrapados en el tiempo, en aquella casa de muñecas que nunca nadie se atrevió a desmontar, ni a guardar, ni menos aún a tirar a la basura. Los vio caminar sin reflejo en el espejo, sin otro rumbo que la deriva; comer ya no era más que una ingesta mecánica de alimentos, también para ella, porque ya nadie reía ni salpimentaba nada en la casa. Todo era muerte, porque la comida sin amor tan sólo es muerte, lechuga muerta, pollo muerto, agua… Así que cuando entró en casa de

Teresa Gener aquella mañana ya sabía todo lo que iba a encontrar, porque la muerte todavía lo impregnaba todo.

La madre de Teresa les abrió la puerta. Ella dormía, dijo. El padre no tardó en asomar. Estaba frente a la televisión. Apagada, por supuesto. Pero la miraba como si no lo estuviera. La conmoción era similar a haber recibido un fuerte golpe en la cabeza. Miraba pero no oía, hablaba pero no decía gran cosa. La madre, en cambio, parecía dominar la situación perfectamente, y salvo por su expresión de espectro, se comportaba resolutiva.

—Teresa está descansando, acaban de venir del hospital…

—Mamá, estoy despierta, que suban —gritó una voz rota desde el piso de arriba.

Ivet se dirigió a Tarrós.

—Quédate aquí, será mejor que suba yo sola.

En la escalera y el pasillo todavía olía a familia, a hogar…, calcetines perdidos, un libro de cuentos abierto contra el suelo…, pero sobre todo el aroma: colonia infantil, *aftershave* de hombre, el polvo en las sábanas, la camita deshecha … Al fondo, una habitación entreabierta. Se acercó y dio un par de veces con los nudillos antes de entrar. La mujer estaba sentada en el suelo, con la espalda apoyada bajo la ventana. La luz atravesaba su pelo revuelto. La niña dormía en la cama de matrimonio.

—Hola, soy la sargento Portabella… Soy Ivet —se corrigió.

La mujer la miró. Sus ojos parecían estar en el fondo de un vaso. Mostraba una sonrisa atropellada.

—¿Me puedo sentar?

—Sí, por favor —dijo con inesperada amabilidad.

Ivet se sentó junto a ella bajo la ventana.

—¿Cómo se encuentra la niña?

—Nos han dejado marchar, pero van a hacerle seguimiento hospitalario. No habla, no llora ni ríe… Pero han conseguido que beba un yogur. ¿Cree que volverá a estar normal?

Ivet tuvo que tragar saliva. No contestó a eso.

—¿Y cómo se encuentra usted?

—¿Sabe lo que he pensado hace un rato? —dijo—. He pensado que podría empapelar esa pared de ahí. A Carles siempre le ha gustado el color chocolate para el dormitorio, pero no le he hecho caso nunca. Quizá ahora pueda empapelar ese trozo. ¿Qué le parece? ¿Sabe algo de interiorismo?

Ivet no respondió tampoco a eso. Miró el suelo e intentó comprender por lo que estaba pasando aquella mujer. Por un momento se olvidó de qué estaba haciendo allí.

—Teresa —dijo al fin—, tengo que hacerle algunas preguntas.

Ella la miró.

—No se preocupe. Sé que suena fatal. Pero no estoy loca, dígame qué quiere saber.

—¿Le dice algo el nombre de Aèlia Imbert?

—No. ¿Quién es?

—Sabe que hemos encontrado a una chica asesinada…

—Sí, donde estaba mi pequeña.

—Se llamaba Aèlia Imbert, era la nieta de Francesc Imbert. —Ivet se detuvo un segundo, y luego añadió—: ¿Le dice algo ese nombre?

La mujer se encogió de hombros.

—¿Se le ocurre si Carles y Elisa podían conocerla? Al parecer pasaba mucho tiempo en el bosque.

Teresa balanceó la cabeza.

—No he oído hablar nunca de esa chica.

Ivet carraspeó y luego dijo:

—¿Cree posible que la conocieran y usted no lo supiera?

—¿Qué quiere decir?

—Puede que salieran a pasear a menudo, y se la encontraran de camino, pero no fuera algo tan significativo como para mencionarlo.

—No lo sé. ¿Qué quiere de mí? ¿Qué tiene que ver eso con nosotras? ¿En qué puede ayudarme a mí todo esto?

Ivet se incorporó.

—Lo siento. No quiero molestarla más. Ya me marcho…

Fue hasta la puerta.

—¿Por qué cree que la conocían?

—Su hija salió huyendo para pedir ayuda y fue directa hasta esa chica.

—¿Cree que Carles tenía una aventura con ella? —preguntó.

Ivet la miró en silencio.

—No me mienta.

—No lo sé.

9

La Gran Suite del Hotel Casa Fuster de Barcelona tiene 97 metros cuadrados. La mayoría de familias que conocemos no vive en una superficie así. Egbert Broen no era la primera vez que se alojaba allí. Visitaba la ciudad un par de veces al año por lo menos y solía repetir en aquellas dependencias. Le gustaba pasear por el barrio de Gràcia, que comienza ahí mismo, diluido entre la gente corriente, en locales corrientes, observaba la vida plana, sencilla, recordaba etapas de juventud, y luego volvía al lujo, a la vida de minorías. Su mujer no solía acompañarlo en este tipo de viajes. Prefería quedarse en Berlín. Él lo agradecía, a veces solía aprovechar para correrse una pequeña fiesta privada. La quería, la quería porque la necesitaba, Erich Fromm le hubiese dado un par de hostias. Pero así son las cosas. Y a pesar de ello, como digo, en alguna de aquellas ocasiones llamaba a un par de *escorts* de lujo y les hacía las mil perrerías sexuales, no tanto por los actos, sino más bien por el fondo de la cuestión. Por el abuso psicológico. Las trataba bien, las trataba mal, las trataba bien, las trataba mal, se corría en sus zapatos, se comía su propio semen, les chillaba, las humillaba por estar allí, por observarlo, por verlo desnudo en términos freudianos, luego se disculpaba y ellas se marchaban.

La empleada del hotel entró en la habitación a las doce y cuarto del mediodía del sábado. El viernes el cartel de no molestar había estado colgado del pomo todo el día. Pero ahora necesitaba ya hacer la habitación. Así que llamó y abrió con cuidado. Egbert había intentado llegar hasta la puerta antes de morir. Se había arrastrado unos metros, como indicaba la sangre del suelo. La chica empezó a chillar de forma entrecortada, se comenzó a marear porque hiperventilaba y se tuvo que echar fuera, en el pasillo, donde la encontró una compañera y más tarde el encargado del hotel.

Ivet estuvo un rato sentada en su coche sin arrancar. Tarrós ya se había marchado hacía treinta minutos. No sabía explicar por qué, pero estar allí, en la sierra, le producía una extraña sensación de bienestar, de confort, a pesar de los terribles sucesos que la habían llevado hasta ella. No era paz, exactamente, era un hormigueo, como las primeras horas de un enamoramiento, ese intervalo de tiempo desde que sabes que una persona sabe que existes hasta que te has acostumbrado a cómo te coge de la mano. Era algo parecido, algo que había estado dormido en ella tanto tiempo. Pere, dijo su nombre en voz alta. Cuando una persona se aferra a nuestra memoria tantos años da que pensar. Arrancó el coche, recorrió la calle, y en el cruce giró a la izquierda en lugar de tomar la dirección a Barcelona. No sabía bien a dónde iba, pero recorrer aquellas calles ya era un viaje a 1976. A aquel verano perdido del que nunca debió salir.

Estuvo conduciendo sin rumbo, siguiendo su instinto, que le marcaba el norte, el centro de aquella curiosa población artificial de aroma inglés y vegetación mediterránea. No obstante, había cambiado mucho en cuatro décadas. Seguramente tanto como ella. Y allí estaba, dentro de un cuerpo de cincuenta y ocho años y buscando a un chico de veinte, o lo que pudiera quedar de él. Le pareció tan melodramático que decidió dar la vuelta. Entonces vio un lugar familiar. La plaza Josep Playà, junto a la estación de ferrocarril. De repente se hizo de noche, subió la temperatura dieciocho grados, comenzó a sonar la música, risas, gentío, el parpadeo de unas bombillas mal alimentadas por un viejo grupo electrógeno. Una orquesta local interpretaba alguna versión de alguna versión de alguna canción anglosajona. Pere la miraba desde la barra. Llevaba haciéndolo toda la noche. No se había movido ni un metro. Ella lo miraba también. Le parecía guapo. No como los chicos del instituto, no bonito, ni agradable, ni dulce. Guapo. Atractivo. Como si fuese un actor americano. Como si cada vez que encendía otro cigarrillo y daba un sorbo a su cerveza fuese un anuncio en el cine de la calle Verdi. Lo miró durante casi una hora. Sin más pretensión que hacerlo. Sin más intención que disfrutar de ello. De verse allí, libre, con las horas interminables de una noche de verano. Si la juventud es algo que podamos describir, es eso. Y al final, todas las extrañas correlaciones del universo, empujadas por los astros, las constelaciones, la materia…, eclosionan en un grácil, fútil, desdeñable movimiento que acerca a dos seres humanos, y la galaxia al completo, todo, desaparece y no existe nada más allá del último farolillo de una verbena de pueblo.

Tres palabras. El poder de tres palabras hasta aquel momento había pasado desapercibido para ella. La sinceridad, la precisión con que tres palabras, apenas una docena de letras, pudieron ser tan acertadas, tan irrefutables ante un tribunal que juzgase el amor, si los hubiera:

—Me gusta mirarte —dijo el chico.

—A mí me pasa lo mismo —respondió Ivet.

A partir de ahí, la noche se les escurrió entre los dedos sin posibilidad de detener el tiempo. Cada minuto más corto que el anterior. Esas cosas pasan en el amor. Y uno intenta retener cuanto puede en su memoria pero apenas consigue llevarse consigo unos instantes que guardará para siempre, aunque el tiempo los irá modelando a su gusto hasta que serán tan sólo una invención propia.

El teléfono de nuevo la sacudió de pronto. Desapareció Pere, y con él la noche, la verbena, la tenue luz, la bravura del amor inexperto…

—Portabella… —dijo al descolgar.

—Sargento —era Tarrós—, la espera Francesc Imbert. Pero antes… Ha habido un homicidio en el Hotel Fuster. Debería venir.

10

La mañana explotaba afuera, tras la persiana. Algunos orificios fruto de alguna granizada estival dejaban pasar la luz, como agujeros de bala. Lo pensaba a menudo. Los recorría uno a uno con la vista, e imágenes de películas de los ochenta venían a su cabeza como palomas hambrientas. Pensó en la noche anterior. En el tal Diego buscándolo por toda Barcelona para probar la resistencia del acero en sus huesos. Era una ciudad grande, de más de un millón y medio de habitantes, pero había muchas ciudades en una, muchos estratos sociales, clanes, tribus, submundos y supermundos. Y era sencillo para un perteneciente a uno de ellos echar la vista sobre cualquier calle y desglosar, hacer una gran sección antropológica estratificada y ver a la población como fichas de parchís. Un tipo como ese Diego y él no se encontraban a mucha distancia. Sus mundos se tocaban. Tarde o temprano giraría una calle y una barra de hierro le hundiría la nariz en el cráneo. Luego una lluvia de golpes lo mandaría al infierno. Pensaba que se resistiría, golpearía, aun cuando nunca había dado una hostia a nadie, pero sabía que era un superviviente. Sabía que era capaz de cualquier cosa. Así que probablemente a uno de sus agresores le saliesen caros los cincuenta pavos que Diego le habría pagado para darle la paliza. Con suerte se podría llevar a alguno al hospital con él. La puerta de la calle se cerró de un portazo. Imran había salido ya a trabajar. Ya podía levantarse. Estaba aguardando porque no sabía cómo iba a poder mirarlo a la cara. Seguramente el chico estaba esperando el dinero, sabía, o creía como Édgar, que la paga estaba al caer. Pero eso no iba a ocurrir. Tampoco tenía prisa por salir de su dormitorio. Nada le esperaba en la nevera. Un vaso con agua manchada; Antonio no solía protestar cuando le cogía algo de leche. Alargó el brazo. Miró la hora en el teléfono. Ni siquiera podría pagar la mensualidad de seis euros sin datos móviles. Abrió la agenda. Apenas había llamado a nadie en el último mes. A Félix, al que no volvería a ver, suponía. Cuando un tipo canario sin acento canario te engaña es porque te lo has buscado, porque estás tan necesitado que hasta dejarte engañar es una opción. Alguien que no te dice de dónde es tiene precio puesto a su cabeza y a medio país buscándolo. Se detuvo en la agenda y presionó para llamar. Alguien contestó. Era su madre. Sus padres vivían a cien kilómetros de Barcelona, en la provincia de Tarragona, en una población costera infestada de chalés hechos a pedazos, con más voluntad de escapar de una ciudad que gusto. Un barrio de gente a los pies de la jubilación, matrimonios con los hijos crecidos que creían que acabarían sus días en un anuncio de cereales integrales, y que ahora hacían magia para sobrevivir con unas pensiones recortadas y una sanidad desvalijada. Ellos, como otros muchos, sufrieron además la mayor estafa de la democracia. Compraron acciones preferentes a su banco habitual, la caja de ahorros en la que habían confiado siempre. Lo metieron todo allí, setenta y pico mil euros. Cuando la banca española comenzó a perder capital, debido a la crisis del sector inmobiliario en mayor parte, para atraer capital a las entidades, se puso a disposición de clientes de a pie, gente sin conocimientos financieros ni comprensión lectora en algunos casos, un producto bancario de gran complejidad, y se hizo creer a familias ahorradoras que invertían su dinero en acciones de renta fija, cuando lo hacían en paquetes de renta variable. Setecientas mil personas lo perdieron todo. Sus padres entre ellos.

—Hola, mamá.

—Hola, cariño. ¿Cómo va el trabajo?

Era la primera pregunta que le hacía siempre. Vivía angustiada con ello. Él carraspeó.

—Bien. —No iba a pedir dinero sin más, lo comentaría como algo natural y sin urgencia—. Voy tirando…

—Todavía no sé a qué te dedicas exactamente, pero…

—Ya te lo he dicho, mamá, soy redactor *freelance*.

—Eso digo yo, cariño, aunque no sé explicarlo muy bien cuando me preguntan.

—¿Está papá por ahí?

—Ha ido al huerto. Ya sabes que aunque sea sábado no puede estar parado.

—¿Tan temprano en sábado?

—Es que no tiene coche. Tiene que ir a pie. Se lo ha prestado al tío Manel, que el suyo está para el desguace. Tuvo un golpe y no tenía seguro. Por poco no va a la cárcel.

—No exageres.

—No exagero. Tu padre le metió una bronca de mucho cuidado… No sé lo que vamos a hacer… Encima nos ha pedido dinero otra vez. Y ya sabes cómo es tu padre, antes que decirle que no puede, lo robaría.

Édgar comprendió entonces que nunca les iba a pedir un solo euro a sus padres. Que antes comería de las basuras que privarlos de un céntimo de merecida paz.

—¿Cómo está Pilar? Qué buena chica es.

Pilar era una amiga, una medio novia, un rollo de una noche que acabó siendo de primavera, pero nada más, desapareció. Édgar la llevó a comer en cierta ocasión y su madre se aferraba a aquel recuerdo cuando sufría por que su hijo no acabara solo.

—No lo sé, mamá. No la he visto en siete años.

—Pero la llamarás de vez en cuando o algo.

—No, mamá. No sé nada de ella.

—Con lo buena chica que es… Deberías llamarla algún día. Igual te llevas una sorpresa. Yo le tengo mucho aprecio.

—Sólo la has visto una vez, y fue hace casi diez años.

—¿Tanto? —Hizo una pausa—. Tu padre está mayor.

—Quizá era la forma de decir que ella misma lo estaba—. Ayer no se acordaba del señor James.

—¿Quién…?

—El señor James, el periquito que teníamos en el piso de Vallcarca…

—Tengo que colgar, mamá. Cuídate mucho, te quiero.

—Y yo a ti, cariño. Si ves a Pilar, dale recuerdos.

—No la veré, mamá, cuelgo…

—Y no te metas en líos…, que está la cosa muy mal…

—Cuelgo, *adéu…*

Las heridas supuraban más de noche, y de madrugada comenzaban a secarse. Así que ahora toda su piel estaba tirante, y con el aspecto de un campo de batalla tras un sanguinario combate. Salió del cuarto y fue directo a meterse en la ducha. Bajo el agua pensó en aquella situación asfixiante. Nunca habría imaginado que su mayor problema una mañana de sábado a los treinta y ocho años iba a ser qué echarse a la boca. Había pasado varias veces frente a un comedor social de camino al bar de Diego. Lo mejor sería acercarse y ver de qué modo podía inscribirse, o hacer lo que fuera necesario para poder comer caliente una vez al día. Había unos chicos en el barrio, no recordaba el nombre de la ONG, que daban lotes de alimentos. Sería mejor informarse. Pero qué podía hacer para pagar el alquiler…, el teléfono… Para no descolgarse del runrún del mundo. Ahora mismo la única diferencia entre él y un sintecho era que él todavía dormía en aquel piso. Pero Imran, a pesar de ser un buen chaval, pronto le pediría que se marchase. Aunque probablemente él no dejaría que llegase ese momento, se lo pondría fácil, se iría sin más.

Al salir de la ducha, se vistió y fue hacia la entrada, pero en la cocina se encontró con Antonio.

—Hola, Édgar.

Estaba comenzando un bocadillo.

—Buenas, Antonio.

Édgar se puso un vaso de agua del grifo y lo bebió como si tuviese sed, cuando lo único que intentaba era no tener el estómago vacío al salir de casa. Con Antonio allí, no pudo ni quiso tomarle un poco de leche prestada.

—¿No trabajas hoy?

—No, ya he terminado.

—Ah, ¿sí? Y qué tal, ¿te han pagado ya?

Lo preguntaba con interés de verdad. Eran tres hombres sin nada que ver los que allí habitaban, de tres mundos tan lejanos como invisibles entre ellos. Y sin embargo, algo muy distinto a la amistad pero igual de sincero y respetuoso los unía.

—Voy a dar una vuelta —prefería no responder que mentir.

—¿No vienes a jugar?

Los sábados solían hacer torneo de pachangas de fútbol en el barrio. Había un solar que utilizaban como aparcamiento y religiosamente quedaba libre de autos el fin de semana, porque con coches o sin ellos la competición se llevaba realizando desde que nadie alcanzaba a recordar. Gente fue, gente vino y siempre hubo jugadores en el barrio. Personas en más o menos forma que luchaban contra la precariedad, la soledad, la nevera vacía, dando patadas a un balón. Aquel hábito había cohesionado socialmente aquel vecindario. Desde hacía algunos años, algunos equipos eran mixtos.

—No, hoy estoy cansado.

—¿Me echas un cable? No puedo con este bocadillo, me he pasado tres pueblos.

Édgar lo miró. Sabía que Antonio podía ver en todo momento que su estante de la nevera estaba limpio. Que no tenía nada de nada.

—Venga, que no se tire —dijo Édgar. Como si ninguno supiera lo que sabía el otro.

—¿Vendrás a comer? —preguntó desde la cocina Antonio. Édgar ya se ponía la cazadora en la puerta.

—No creo, comeré por ahí.

Édgar cerró la puerta tras de sí. Antonio se levantó de la silla y se preparó otro bocadillo.

11

Barcelona un sábado por la mañana puede parecer el centro del mundo. A pesar de los turistas. A pesar de la crisis, de la miseria doméstica de muchas familias. A pesar del 155. A pesar de la DUI. A pesar de todo. Dudaba de pasar por casa y ver qué tal andaba *Mel* o dejarlo para más tarde. Al final no lo hizo. Ivet subió el coche a la acera frente al Hotel Casa Fuster. El portero hizo ademán de ir a amonestarla, pero ella le mostró la placa antes de que abriera la boca. Tarrós salía tras él, estaba esperándola en el vestíbulo.

—¿Qué ha ocurrido? ¿Quién es el muerto?

Ivet lo siguió y se detuvieron frente al ascensor.

—Están los forenses ahora, el juez todavía no ha llegado... —Tarrós tomó aire y añadió—: La he llamado porque hay un chico, trabaja de recepcionista, que dice que vio a la chica del bosque el jueves por la tarde.

—¿A Aèlia Imbert?

—Sí. En cuanto se ha hecho pública la identidad de la chica, su foto ha corrido por las redes. El chaval hoy no trabaja, pero ha venido a informar de ello.

—¿Está aquí todavía?

—No, Veudemar lo ha mandado a casa. Pero he hablado con él, y va a estar localizable.

—¿Y la víctima?

Entraron en el ascensor y Tarrós continuó.

—Un pez gordo. Un alemán.

—¿Un turista?

—Según parece, vino a participar en un congreso. Se suspendió a última hora pero viajó igualmente.

Ivet miró a Tarrós esperando más información.

—Ya sabe, era un congreso sobre banca, con el follón que hay montado…, la inestabilidad política y todo eso…

—¿Cómo ha sido?

—Le han abierto la cabeza con una lámpara. El golpe ha sido limpio. Por la fuerza y el ángulo el agresor podría ser un hombre. Luego se arrastró hasta la puerta, pero no llegó a pedir auxilio, desfalleció antes. Probablemente perdió el conocimiento y después se desangró.

Llegaron a la quinta planta. Silvia de Lamo, la ayudante del forense, los esperaba.

—¿No descansas nunca?

—Tenemos a uno de baja… —dijo—. Ya estamos terminando. —Y se detuvo como si fuese a revelar algo insólito—. Antes de morir se ha hecho una herida en la ingle…

—¿Una herida? ¿Él mismo?

Pasó un grupo de huéspedes frente a ellos, y la ayudante del forense esperó un segundo.

—Se ha rascado con la uña del dedo pulgar hasta hacerse sangre. Se ha levantado la piel. Intentaba borrar una marca, una especie de tatuaje. Apenas se distinguen unas letras, eñe y o. No se puede apreciar bien lo que pone. Quizá cuando limpiemos la herida…, pero no creo.

—¿En qué parte del cuerpo? Quiero verlo.

Caminaron juntos hasta la habitación. Agentes de la científica trabajaban en el área, alrededor del cadáver, que yacía boca arriba medio desnudo sobre el albornoz, con la cabeza untada en sangre.

—Aquí —dijo señalando la ayudante del forense—, a la derecha del pubis.

Se apreciaban, efectivamente, un par de letras, una eñe y una o, sobre la piel amoratada y junto a una herida. El dedo índice de la mano izquierda estaba manchado de sangre. Había rascado a conciencia. En ese momento, Bernat Llorente, el otro sargento de la unidad, apareció por la puerta acompañado de Veudemar. Ivet se temió enseguida qué ocurría:

—Llorente llevará este caso.

Tarrós se hizo a un lado. Silvia de Lamo hizo como si tuviese algo que atender. Ivet esperó a que se despejara la habitación, mientras encontraba el tono adecuado para decir:

—La chica estuvo aquí el jueves. Es el mismo caso.

Veudemar la cortó enseguida.

—El chico no sabe de qué habla… O peor, busca protagonismo… Esa chica, Aèlia, no estuvo aquí el jueves, porque murió el jueves —dijo Veudemar. Bernat Llorente no intervenía. Ya se debía de sentir bastante incómodo.

—Sí, pero más tarde, seguramente.

—Escuche, Portabella, vaya allá fuera y coja al salido que mató a esa chica y la subió a ese árbol. Y hágalo pronto. Coja al primero que pase por allí, si quiere, pero no pierda el tiempo porque el viejo Imbert puede acabar con su carrera y con la mía sin pestañear.

—No puedo creer que hable en serio. Quiero hacerle unas preguntas al chico.

—Olvídelo —levantó la voz Veudemar—. No se entrometa en este caso. No tiene nada que ver. Es un pez gordo alemán, Egbert Broen. Vicepresidente del Deutsche Bundesbank. Uno de los hombres más importantes de la eurozona. No se le ha perdido nada en un bosque lleno de hippies. La Polizei alemana ya está al corriente, puede que manden a alguien. La Europol está en ello. Llorente llevará el caso. No hay más.

Ivet salió de allí con una extraña sensación, Veudemar ladraba como de costumbre, pero no quería llamar mucho la atención. De otro modo, se la hubiera quitado de encima de un manotazo. Y ella hubiera ido con el cuento a Terramilles. Éste la habría puesto firmes y punto. Pero por algún motivo, Veudemar, a pesar de sus reticencias, parecía conciliador. Quizá no quería poner el foco de atención sobre él, ahora que la policía autonómica parecía estar en el punto de mira de toda la prensa europea. La luz del sol explotaba sobre Barcelona. Cataluña navegaba en aguas más calmas. Las mismas aguas que formarían nuevas nubes y caerían en forma de lluvia llenando de nuevo de caudal las ramblas y las cuencas, y el curso de la vida.

12

El Volkswagen de Ivet tenía problemas de combustión, la válvula recirculadora de gases no cerraba bien, y un humo negro la acompañaba allá a donde iba. En especial, al acelerar. Eso le había dicho Gerard, el mecánico. Luego la invitó a salir para tomar algo, una cita…, y no la volvió a ver. Así que el coche seguía vomitando aquella tormenta de carbonilla. Abandonó la avenida Diagonal y se adentró poco a poco en el barrio de Pedralbes, una de las zonas más exclusivas de la ciudad. Una de esas zonas en las que uno, sea quien sea, se dedique a lo que se dedique, se siente un delincuente. Como si del simple hecho de estar allí ya se presumiese el delito. Un mundo irreal. Otra verdadera dimensión de la vida humana. El tiempo corría allí como en cualquier otro lugar, los cuerpos se oxidaban a la misma velocidad, y la muerte era tan puntual que en cualquier otro metro de tierra del planeta, pero Ivet pensaba que aquellas desigualdades, aunque no necesariamente fueran por ello ostentosas, eran un punto de partida insalvable en la convivencia de los seres humanos. El respeto por la ley, por la propiedad privada, por no atentar contra la vida de los demás era tan reciente en la historia de la humanidad que creer que todo estaba bajo control y en orden, o que podía estarlo, era una falacia, una ilusión de las clases acomodadas, esa pueril creencia humana de que todo va a seguir igual siempre.

Aquellas residencias rodeadas por pequeños bosques de césped y piscinas, palacetes con casas para el servicio, no tenían nada de fortalezas medievales de piedra, encaramadas a lo alto de una peña o un cerro, defendidas con la vida porque la vida es lo único que siempre está en juego, en último término. Aquel mundo, aunque a un par de kilómetros del suyo, le parecía cuando menos inverosímil. Debía de haber una extraña dialéctica capaz de explicar por qué existían esos mundos impermeables, estancos los unos a los otros. Por qué una persona, por el hecho de nacer en uno u otro lado del río, disponía de más oportunidades en la vida. Por qué el dinero llama al dinero. Se puede burlar esa mezquindad de los dioses, pero no es sencillo. Ni para ascender ni para caer de pronto de una clase a otra.

Apareció en la avenida Pearson. Donde se encuentra el metro cuadrado más caro de Barcelona. Al poco llegó a la dirección que le había facilitado Àngels. Una frondosa verja, apenas elevada, era la única muralla de aquella fortaleza. Seguramente disponía del más avanzado equipo de vigilancia. Probablemente también contaría con seguridad privada. Aparcó frente a la entrada y llamó al interfono. Sonó un mensaje de WhatsApp en su bolso al tiempo que una voz respondía. La estaban observando ya desde el otro lado.

—Usted debe de ser la policía —dijo la voz.

Sin saber muy bien dónde mirar, Ivet respondió:

—Soy la sargento Portabella. He venido a ver a Francesc Imbert.

—Pase, la estaba esperando, señora Portabella —dijo la voz.

Ivet empujó la puerta y ésta se abrió. Un hombre de pelo glacial, escurrido y un tanto insectívoro se acercaba. Rondaría los ochenta años. Un octogenario podridamente rico que con seguridad podría decirle sin vacilar el precio de cualquier adquisición hecha en los últimos cincuenta años. Incluso de unos calcetines.

—Buenas tardes —dijo. Apenas eran las dos. Se le veía ceremonioso. Algunos ricos creen que eso les abrirá la puerta de los cielos, como si el acopio patológico de riqueza en un planeta hambriento fuese poco menos que una gracieta juvenil, y perdonable como tal.

—Siento mucho lo de su nieta —dijo Ivet mientras le tendía la mano.

Al viejo le cambió el gesto, como si la cabeza le hubiese dado la vuelta y tuviese una careta con rostro afligido anudada en el cerviz.

—¿Tienen ya alguna noticia de cómo pasó…, qué pudo ocurrir…? Pero pase, no se quede ahí… —ofreció mientras volvía sobre sus pasos.

Ivet lo siguió. A la sargento le pareció que aquel jardín tenía la extensión de medio campo de fútbol. Árboles de varias especies que no podía identificar rodeaban la propiedad. Un parterre presidencial sitiaba la edificación, un enorme chalé de estilo ochentero que debía de haber sufrido numerosas reformas a lo largo de los años, pero conservaba aquella atmósfera ingenua, abierta al mundo, a estéticas invasivas que vinieron para quedarse. Rodearon la casa y llegaron a un pórtico. Unas butacas de piel, un frutero sobre la mesa con género variado, una jarra con agua y dos vasos… La esperaba… y aun así iba en bata y zapatillas. Ni rastro del servicio, ni rastro de empleados de seguridad… El sol sujetaba las sombras de los pinos contra el suelo, las retorcía a medida que seguía su órbita. Una piscina con calles resistía con el agua límpida desafiando al otoño, probablemente luego al invierno y la suave primavera antes del verano siguiente. Ivet comprendió que debía de estar climatizada. Se hubiese lanzado con ropa, se hubiese dejado caer hasta el fondo, hasta hacer pie y luego se hubiese impulsado como una morsa. Entonces saldría del agua empapada, se sentaría en aquel cuero oneroso y pediría algo fuerte antes de hablar, un trago de lo que fuera que la ayudase a inspirarse en su trabajo. Lo hicieron antes Gauguin o Rimbaud, ella no inventaba nada. La ayudaba a pensar, y a no salir corriendo. El viejo se dio la vuelta y entonces vio el dolor en sus ojos.

—Siéntese, por favor, Ivet. —Ella se extrañó de que conociese su nombre de pila, en el cuerpo no lo utilizaba nadie. Debió de ser muy expresiva—: No se sorprenda. Tengo que saber quién está al mando de la investigación para esclarecer la muerte de mi nieta.

—Por supuesto —dijo Ivet.

—Usted conoce mi dolor, me alegro de que esté al frente... Estuvo en el metro mientras recogían a mi hija hecha pedazos.

Ivet se sintió vigilada.

—¿Cómo sabe eso?

—Lo sé todo de usted. Es mi deber.

Ivet se levantó, metió las manos en los bolsillos y se acercó un poco a la piscina. Miró el fondo, sintió el agua empapando poco a poco sus botas, sus pantalones, el abrigo... Su bolso hundiéndose lentamente.

—No hemos encontrado el móvil de Aèlia. Ni siquiera hemos dado con su número, no consta en ninguna base de datos, no uno actual.

—No tenía teléfono móvil.

Ivet se volvió por un impulso.

—¿No? ¿Una chica de veinte años sin móvil?

—No, verá, Aèlia era un poco diferente. No sé si fue por lo de su madre, o si la vida le dio un don especial... ¿Ve todo esto? —dijo señalando toda la propiedad—. Era invisible para ella. Tuvo la mejor educación, los mejores tutores, podría haber tenido la vida que hubiese querido... y además era hermosa, ¿lo sabe?

—Sí, lo sé...

—Claro, lo olvidé... Usted estaba allí.

—Sí. —Ivet se acercó a Francesc Imbert—. ¿Sabe una cosa? No sólo estaba allí. La vi, estaba en el suelo. Miraba los restos de su madre con tanto amor como miedo. Observaba acurrucada aquella terrible escena. Me acerqué, me acurruqué junto a ella y le cogí la mano. He tocado cadáveres más calientes. Entonces me quité la chaqueta y se la eché por encima de los hombros. Se apretó contra mí y se durmió. —A Ivet comenzaba a flojearle la voz. Imbert escuchaba con atención, no estaba al corriente de aquellos detalles—. En aquel momento yo no sabía quién era la niña, por supuesto. Su madre había muerto en aquellas circunstancias...

—Drogada —apuntó Francesc Imbert.

—El caso es que yo creía que la niña estaba sola en el mundo. Así que, durante un buen rato, ella durmió en mi regazo hasta que vinieron a llevársela los sanitarios. Y durante aquella media hora fantaseé con la idea de acogerla en mi casa, de formular la petición de adopción... Ya sabe, era más joven e ingenua... Me parecía un cuento de Navidad. —Ivet se sentó—. Luego supe de quién se trataba y mi fantasía se desvaneció. —Los rasgos de Imbert se desvanecían también, y cada vez se agudizaba más la caída del cuello sobre los hombros, como si pudiera llegar a hundirla hasta hacerla desaparecer—. He pensado en ella muchas veces. Imaginaba que la encontraba por la calle y me reconocía.

Imbert guardó silencio un par de minutos. Ivet lanzó de nuevo la vista a la piscina. Aèlia flotaba allí desnuda.

—¿Por qué ha venido usted? No tienen nada todavía, ¿no?

—Quería hacerle unas preguntas para conocer un poco a Aèlia —dijo—, y para descartar que tuviese algo que ver.

Francesc Imbert sonrió de manera forzada.

—Es usted valiente al confesarme eso sin tapujos. La admiro. —Se le notaba, no obstante, un tanto molesto. Un hombre de su posición no sabía muy bien cómo responder a aquello. En otros tiempos hubiera guardado silencio y hubiese hecho un par de llamadas más tarde. Con ochenta años ya, aquella mujer le confería respeto—. Empiece pues, la escucho, y responderé a lo que sepa o pueda.

—No es necesario. Lo he descartado hace ya un rato.

El viejo sonrió ahora con más franqueza. Ivet se levantó de la butaca.

—¿Puedo? —dijo señalando el frutero.

—Por favor…

Ivet tomó una manzana y la guardó en su bolsillo.

—Gracias, señor Imbert. Vamos a encontrar a quien le hizo eso a su nieta. Una cosa más… —dijo—: ¿Le dice algo el nombre de Egbert Broen?

Le pareció ver una ligera muestra de asombro en su mirada, pero dijo:

—Claro. Leo prensa económica. Sé quién es. ¿Es el alemán que han encontrado en el Hotel Fuster?

A Ivet no le sorprendió, dadas las circunstancias, que Imbert estuviese al corriente de todo lo que ocurriese en la ciudad.

—No se levante, por favor, voy sola hasta la puerta.

A los pocos pasos, Imbert dijo:

—Escuche, Ivet… Ella no era como su madre, ¿sabe? Era un ángel. Era puro amor.

—¿La veía a menudo?

El viejo clavó la mirada en el suelo.

—No. Siempre intenté tomar distancia. Creció acostumbrada a no verme.

Ivet lo comprendió entonces... Se dio la vuelta y continuó caminando. Intentó salir de allí sin decir nada más, pero no pudo mantener la boca cerrada.

—Señor Imbert —dijo desde lo lejos—. No fue culpa suya.

Francesc Imbert ni tan sólo la miró. Ella salió por la verja. Ya en el coche sacó el móvil y leyó el mensaje de WhatsApp que había recibido al llegar. Era de Tarrós: «La prensa ya sabe lo del tatuaje del alemán».

PARTE III

La ciudad de los perros

13

Édgar tuvo que caminar ocho kilómetros y recorrer tres comedores sociales hasta encontrar uno donde dieran de comer sin que el usuario hubiese sido derivado por los Servicios Sociales o previa entrevista con el trabajador social, cosa que se debía solicitar por escrito y realizar en días laborables. Era sábado. Así que su única salida fue caminar hasta el comedor de la Congregación Religiosa Hijas de San Juan, donde a la una del mediodía se repartían números. Llegó a tiempo de coger uno de los últimos. Intentó no mirar la cola tras él para no ver quién se quedaba fuera. Si lo hubiese hecho, no hubiese sido capaz de entrar, y necesitaba comer. Comenzaban a temblarle las piernas. Siguió la cola. Había niños. No contaba con eso. Esperaba encontrar trabajadores empobrecidos por la crisis, gente de la calle, buscavidas, alcohólicos, ancianos abandonados como alimañas…, pero no niños. Los niños no deberían ver aquello, cómo sus padres luchaban por un sitio junto a la ventana para sentarlos de cara a los árboles y no hacia aquellos rostros vencidos por la macroeconomía. Los había que les dejaban el postre como si no tuvieran más apetito, para más tarde rematar el hambre rebañando algún plato no terminado del depósito de bandejas sucias.

Tomó asiento junto a un hombre ataviado con traje. Iba peinado con pulcritud. Recién afeitado. Pero con los puños de la camisa amarillentos, los codos de la chaqueta pelados y no llevaba calcetines. Miró la bandeja. Macarrones con tomate. Pescado, o algo parecido, al horno y un flan. Se arremangó la camisa y dio un trago de agua antes de comenzar. El hombre del traje le miró los brazos. Luego le miró las marcas del cuello y la cara. Édgar se sintió observado pero no levantó la vista. El hombre cogió su bandeja y se marchó. Se sentó a otra mesa, de espaldas a él. Entonces Édgar se miró a sí mismo. No por ello dejaba de comer con ansia. Masticaba con fuerza mientras se observaba los brazos. Después lanzó la vista a la sala y un par de personas volvieron la mirada hacia sus platos. También se habían fijado en él. En sus llagas ulcerosas. Un niño continuaba observándolo. Ambos masticaban. Y se miraban. Édgar sonrió, el niño no. Se preguntó qué futuro le esperaba, a él, a su familia. Se preguntó cuántas veces debía acudir una persona a un sitio como aquél antes de descolgarse para siempre del conjunto de la sociedad. Antes de caer a un estrato tan profundo del que es difícil salir. Le miró los pies. Llevaba un par de números más que su talla. Le colgaban los zapatos. Édgar acabó el segundo plato y se levantó. Al pasar junto al chico dejó su flan en la mesa.

Antes de salir se detuvo frente a un televisor que pendía de la pared. La televisión autonómica daba un avance informativo: «Egbert Broen fue encontrado esta mañana en el hotel donde se alojaba con un fuerte golpe en la cabeza. La policía no descarta ninguna línea de investigación. Aparte de la fatal herida, varios medios han comenzado a publicar en las redes sociales la imagen de una marca en la piel, posiblemente un tatuaje que la víctima portaba en alguna parte de su cuerpo, y que al parecer también presentaba lesiones. El vicepresidente del Deutsche Bundesbank se encontraba en la ciudad para impartir una charla en un seminario para estudiantes de economía en la Fundación Roig Villar. El presidente del Gobierno ha telefoneado a su homólogo alemán esta misma mañana. Las policías de ambos países ya han mantenido contactos con Europol y…».

Édgar salió a la calle. Allí estaba, la luz de noviembre sobre Barcelona, una cáscara de nuez entre el mar y la sierra. Si el frío cálido existe, no está lejos de allí. Extraña urbe, donde quien llega se siente parte de ella a las pocas horas, y quien marcha lo hace como si saliese de un sueño. Y si regresa será buscando cosas que ya no existen, porque todo se renueva y cambia en Barcelona cada vez que alguien toma un tren, cada vez que alguien suplica un beso en un portal del Born, cada vez que alguien rebusca en la basura, que un músico profesional baja al metro por primera vez a buscarse la vida, que una vieja se convierte en liquen en un piso donde la única vida digna cuelga de las paredes en fotografías antiguas rodeadas de moho. Así es Barcelona, como el primer amor. Intenso y dramático. Y sin embargo, quien llega de fuera, de la misma antípoda o de la otra ribera del Ebro, hable catalán, taushiro o kaixana, se sentirá de allí, barcelonés…, como Édgar, como Ivet, como Tarrós… Porque las ciudades no son nada más que gente, y la gente tiene la capacidad de ser lo que quiera ser.

Caminaba sin rumbo. La ciudad y él, nada más. La gente con la que se cruzaba formaba parte de esa ciudad, él ya no. Se sentía desterrado de todo. Había ganado tiempo, un par de horas hasta que volviese el hambre, ocho hasta que se hiciese insoportable. Entonces caería la noche, y el sueño se llevaría lejos toda aquella soledad, aquel vacío de estómago y de alma que lo inundaba. Por la mañana de nuevo esperaría en la cama, resistiendo la comezón de la lava amarillenta que su piel excretaba. Luego llenaría la tripa de agua para el trayecto a pie, y se apresuraría a llegar al comedor social antes de las 13 horas y evitaría volver la vista atrás para no saber quién se quedaba fuera esta vez. Entonces se dio cuenta de que el recuerdo umbilical que le unía a su pasado había desaparecido. Socialmente estaba muerto, más allá de lo laboral. Era un paria, y ése era un camino sin retorno. Era como la barca sin remos… cuantos más esfuerzos hiciera por volver a la orilla, más probable sería que acabara lejos de ella. Cuanto más énfasis le pone uno a tejer una red social, más aleja a las personas de su entorno. Extraño animal, el humano. Y él había dado un paso que dividía el mundo en dos. Aquel umbral del comedor social. Con tan sólo una visita ya era uno de ellos. Y ahora, más incluso que en los últimos tiempos, su única preocupación era qué comer y dónde iba a dormir en unos días. Recorrió la Diagonal despacio, a donde iba no había prisa ninguna por llegar, nadie llega tarde a sí mismo. Tomó la Rambla de Catalunya hacia el mar, atravesó la plaça de Catalunya y se detuvo en un banco. La gente lo circundaba como el río baja, esquivo a las rocas. Cerró los ojos. Apenas eran las cuatro de la tarde. Aquello ya no era un raudal bravo…, de repente el mar, un delta, allá donde confluyen la paz y la guerra, el agua dulce y la salada, los arrozales y las olas, el recuerdo y el horizonte incierto, salvaje, como aquella ciudad, como todas, cunas de incivilización. Y llegó el sueño, porque a veces en el ruido está el silencio.

Un sueño vago, inconcluso, a medio camino entre aquí y allá…, con la tarde detenida alrededor y el fulgor de un día de otoño sin nubes presionando en los párpados cerrados como si fuesen una vieja persiana arreglada con precinto. Fue una hostia con la mano abierta, de esas que se dan en los barrios difíciles, la que lo tiró al suelo.

14

Mel dormía. El pecho hacía un vaivén propio de aguas tranquilas. Nadie diría que le quedaban cuatro tardes como aquélla. Afuera los gritos de algunos guiris rompían la paz de la calle Princesa. Llevaba en aquel piso miles de años, desde que lo compartía con otras chicas, y ella se preparaba para sacar las oposiciones a los Mossos d'Esquadra. Con el tiempo se acabaron las fiestas, los chicos, la juventud…, las otras se fueron a formar un hogar de verdad y ella se quedó allí. Luego llegó aquel chucho malnacido que ahora estaba a punto de abandonarla en este mundo de mierda. En qué momento se bajó del tren. Ese que lleva a la vida en familia, a los hijos y luego a los nietos… a acostarse todas las noches con la misma persona al lado, para bien o para mal, alguien a tu lado compartiendo la muerte lenta de los cuerpos, el desgaste cerebral, el genocidio celular diario…, alguien cuya manera de masticar lleva poniéndote nervioso cuarenta años, y lo odias por ello, y lo amas por lo mismo cuando comprendes que no es más que un niño octogenario asustado. Qué día de qué año aquella situación temporal de soltería dejó de ser reversible. En qué momento ya no pudo hacer planes porque la flacidez de su cuerpo, el mal carácter, la acostumbrada soledad los habían hecho por ella. En qué momento una persona ya no tiene más alternativas. Acabó de roer la manzana de Imbert y pensó de nuevo en él. En la chica, Aèlia. En su esfera de ramas. Se incorporó un poco en el sofá y buscó su móvil palpando el suelo. Lo tomó y marcó el teléfono de Tarrós. Tardó en contestar, pero lo hizo.

—Hola, Tarrós, siento joderte la siesta…

—No estaba durmiendo, Ivet. —Tan sólo él la llamaba por su nombre de pila, y aun así lo dosificaba—. Acabamos de recibir la autorización del juez para entrar en el estudio de Aèlia. Han mandado a un cerrajero, llegará en media hora. ¿Va usted misma…, nos vemos allí o…?

—Ya voy yo. Y hablamos más tarde.

—Le mandé la dirección: calle Tordera… En la plaza del Raspall.

—Sí, la tengo… ¿Sabemos algo de Pla?

—Nada, no me ha llamado.

—Pasaré por el Instituto Forense… —Ambos ordenaban sus ideas y hubo un silencio de unos segundos. La respiración de *Mel* era todo lo que se escuchaba—. Estuve hablando con Imbert, no creo que sepa nada. Su único delito es la soberbia…

—¿Ha visto las noticias?

—Sí.

Hubo otro silencio.

—Veudemar me ha llamado hace un rato… ¿Ha hablado con usted?

—No. ¿Qué quiere?

Tarrós esperó un segundo. Se apreciaba su zozobra al otro lado del teléfono.

—Me ha preguntado por una botella de vodka de la casa de Teresa Gener.

Ivet se sintió pequeña.

—¿Una botella?, ¿qué te ha preguntado exactamente…?

—Me ha preguntado si la vi beber anoche en el bosque.

—Vaya. ¿Qué le has dicho?

—Creo que quiere buscarle problemas. No le he dicho nada, pero no me ha creído. Teresa insiste en que la botella estaba allí cuando llegó, y esta mañana no. Veudemar lo va a utilizar contra usted. ¿Lo ha hecho enfadar esta mañana?

Ivet se apartó el teléfono del oído. Pasados un par de segundos dijo:

—Gracias, Tarrós. Te llamo más tarde.

Caminó descalza hasta el perro y le acarició el costado con la planta del pie. Tenía miedo de no saber en qué momento dejarlo marchar. En qué punto la vida ya no valía la pena para él. Mientras comiera, que aún lo hacía, aunque muy poco, no cabía duda de que debía seguir respirando, pero una vez dejara de hacerlo, no ayudarlo a morir sería un acto egoísta y caprichoso. Se moría por un trago sólo de pensar aquello. Alejó aquel pensamiento, se calzó y le puso la manta del sofá por encima a *Mel*. Al salir cerró con cuidado de no hacer ruido para no despertarlo.

El panorama político había pintado una Barcelona otoñal un tanto diferente, pero poco a poco las hojas caían de los árboles, y con ellas las páginas del calendario. Ivet condujo absorta en pensamientos vagos… Tan pronto le brotaban las lágrimas por *Mel*, como fantaseaba con ver de nuevo a Pere, como intentaba poner orden a la investigación recopilando mentalmente todos los datos… Pero ni aquel animal se iba a salvar, ni Pere —el que ella se forjó en la mente a lo largo de los años— existía, ni Aèlia vivía adoptada por ella…, ni siquiera respiraba ya. Aun así la imaginó en casa, ocupando el baño por las mañanas, discutiendo con ella con la pasión que lo hace un adolescente, preguntándole cosas incómodas, confiándole secretos que a los veinte años son un tesoro y a los cincuenta a veces también. La imaginó allí, a su lado en el coche, en el asiento del copiloto. La llevaría cerca de plaça de Catalunya, habría quedado con los amigos. Pere iba montado atrás, solía hacerlo siempre que no era él quien conducía. Eran una familia de verdad. Paró en un semáforo y volvió la vista. El asiento vacío la sorprendió. Atrás tampoco había más que silencio. Habló en voz alta para acabar con aquello.

—Vamos a ver ese viejo estudio… —dijo al tiempo que el coche reanudaba la marcha.

Conocía la calle Tordera, sabía que no había espacio para estacionar y dejó el coche mal aparcado en la plaza del Gato Pérez, el gran Gato, renovador de la rumba catalana, una rumba todavía muy viva en aquellas calles… En la plaza del Raspall unos chavales tocaban la guitarra y el cajón. Uno de ellos se arrancaba a dar unos pasos, con más instinto, sangre, raza o lo que sea que enseñanzas. Se movía libre, como la melena de cuatro pelos que le crecía en la nuca. Con pasos medio inventados sacaba la sonrisa de algún colega, pero poca guasa despertaban aquellos ademanes, todo lo contrario. Los amigos de la guitarra y el cajón mantenían el semblante serio. Los tres se miraban, se comunicaban en silencio e improvisaban a una. No en vano el Gato acercó el género nacido en compás de cuatro por cuatro, con patrones de son y guaracha, al jazz. Esa visión de la rumba, en la que cada uno reinventa el género a cada nota, se cuela y se escucha en esta plaza. A veces en las noches de verano una guitarra entra por las ventanas abiertas, una palma sorda abraza la plaza desde un banco, una cría se arranca con un viejo cantar que desgarra el alma de quien lo escuche.

Un hombre con mono azul oscuro esperaba junto a la puerta.

—Buenas tardes, ¿es usted el cerrajero?

El humo que subía del cigarro que sostenía en la boca había hecho un surco amarillo en su rostro.

—Cuando quiera comenzamos —dijo.

—Adelante…

El hombre sacó una llave del bolsillo, le dio un par de golpes con la empuñadura de un destornillador y abrió la puerta. Luego se dispuso a desmontar el cerrojo sin prestar la mínima atención al interior. Ivet se sorprendió. Esperaba que destrozara la cerradura con alguna herramienta para abrirla.

—¿Qué tipo de llave es ésa? —preguntó.

El tipo sonrió.

—Una maestra. La compré por correo. Viene de China… Me costó mil pavos. Me ahorra mucho trabajo. Abre cualquier cosa. ¿Quiere conducir un Ferrari? Yo podría darle una vuelta —dijo inocente.

—Sabe usted que está hablando con la policía, ¿verdad?

El hombre dejó de sonreír y se esmeró en lo que estaba haciendo. Ivet empujó la puerta.

—¿Me permite?

El cerrajero se hizo a un lado sin dejar de trabajar y ella pudo pasar. Buscó a tientas el interruptor en la pared. La tarde resbalaba por los cristales a aquellas horas y poca luz se atisbaba en el interior de aquel taller a pesar de las ventanas. Entonces dio a la clavija y la oscuridad se desvaneció. En aquel momento entendió lo que quiso decir Imbert con que la chica era especial. Parecía un estudio, un taller, convertido en vivienda también, pero toda la estancia estaba repleta de árboles de corteza blanca con hojas anaranjadas dispuestos en maceteros hechos con tablas de madera reutilizada de palés. Algunas hojas cubrían el suelo, como una de esas alfombras que simulan la hojarasca. Los ejemplares más altos estaban desmochados, pero conservaban las ramas laterales. Aquello era un retal de bosque dentro de un edificio, un viejo taller que a la vez era estudio y vivienda. Ivet estaba desconcertada. Como si hubiese habido un error en la matriz de la realidad que conocemos.

—Abedules —dijo el cerrajero.

—¿Cómo dice?

—Son abedules. Mi hija tiene uno en la finca. Ella y su marido se están haciendo una casa de mader… —Ivet ya no escuchaba a aquel hombre.

15

Édgar caminaba por la ronda de San Antoni mirando hacia todos lados. Cada persona que se acercaba apresuradamente por detrás le producía un nuevo sobresalto. Todo había sido tan rápido que no conseguía ordenarlo en su cabeza. Una patrulla de la guardia urbana lo paró. Eran un hombre, musculado y con el pelo rapado, y una mujer de espaldas anchas y semblante serio. Ella habló primero:

—Perdone, caballero. ¿Sabe usted que le sangra la ceja?

La sangre le cubría medio rostro. Se había visto en el reflejo de un escaparate.

—Voy ahora mismo a casa para curarme. —No sabía si debía explicar lo sucedido o si hacerlo le podía traer más problemas. Si denunciaba a Diego, éste acabaría conociendo todos sus datos personales, dónde vivía, y tarde o temprano lo volvería a encontrar. Por no decir que había estado trabajando de manera ilegal en su local.

—¿Quiere ir a un centro de salud para que se lo miren?

—No es necesario…

—¿Se ha metido usted en una pelea? ¿Ha ido a la manifestación?

—¿Quién le ha hecho eso? —intervino el otro agente.

—Tropecé con un chaval que patinaba. No lo vi venir…

—¿Lleva documentación?

—Sí, claro…

Édgar sacó su cartera del bolsillo y se la dio al policía. La mujer mientras lo observaba. Se fijaba en las úlceras de los brazos y la cara. Dio un pequeño paso atrás. No debió de ser consciente siquiera de ello. El otro agente estaba comunicándose por radio.

—Mírame este nombre… Édgar Brossa Cantos… —Luego volvió la vista hacia él.

Édgar notó que ambos estaban alerta para ir tras él si salía corriendo en cualquier momento. No lo disimulaban muy bien. Entonces comprendió que él también debía estar preparado para hacerlo. Por si acaso.

—Lleva una ceja partida… —dijo el agente al aparato, se alejó un poco y bajó la voz, pero se pudo escuchar—, igual le han metido una hostia por intentar robar a alguien. Compruébame si algún turista ha denunciado algo. —Para entonces ya era el espectáculo de la tarde en las terrazas de la ronda—. ¿Nada? —Volvió la vista hacia Édgar—. Bien, gracias… —Y se dirigió a él—: Bueno, puede marcharse. —Tanto ella como él relajaron la musculatura—. Y no se meta en problemas…

—No, claro que no.

Édgar continuó caminando. Le tranquilizaba pensar que si Diego y aquellos chicos le estuviesen siguiendo también tropezarían con la guardia urbana y deberían dar explicaciones a su vez, porque en su huida le había reventado la cabeza a uno con una piedra y debía de sangrar tanto o más que él. Ni siquiera sabía cómo había podido. No acostumbraba a meterse en líos. Suponía que verse en peligro le dio el arrojo. Fue todo muy rápido. Seguro que en la terraza de la cafetería Zúrich ni se dieron cuenta. Los seguratas de la Fnac tampoco. Un viejo gritó algo y algunas personas se detuvieron más adelante para mirar, pero nadie le prestó ayuda. Sería mejor no dejarse ver por el centro. Aquella gente iba en serio. Y el tal Diego era un malo de manual, el hijo de puta. Y se había rodeado de aquellos chavales… ¿Cuántos eran? Tres, puede que cuatro… No podía estar seguro. Bajó al metro como pudo, lo recorrió a toda velocidad y salió en el otro lado de la plaza. Le habrían grabado las cámaras saltando la barrera, pero ése era un mal menor. Además, tardarían un tiempo en verlo viajar en metro. Caminaba más tranquilo cuanto más se alejaba de aquella zona y se acercaba al barrio de Sants. Tan sólo deseaba meterse bajo la ducha y que el agua limpiara la sangre y aliviara la comezón de sus pústulas. Cerraría los ojos y desearía no estar en ninguna parte. Ya faltaba poco. El teléfono móvil comenzó a ronronear en su bolsillo. Miró la pantalla y salió un número largo que comenzaba por 00 31. Podía ser Félix, que había decidido dar la cara. Llevaba meses sin recibir llamadas personales. Dejó sonar el teléfono hasta casi el último zumbido. Quizá era

Diego quien estaba al otro lado. Esos tipos suelen tener amigos en la Guardia Urbana. Quizá alguien le había facilitado sus datos. Fuera como fuera, no podía dejar de contestar.

—¿Sí…?

—Édgar, soy Aniol.

—¿Aniol? —de repente una ráfaga de realidad le sacudió el cabello.

—Aniol Montbell.

—Sé quién eres…, joder, ¿cómo estás?

—Vivo en Holanda.

—Sí, lo sabía. ¿Qué es de tu vida?

—No me quejo… —Édgar sonreía al otro lado del teléfono por primera vez en semanas—. Tengo una familia y esas cosas… Me casé con Berg y hace unos años adopté legalmente a Sanne, su hija. ¿Qué tal tú?

Édgar ni se planteó contarle la verdad. Estaba demasiado acostumbrado a no explicar a qué se dedicaba ni cómo le iba en la vida.

—Muy bien, muy bien. Como siempre…

—¿Te has casado?

—No, no…

—Tu madre me ha hablado de una tal Pilar…

—¿Mi madre?

—Sí, llamé al teléfono de casa de tus padres. Ella me dio tu número. ¿Cómo están?

—Bien, supongo… Ya sabes…, van tirando.

—Escucha, Édgar. Te llamo porque necesito tu ayuda…

Édgar temió que le pidiera dinero.

—Claro. ¿Qué pasa?

—Sabes que mi hermano Ireneu desapareció el año pasado, ¿no?

Édgar estaba al corriente. La noticia recorrió medio mundo. Ireneu Montbell era un escritor en horas bajas, pero que en el pasado había sido una de las mejores plumas del país. A punto del lanzamiento de su última novela desapareció sin dejar rastro. El caso continuaba abierto, por lo visto. Sin una línea de investigación clara.

—Sí, lo siento. ¿Se sabe algo?

—La policía hace tiempo que tiró la toalla.

La noche se había acercado despacio como un gato. Se dio cuenta entonces.

—Lo siento, tío… Debe de ser horrible no saber qué le ocurrió… ¿En qué te puedo ayudar?

—Quiero que lo investigues tú por tu cuenta. Si descubres algo puede ser un artículo brutal para tu revista. Además, te pagaré haya resultados o no, para que no pierdas el tiempo si no hay nada que publicar.

Édgar comprendió que Aniol no sabía que su revista estaba cerrada desde hacía años. No se vio con fuerzas para explicárselo en aquel momento.

—Mira, Aniol, si la policía no encontró nada, yo tampoco lo haré. No soy detective ni investigador ni nada de eso. Sólo soy un periodista aficionado. No tengo sus recursos, no sé nada del tema… Ellos tenían las herramientas y no obtuvieron frutos. —Intentaba quitárselo de la cabeza cuanto antes…—. Además, ha pasado un año…

—Ha ocurrido algo. Algo que demuestra que alguien hizo desaparecer a Ireneu contra su voluntad. —Édgar dejó pasar un silencio y Aniol continuó—: ¿Has visto las noticias? Han asesinado a un banquero alemán en Barcelona…

—Sí, lo he visto.

—Dicen que llevaba un tatuaje en la ingle que intentó arrancarse. En alguna cadena hablan de dos letras, acababa en eñe y o. Yo estoy seguro de que ponía OTOÑO.

—¿Otoño? ¿Por qué?

—Mi hermano tenía uno igual en la ingle. Me lo enseñó cuando era pequeño.

Édgar detuvo el paso. Una llama crecía dentro de él, similar a la ansiedad que precede al consumo de una sustancia adictiva. Similar también a la sobredosis de dopamina que produce el sexo a deshora. Similar a todo lo que nos lleva en cualquier dirección contraria a la más lógica.

—Si crees que tiene algo que ver, deberías llamar a la policía. No a mí.

—He llamado a los Mossos. He hablado con el subinspector Veudemar, que llevó el caso de mi hermano. No cree que tenga nada que ver. Aun así lo investigarán, me ha dicho. Pero no acabo de creerlo… Se le veía más preocupado por averiguar qué sabía yo de todo el asunto que por el paradero de Ireneu…

—Escucha, Aniol. No puedo hacerlo, en serio… —Evitaba decirle que ni siquiera podía pagar un billete de metro, tomar un café, que se iba a quedar sin techo en unos días, y que lo más probable era que después de una temporada de transitar por comedores sociales y albergues volviera a casa de sus padres, a los que no les sobraba ni un solo euro, para que lo acogieran como un perro y lo volvieran a tratar como a un niño y nunca más volvería a ganarse su confianza, ni la suya propia probablemente. ¿Una investigación periodística? Aquel mundo quedaba a miles de primaveras de distancia. Su vida era un invierno perenne ahora—. No podría aunque quisiera —dijo.

—¿Te puedo pedir que lo pienses? No tengo a nadie más… Te llamaré mañana.

Édgar se rascó el antebrazo.

—Llámame si quieres. Pero me temo que me va a ser imposible.

—Gracias, Édgar.

—*Adéu* —dijo antes de colgar.

Se preguntó cuánto tardarían en cortarle el teléfono. Luego pensó en todo aquello. Al hablar con Aniol, por un momento vio la vida desde otra perspectiva. Como si nada hubiese cambiado. Pero en el mismo instante en que colgó volvió el silencio, la comezón en la piel, incluso el hambre, que crecía como un virus en el estómago, de la nada al todo. Vio a unos chicos que se levantaban de un banco. Abandonaban los restos de un menú Whopper del Burger King. Se acercó casi sin pensarlo. Poco a poco observó el entorno. Nadie lo miraba. Se sentó. En unos minutos cualquiera que pasara por allí pensaría que aquella comida era suya. Que había ido al restaurante, la había comprado y estaba tomándola sentado tranquilamente. Nadie podía saber que la encontró abandonada porque una pareja de adolescentes tenían más urgencia por hurgar en sus braguetas que en la bolsa de la merienda. Giró la vista. Pudo ver una hamburguesa mordisqueada sin presteza y unas patatas casi sin tocar. También un vaso de Coca-Cola. Se acercó un poco más. Todavía no lo había tocado. Así que aún era un transeúnte cualquiera disfrutando de la noche, que caía cargada de sonidos. Era sábado. Entonces, cuando se preparó realmente para hacerlo comenzó a sentir vergüenza. En sexto curso, para pedirle salir a Laura Sempere contó hasta tres. No podía ni imaginar en aquella época lo que le esperaba en la vida… Sintió pena de sí mismo. La emoción más peligrosa y más útil, según se sepa canalizar. Contó hasta tres y se lanzó sobre aquella comida, procurando mostrar naturalidad. Pero la urgencia con que roía lo delataba. Su aspecto también. Una persona que cae poco a poco en un hoyo no es consciente de cómo su apariencia lo evidencia cada día más. Pero a los ojos de los demás lleva un cartel luminoso en la espalda. El de Édgar era a todo color. Su piel volcánica, sus zapatillas despegadas, la sangre seca, pero sobre todo su mirada: cuando una persona está a punto de rendirse sus ojos y su rostro son un atlas. Estaba masticando aprisa. Tomó un sorbo de la cola. Entonces mientras volvía a morder la hamburguesa echó la vista al vuelo y vio a una mujer que lo observaba desde la terraza de un bar. Estaba sola, pero la mesa era para dos y había varios platos y copas. Lo había visto todo. Disimuló al saberse descubierta. Luego salió un hombre del local y se sentó junto a ella. Siguieron comiendo. Al cabo de un minuto el tipo se volvió disimuladamente. Estaban hablando de él. Entonces la reconoció. Se llamaba Sonia. Era periodista. Habían tomado algún café juntos en el pasado por temas de trabajo. Quiso convencerse de que no había visto toda la escena, pero sabía que sí. Acabó de comer, se levantó, tiró los restos a una papelera y se marchó a casa. Le ardía la piel.

16

Tarrós caminaba por el barrio de Gràcia. Había dejado el coche en el passeig Sant Joan. No andaba por aquellas calles de esa forma tan sosegada un sábado por la tarde desde que no lo hacía dentro de un cuerpo de mujer. Cuando sentía que vivía en el interior de una *matrioska*. Era difícil de explicar, él todavía no había conseguido que sus padres lo entendieran. Su madre ya no lo haría nunca. Llevaba tres años emparedada en el cementerio de Terrassa. Su padre a veces era su padre y a veces un desconocido. Vivía en una residencia. Hacía tiempo que no hablaban del tema. Cuando iba a verlo, el viejo les explicaba a los funcionarios que él era un sobrino. Todos sabían que se trataba de su hijo, pero se hacían los tontos. Tenía mal carácter, y una vez despierto le duraba toda la tarde. Así que los auxiliares intentaban no complicarse la vida. Aquella situación que podría parecer inocua podía llegar a desajustarle la vida a Tarrós, porque al entrar en aquella residencia dejaba de ser él mismo, de repente se convertía en su propio primo. Y su padre, como un acto de crueldad, de venganza por haber dispuesto de su propia vida y de su cuerpo, o de puro egoísmo senil, le hablaba de su hija. Le decía que había ido a visitarlo, o que lo había llamado por teléfono. Lo cual era imposible, porque su hija era él mismo. Aquella situación era difícil, pero su padre era lo único que le quedaba en el mundo. Con amor o sin amor debía estar con él hasta el final. No era tan complicado. A veces incluso agradecía su compañía. No lo aceptaba como su hijo, pero lo aceptaba como hombre, de alguna manera. Un coche con los cristales de atrás oscuros, un BMW de octava mano, recorría la calle engendrando el mal con una música destemplada. Cuando un coche así circula despacio es porque alguien está buscando problemas. Tarrós le prestó atención pero el infierno sobre ruedas se alejó. Él siguió caminando hacia la plaza del Raspall. Al llegar, los chicos continuaban tocando pero ya no había otra luz más que la de las farolas, media docena de lunas, más o menos; la tarde era ya un recuerdo, una página vencida. Se acercó a la puerta del taller y llamó al timbre. Ivet abrió pasados veinte segundos. Llevaba el pelo recogido sin cuidado, la mirada perdida pero arrugada, la blusa arremangada... Se diría que llevaba allí un mes, e incluso que vivía allí, por lo hogareña que se la veía.

—Hola, Tarrós. Pasa... ¿Quieres una taza de café?

Tarrós la miró contrariado.

—Hola... No, no...

La siguió, ella sí portaba una taza en la mano. Vio los abedules pero tampoco dijo nada. Los atravesaron y llegaron a una zona más despejada. Había un patio con cristaleras antiguas de madera. Una mesa de algo parecido a pino blanco con un ordenador portátil y algunos papeles sobre ella. Varias sillas, cada una de una manera, seguramente recogidas de la calle. Una estantería haciendo las veces de antipara, tras la cual había una cama cuadriforme.

—¿Cuánto rato lleva aquí?

—Un par de horas, no lo sé… —Tarrós seguía observándolo todo con cierto estupor. Aquella mujer era imprevisible—. Escucha, hay que llevar este ordenador a la central.

—¿Que lo inspeccionen?

—No, que lo desbloqueen y me lo devuelvan. Quiero revisarlo yo misma…

—¿Tenemos una orden?

—Sí, hablaré con el juez.

Ivet sujetaba una libreta Moleskine.

—¿Es de la chica? —preguntó Tarrós.

—Sí, hay más, pero ésta es la última. Estuvo escribiendo la semana pasada en ella… Son notas de todo tipo. Desde números de teléfono, su abuelo me dijo que no tenía móvil, hasta bocetos del nido, dibujos de personas, de paisajes…

—¿De personas? ¿Retratos?

—Sí, haz copias y pásalo a Borràs y Lupiérez. ¿Están interrogando a todos los vecinos de la zona?

—Sí, Solán y Marbre también han estado esta tarde allá arriba… ¿Cree que la chica pudo dibujar a su asesino en esa libreta?

—No lo sé. Pero no fue violada. Creo que conocía a su asesino. —Tomó asiento—. Y tampoco era un psicópata o alguien que disfrutara con aquello. Nadie simula un suicidio cuando se mata por placer, parte de ese placer viene dado precisamente por la afirmación de la personalidad homicida. Hay una necesidad de reconocimiento, como si se tratase de una obra de arte..., es una puta locura. Pero sí, creo que lo conocía, y el motivo de la muerte puede ser pasional, un impulso emocional... Puede que quien la asesinara incluso se arrepintiera de hacerlo. Pero la conocía.

Tarrós ojeaba la libreta, y se detuvo en un punto.

—Falta una hoja, está arrancada.

—Lo sé. Era un retrato. De mitad para atrás todos lo son.

Se miraron un segundo, pero ninguno de los dos dijo lo que pensaba. No hacía falta.

—¿Qué significan estos árboles? ¿Un bosque doméstico...?

—Son abedules. Yo no lo sabía pero me lo aseguró el cerrajero. He intentado encontrarle sentido. He leído en algunos blogs —dijo mostrando su teléfono móvil— que en el mundo celta se creía en el poder de protección de los abedules... Me refiero en un plano místico... No sé si crees en ese tipo de cosas... —Tarrós negó con la cabeza—. El caso es que es un árbol con enorme protagonismo religioso y simbólico en muchas culturas antiguas. Puede que sea por eso...

—¿Buscaba protección en el bosque? ¿De quién se escondía?

—No lo sé. Eso es lo que vamos a averiguar. Escucha..., déjame la libreta. —Ivet la abrió por la página siguiente a la arrancada—. ¿Crees que alguien podría recuperar lo que había aquí? Ya sabes, ¿no has jugado de niño a escribir mensajes secretos y a pasar el lápiz por encima después?

—No es lo mismo…, pero veré qué se puede hacer.

—Gracias, Tarrós.

Ivet fue hasta la ventana y perdió la mirada en la nada.

—¿Se encuentra bien?

—Sí. Es esta chica… No puedo dejar de pensar en ella. Y no es sólo porque la conocí de niña… Es difícil de explicar, pero creo que tenía una extraña lucidez. Su modo de ver el mundo…, quizá el dolor la hizo más fuerte, no lo sé; nos quejamos mucho de la juventud de nuestro tiempo, pero no reconozco a Aèlia en esos tópicos. —Ivet fue hacia una cómoda que había junto a la cama—. Por ejemplo, tan sólo tiene media docena de camisetas. Todas de sport, grises, unas solas bambas, unos pantalones vaqueros… —Señaló a la percha—. Un anorak… Es como si simplificara la vida al máximo, como si valorara el tiempo, el ciclo de las cosas, la naturaleza… de otra manera.

—¿Es ella? —preguntó Tarrós señalando una fotografía que pendía de la pared. Aparecía desnuda caminando entre un trigal. Acariciaba las espigas como si pudiese dominar aquel mar seco embravecido por el viento.

—Sí, hay más de ese tipo. Se fotografiaba a sí misma desnuda en plena naturaleza o en los campos. Bajo la lluvia, la ventisca, el sol o la luna. Son bonitas.

Ivet abrió un cajón y sacó un sobre con fotografías. Tarrós lo tomó y fue pasando una por una.

—Era guapa —dijo.

—Voy a hablar con Pla. Si me acompañas, luego te invito a una cerveza. Quiero ir al Bar del Pi.

Tarrós la miró. Sabía a quién podía encontrar allí...

—Si Veudemar la ve hablar con Llorente sobre el caso del alemán, nos va a joder bien.

Tarrós no solía hablar así.

—No tiene por qué enterarse.

—Esta noche tengo planes. Pero gracias por la invitación.

Sonó el móvil de Ivet.

—Portabella... Hola, Lupiérez, ¿qué tal vais?... Bien... No importa... Dejadlo por hoy. Es tarde para andar preguntando en las casas... *Bona nit.*

Tarrós se había dejado caer en el sofá, se tocaba la pierna con la que cojeaba.

—No han encontrado nada. Los vecinos más cercanos conocían el nido, y habían visto a Aèlia por allí en más de una ocasión, pero casi todos tienen coartada o algo parecido. Hay alguna casa vacía ahora a la que habrá que volver mañana. —Tarrós asintió—. Contrastaremos los retratos con los vecinos..., quizá podamos saber si alguno la conocía mejor de lo que ha dicho. Es un lugar visible y la gente pasea por allí... Comprueba si pesa alguna denuncia reciente sobre algún vecino, investiga las llamadas al 112, al 016... Cualquier cosa que haya pasado allí en los últimos cinco años quiero saberla. ¿Todavía te duele la pierna?

—No es nada.

—No voy a entrometerme en tu vida, eres mayorcito... Tú verás.

Tarrós frunció el ceño. No encajó nada bien aquellas palabras…

—Tengo que irme.

—No olvides el ordenador, por favor —intentó enmendar Ivet con un tono conciliador.

—No, descuide. Lo llevaré ahora mismo a la central.

Salió de allí todavía molesto. Pero era incapaz de perder las formas. La puerta se cerró. Ivet tomó asiento frente a la fotografía de Aèlia. Por un momento creyó haber oído mamá, quiso creerlo, más bien. Sonaba bonito.

—Mamá —repitió ella en voz alta.

17

El trayecto hasta el Institut de Medicina Legal i Ciències Forenses de Catalunya fue un viaje en barca sobre las aguas agitadas de una Barcelona efervescente. Llegaba la noche por emboscada. Un millón seiscientas mil personas. La mayoría de batallas que conocemos porque tienen un lugar destacado en la Historia de la Humanidad no reunían a más de unos miles, y se decidió en ellas el curso del mundo. Ivet recorría los pasillos en dirección a la sala de autopsias. Pla era un patólogo poco común. Había estudiado la carrera de Medicina con casi cuarenta años. Hasta entonces había trabajado como conserje en un colegio público. Su afición a la literatura *noir* y el cine negro le hizo comenzar a inventar historias y escribirlas. Pero lo cierto es que no se le daba nada bien, lo que se le daba bien era construir crímenes y resolverlos. Le causaba una extraña sensación de plenitud recomponer las señales que una muerte violenta dejaba en un cuerpo. Una afición imparable que acabó por convertirse en su profesión a los cincuenta y dos años. Ahora estaba a punto de jubilarse, pero solía decir que lo echarían de allí a patadas. Ivet y él tenían una relación cordial. A pesar de que él le miraba los pechos a menudo. Para apartar luego la vista avergonzado.

—Buenas noches, Pla.

—Ah, ¿ya es de noche...? —dijo sin dejar de leer un informe.

Estaba de pie. Ivet sonrió, no sabía si bromeaba o lo decía en serio. Tenía ese don. Había una camilla. Aèlia estaba descubierta. Ahora todo era más visible… Las marcas de equimosis alrededor del cuello…, lividez en glúteos y espalda… Pero la putrefacción de la fosa ilíaca derecha ya era más evidente, y el color verdoso se extendía y se tornaba negruzco… Ivet había aprendido contra su voluntad y a lo largo de los años bastante de sus encuentros con Pla y el resto de médicos forenses.

—Definitivamente, no fue violada. Ni mantuvo relaciones en las horas previas a su muerte, me atrevería a asegurar. Pero… —Ivet lo miró, los peros de Pla solían ser desconcertantes— antes de colgarla no sólo le quitaron la ropa, sino que la lavaron a fondo. De hecho, utilizaron hipoclorito de sodio, lejía —aclaró.

—¿Qué quiere decir a fondo?

—Lo que estás pensando, le lavaron también los conductos anal, vaginal y bucal.

—¿Intentaban borrar restos de semen?

—Quizá, pero de hacerlo no hubiera servido de nada…, y como te he dicho no había mantenido relaciones ni había sido violada.

—¿Entonces…?

—No sé qué decirte… ¿Algo ritual?

Ivet observó unas marcas cerca de los tobillos.

—¿Qué es esto?

—Hay más —advirtió Pla—… Mira… —Había marcas similares aunque no tan evidentes en cintura, axilas—… Las prendas que llevaba dejaron marcas. Como te he dicho estaba vestida. Le quitaron la ropa poco antes de colgarla, pero como ya afirmé anoche llevaba muerta desde el jueves.

—¿El jueves a qué hora?

—A primera hora de la tarde o un poco más. Es difícil de saber, pero fue el jueves.

—¿Podría ser más tarde de las cuatro?

—Seguramente.

Ivet tomó el bolso que había dejado sobre la silla.

—Entonces, no fue violada, la estrangularon con las manos, estuvo tumbada más de un día con la ropa puesta y luego el asesino la llevó hasta aquel nido y la colgó. Esperaba que la encontraran pero no pensó que ocurriría tan pronto…

—Más o menos…

—¿Cuál es tu opinión?

—Yo sólo soy el forense…

—No me jodas.

Pla sonrió.

—Creo que conocía a su asesino. La muerte por estrangulación manual suele ser pasional. Además, no había móvil sexual aparente, y el móvil del robo me parece improbable. El hecho de que el cuerpo estuviese tantas horas en una misma posición también denota que el crimen no estaba planificado. El asesino se tomó su tiempo en idear cómo deshacerse del cuerpo. Lo que ocurre es que quiso simular un suicidio con mucha torpeza. —Ivet asentía—. Eso también me hace pensar en un crimen vulgar.

—¿Estás viendo algo ahora?

—*The Fall...* —respondió con cierta picardía el forense.

—¿Es buena?

—Me gusta.

Ivet comenzó a caminar hacia la puerta y Pla tras ella.

—¿Tienes aquí al alemán?

—Me han advertido que no comparta ninguna información contigo sobre ese caso, Ivet.

—Déjame adivinar quién ha sido…

—Olvídalo… Hazme caso. ¿Quieres tomar una cerveza? Voy a cerrar el chiringuito ya —añadió el patólogo.

—Lo siento, hoy no. Tengo planes.

Ivet se alejó mientras Pla la observaba. No era su tipo ni lo más mínimo, pero le gustaba hacerlo.

18

Ivet aparcó cerca de casa para poder subir a echarle un vistazo a *Mel*. Todavía meneaba el rabo con un poco de alegría. Había comido. Pero se había vuelto a hacer todo encima. Limpió el suelo. Le cambió la colchoneta, encendió la tele y salió de nuevo. Atravesó el Born y se adentró en el Gòtic, un enjambre de callejones que la llevó hasta la plaça del Pi. Desde fuera del local ya pudo divisar a Bernat Llorente, el otro sargento de la unidad. Entró en el Bar del Pi desabrochándose la chaqueta. Él la vio enseguida a pesar de la cantidad de gente que se encontraba allí a esas horas un sábado por la noche y sonrió. Estaba sentado al fondo de la sala pero mirando hacia la puerta. Solo. Ivet sabía que estaba separado desde hacía diez años pero nunca se había divorciado. Ella lo veía como uno de esos pájaros con la jaula abierta que no se mueven de donde están. El encanto del local residía sin duda en el altillo de madera y el piano del fondo.

—Hola, Ivet, lo creas o no, te estaba esperando.

Bernat era uno de esos hombres con la barba amarilla, no porque fuese rubio, sino porque las canas estaban teñidas de todo tipo de comida, cerveza, humo del tabaco... Solía estar sudado, pero pocas veces olía mal. Tenía una dentadura fuerte, y completa a pesar de estar ennegrecida.

—¿Qué quieres tomar? —dijo mientras se despojaba de la chaqueta y el bolso.

—Moritz —dijo levantando el botellín de cerveza medio vacío que tenía entre las manos.

Ivet fue a la barra y volvió con dos.

—¿Qué haces aquí tan pronto? ¿No deberías estar buscando al asesino del alemán?

Sonrió.

—Vaya, ni siquiera vas a disimular... Vas al grano, ¿eh?

Ella también sonrió. Él continuó.

—Acabo de escaparme. La Europol lleva toda la tarde dando por culo. Y un inspector de la Polizei se me ha pegado como una lapa. Tengo a mi equipo dando el ciento cincuenta por ciento. Pero no vamos a sacar nada en claro esta noche. Me he ganado esta cerveza, las dos de antes y todas las que quedan en esa barra. —Bebió un trago—. ¿Qué tal vais con lo vuestro? ¿Qué coño le pasa a la gente este fin de semana?

—Sé que estuvo allí, Bernat. Diga lo que diga Veudemar.

—No lo sé. Es un tipo muy ofuscado. Déjalo estar de momento.

—La chica era la nieta de Imbert. —Bernat asintió—. No tenemos nada todavía…

—Todavía no me creo que el chico se dejara a la niña sola en el bosque. Qué clase de policía hace algo así… —Suspiró y volvió a preguntar—: ¿Recuerdas cómo era el cuerpo cuando comenzamos nosotros?

Ivet dio un trago.

—¿Qué hay del tatuaje? ¿Se sabe ya qué ponía?

—No. Pero puede que no tenga nada que ver con la muerte.

—Y ¿por qué dedicó su último aliento a arrancárselo en carne viva?

—No te puedo responder todavía, pero no te montes películas. Este trabajo es más serio de lo que creen algunos.

Ivet dio un sorbo. Y añadió:

—Una eñe, Llorente, una puta eñe. No sé mucho alemán, pero seguro que ninguna palabra la lleva…

—¿Has estado jugando al Scrabble? Venga, dime cuántas palabras acaban en eñe o. Seguro que lo has buscado.

—No soy tu enemiga, Bernat. No te pongas borde conmigo.

Él pareció bajar la guardia.

—Perdona, olvida lo que he dicho. Tengo a Veudemar encima y…

Ivet dio otro trago, que terminó la cerveza, y fue a por un par más. Bernat la siguió con la vista porque no estaba seguro de adónde iba. Ella volvió a sentarse.

—Yo te podría haber dicho lo mismo el año pasado con el caso de aquel chaval de la gasolinera... Entonces te la sudó el protocolo... No te conviertas en el perro de Veudemar.

Bernat la miró con los ojos venosos. Hubo un silencio. El año anterior Ivet seguía la pista de unos muchachos que atracaban gasolineras en el área metropolitana de Barcelona. Un dependiente les había plantado cara y destrozaron media tienda con su cabeza. En las imágenes el único que se destapó la cara era el que conducía el coche para salir de allí volando. El muy imbécil se hizo un *selfie* para enseñárselo a su novia con el pasamontañas levantado. El chaval era sobrino de unos conocidos de Bernat, y éste estuvo entrometiéndose durante toda la investigación. Era como tener un espía dentro de comisaría. Al final Ivet le permitió meter las narices y el trabajo de la policía acabó pareciendo el de la defensa del chico. Se libró de una buena. La fiscal les llamó la atención e Ivet acabó muy cuestionada.

—Escucha, Ivet. Todo el cuerpo está muy nervioso. El 1 de octubre. La destitución del Mayor. Somos el centro de todas las miradas. Es normal que Veudemar esté tenso. No lo cabrees. Te lo digo como amigo.

Hubo un silencio que duró algunos minutos. Cada uno besaba su botella.

—Te conozco, Llorente. Sé que hay algo que no me has contado. —Bernat cerró la boca—. Venga, vamos, ya te has ido un poco de la lengua, y no pasa nada. Quedará entre tú y yo...

—¿Sabes por qué vengo a este bar?

Ivet negó con la cabeza. Sabía que acabaría hablando, pero debería escuchar aquello primero.

—Me dejan tocar el piano.

—¿Hablas en serio? ¿Sabes tocar el piano?

—Cuando he bebido sí —sonrió al decirlo—. Es más fácil dejar fluir la música que lleva uno dentro, ¿sabes? Recibí unas clases de niño, y siempre queda algo. Cuatro tonterías…, siempre toco lo mismo, pero me da paz. Después de toda la mierda que vivimos cada día, y de aguantar las presiones y las tonterías de los mandos, vengo aquí y toco para Raimundo. —Ivet se extrañó—. El camarero —aclaró Llorente.

—¿Tocarás para mí hoy?

—Por supuesto que no. Te enamorarías de mí como una tonta.

Ambos rieron ahora. Y sin introducción de ningún tipo dijo:

—Egbert Broen vivió en Barcelona de niño. En algún momento de su juventud sus padres lo mandaron de vuelta a Berlín. Ellos se quedaron aquí un tiempo, tenían participación en varias empresas catalanas, te puedes imaginar en cuáles.

Ivet sintió que el pecho le explotaba.

—Sabía que había algo.

—Eso no significa nada. Puede que tenga relación y puede que no. Haz lo que quieras con esa información, pero no te acerques a mí, no me hables, no me mires. O Veudemar nos joderá a los dos.

Ivet se levantó de la silla.

—¿Estás seguro de que no quieres tocar para mí?

Bernat ni contestó. Sonrió, eso fue todo. Ella se puso la chaqueta y se colgó el bolso.

—*Bona nit*, Llorente.

Él le hizo una especie de saludo militar. Iba más borracho de lo que intentaba disimular.

19

Tarrós había vuelto a su antiguo barrio un año antes. Con su padre en la residencia, el viejo piso familiar de la calle Industria se quedaba vacío. Vendió el suyo y con lo que sacó por él pagó sólo el setenta por ciento de la hipoteca contraída. Aun así se quitaba un peso de encima. La cuota se veía reducida a un tercio de la anterior. Aunque si pensaba que tras estar ocho años pagando por su vivienda ahora tan sólo le pertenecía una deuda de cincuenta mil euros se le cortaba la digestión. Era un mal menor. Tenía viejos conocidos que tras perder sus casas mantenían deudas vitalicias. Gente sin futuro reglado, condenada a vivir en la precariedad, en la insolvencia y en la semiclandestinidad. La esclavitud volvió en el siglo XXI, y vino para quedarse. El capitalismo no hace prisioneros…, o sí, lo que más beneficio dé, le dijo alguien en cierta ocasión. Estaba sentado en su coche frente a la plaza. Llevaba casi una hora allí, escondido en la más silenciosa nada. Inmóvil. Observaba a una pandilla de chicos. Unos iban y venían de un bar cercano con botellines de cerveza. Preferían estar en la plaza para poder fumar porros y porque utilizaban mejor el espacio. Jugaban a golpearse, como si entrenasen a boxeo. Se perseguían. Se hacían bromas. Lo normal en todas las plazas como aquélla de todo el mundo, de todos los países, de todas las culturas. Poco a poco se fueron marchando solos, por parejas y en grupo. Hasta que quedó uno solo. Entonces Tarrós se apeó del coche y caminó hacia él. Intentó disimular la cojera, pero de poco servía. La noche reinaba ya en toda Barcelona, especialmente en los barrios anexos al centro. La luna de noviembre se despachurraba contra el parque. El chaval lo vio en ese momento. Era un crío de veinte años, prototipo de sus homólogos de París, Madrid o Bucarest. Hormigas en la barba, porno casero en el móvil y una piedra de costo en la zapatilla.

—Hombre, ya está aquí la maricona —dijo como si alguno de sus amigos pudiese oírlo. Pero al contrario de lo que pueda parecer sonaba asustado.

Tarrós continuó caminando hacia él. Instintivamente el chaval se desplazó en el banco al ver que se acercaba más y más. El cabo tomó asiento a su lado.

—Hola, chaval. ¿Te acuerdas de mí?

El chico no contestó. Miró hacia todos lados para ver si volvía ya alguno de sus amigos.

—No tengas miedo, no voy a hacerte nada.

—No tengo miedo —replicó—. Eres un maricón de mierda.

—Yo no soy quien se tapa la cara con una braga para pegarle cuatro palazos a un hombre.

—Tú no eres un hombre…

—Así que estabas la otra noche…

—Yo no he dicho eso.

—No hace falta que lo digas…, no estamos en un juicio y yo no soy el fiscal. Sé que estabas. Estabais todos vosotros…, ni siquiera os habéis molestado en cambiaros las zapatillas y las sudaderas. En un barrio de verdad no durabais ni media tarde. —El chico miraba al suelo—. Os caerían las hostias por todas partes.

Se sintió ofendido.

—Como las que nos diste tú, ¿no, maricona…?

—Ahora resulta que sí que estabas allí.

—Déjame en paz. Cuando vengan éstos te vas a cagar, así que vete ya…

En ese momento se oyó una voz a lo lejos:

—Maricón hijo de puta, ¿qué haces aquí?

Eran algunos de los muchachos que volvían con botellines. Eran cinco en total. Tarrós dejó que se acercaran antes de abrir la boca. No quería armar escándalos en el barrio. Él vivía en esa misma calle.

—He venido a preguntaros una cosa.

Esto los dejó turbados. Uno, el que parecía más jactancioso de todos, un chaval con cara de recibir y dar hostias por menos de un cigarrillo, habló al fin.

—¿Qué quieres saber, nenita?

—Quiero saber si alguien os mandó el jueves a darme con aquel palo o si es cosa vuestra. Si es lo segundo quiero

141

saber por qué pensáis que no os iba a encontrar o si es que os la suda que lo haga... No sé, tengo varias cuestiones en la cabeza.

Los chavales se miraron. Entonces el mismo volvió a hablar, debía de ser el cabecilla, decididamente.

—¿Estás loco o qué, tío? ¿Quieres que te matemos de una paliza? —dijo encarándose a Tarrós, que todavía estaba sentado en el banco.

Éste sacó su arma, una P99 con cargador de 16+1, una alemana de 9 mm de calibre con cuerpo de polímero y corredera de metal. Los chicos se echaron para atrás.

—Toma, hazlo de un disparo. Es más rápido... —dijo. El chaval lo miraba asustado, temía que lo matase allí mismo. Podía estar loco—. Luego la tiras al contenedor. A las doce y media se lo llevan. No en este mismo —dijo señalando hacia el contenedor de la esquina—. Camina cuatro calles, con eso bastará para que no lo intercepten. ¿Qué te pasa?, ¿no decías no sé qué de matarme...?

Los chicos guardaron silencio. Tarrós se levantó y enfundó de nuevo el arma.

—Para ir pegando palizas por ahí con la cara tapada y un palo hay que ser capaz de coger un arma y disparar... porque tarde o temprano lo vais a tener que hacer. ¿O creéis que esto es un juego? —Los chicos lo miraban más tranquilos. El tono paternalista y el miedo que tenían se conjugaron a favor—. Seguid así y al menos uno de vosotros estará muerto antes de los veinticinco, dos o tres pisarán la cárcel, de ellos uno no hará más que salir y entrar el resto de su vida, dos os casaréis de penalti y el último, y ojalá sea el más listo de todos, saldrá de esta mierda y sólo volveréis a verlo en Navidades cuando venga a visitar a sus padres. Ni siquiera sois de un barrio difícil... No juguéis a eso o acabaréis meándoos en los pantalones.

Tarrós se fue de allí lentamente. Aun así se notaba su cojera. Barrió la plaza con la vista para asegurarse de que nadie aparte de aquellos chicos había visto su arma. Si alguna noticia de aquello llegaba al cuerpo, iba a tener problemas de verdad con Terramilles. Cuando se había alejado veinte metros de los chicos, comenzaron a gritar:

—¡Maricona!

—Te vamos a matar, hijo de puta.

—Qué valiente eres con eso...

La rabia y el miedo hablaban por ellos. Tarrós se alejó poco a poco caminando.

PARTE IV

Atlas del Reino de Dios

20

Domingo, 5 de noviembre de 2017

Édgar despertó en medio de la noche. Una larga y profunda noche de sábado y madrugada de domingo desde la cama. En otra época, en otro mundo a años luz de distancia, hubiese mirado el reloj, hubiese comprobado que eran pasadas las cuatro, y se hubiese alegrado de poder robarle un par de buenas horas al dios tiempo. Habría hecho café en abundancia, y se hubiese puesto a trabajar frente al ordenador. Para cuando saliera el sol ya tendría media jornada de trabajo despachada, y sería hora de desayunar fuerte leyendo las noticias y atendiendo a *mails* y mensajes de WhatsApp. Lo había tenido todo, es decir, lo que necesitaba para ser feliz lo había tenido frente a sí. En su caso esto se ajustaba a un grupo reducido de amigos, unas docenas de buenos conocidos, alguna amiga especial y dirigir el proyecto perio-dístico de su vida. Ahora despertar temprano era alargar un día sin esperanza, anodino, en un piso mediocre compartido. Su cuerpo ya había convertido de sobra aquellas patatas de la bolsa y la media hamburguesa en calorías y residuos. Co-menzaba a sentir sus tripas de nuevo. Le dolía la ceja y el costado. Por poco se había librado de Diego y los chicos. ¿De dónde sacaba un tipo así a aquellos chavales? De la calle, directamente. Se debía de pasear con ellos como si fuese un gánster, el gilipollas. ¿Qué coño se había creído ese hijo de puta? Él ya le había explicado que no conocía a Félix, y que no había visto ni un duro. Pero seguro que a un tío como él se la traía más bien floja conocer los detalles ni dirimir res-ponsabilidades. Cuando le jodían debía cebarse con el débil, con el que pasaba por allí… Eso convierte a los chicos malos en peores…, lo injusto, lo ilógico de sus actos. Su violencia desproporcionada sin tino ni puntería. A pesar de ser no-viembre sintió la habitación cargada. Se acercó a la ventana y la abrió. La noche fue un bálsamo para su piel macerada. El terral entraba con fuerza. Con el frescor que se necesitaba para purificar el aire. Édgar sentía el frío en el pecho, en los brazos, en el rostro… Su cabello blondo y fino como el del maíz seguía las ondas salvajes de la brisa. A veces la libertad puede estar en una ventana. Y sentir la naturaleza, su poder, y no escondernos como urbanitas, sino ser parte de ella, nos hace inmortales. No existen la vida y la muerte, ésa es una visión antropocéntrica y pueril. Existe la vida, y la muerte forma parte de ella, porque más allá de nosotros la vida con-tinúa, queramos o no. Édgar fue consciente de ello en aquel momento. Miró las llagas de sus brazos y asumió que incluso la proliferación de células a un ritmo mayor de su destrucción, que le originaba aquel infierno en la dermis, era vida. Y decidió dejar fluir la vida. Dejarse fluir él mismo. Cerró los ojos y estuvo allí, resistiendo la embestida del otoño, siendo otoño también él. Y tuvo el primer momento de paz en mucho tiempo. Después se dejó caer al suelo y lloró amargamente, por él, por lo que fue, por el niño que recordaba, por sus padres y su mísera vida robada por un banco, por el crío del comedor social, por sus padres comiendo a escondidas las sobras de la comida… Al final el silencio volvió a su mente. Estiró el brazo y alcanzó a cubrirse con el edredón allí mismo, en el suelo. Y huyendo del ruido de tripas alcanzó el sueño de nuevo.

Despertó con el sol bravío en los párpados. Eran pasadas las nueve. Quedaban cuatro horas para ir al comedor de las monjas. Pensó en el día que le esperaba. Exactamente igual al anterior, y seguramente igual al siguiente. Y mientras, las costras de su piel seguirían creciendo sin remedio. Sin saber cómo, pensó en Aniol. En la conversación que habían tenido el día anterior. Ojalá pudiese ayudarlo. Ojalá la revista continuase viva y él al frente. Sabía que lo iba a llamar de nuevo. Aniol era un tío perseverante. Se había alegrado de escuchar su voz. Le trajo un halo de otro tiempo que le hizo recordar que un día fue quien quiso ser. A pesar de que pagó un alto precio por aquello. Pensó en Ireneu. Llevaba años sin verlo. Era el hermano mayor de Aniol. Hubo un tiempo en que les enseñó a liar porros, les vendía sus vinilos repetidos y le robaban a él las revistas porno que se iban pasando de uno a otro en la pandilla. Se sonrió. Había seguido su carrera. No había leído todos sus libros, sólo los dos primeros, creía recordar, pero había estado al tanto de su trayectoria. Aunque nunca publicó sobre él en su revista. Pensó que no estaba al corriente de los detalles de su desaparición. No tenía tarifa de datos en el móvil, así que tendría que pedirle a Imran que le dejase utilizar su portátil. Se puso una sudadera y unos vaqueros y salió descalzo de su habitación. En la mesa de la cocina encontró una nota junto a un tetrabrik de leche y una bolsa con dos magdalenas: «He abierto dos cartones de leche por error, hazme el favor de beberte uno tú, y estas magdalenas se me van a poner malas. Gracias». Comenzaba a resultarle embarazoso, pero aquello le estaba salvando la mañana. Antonio solía desaparecer los domingos. Pasaba el día con sus hijos. Desde la mañana hasta la noche no se le veía por casa. Édgar comprobó que Imran no estaba por allí. El chaval trabajaba hasta en festivos. Tomó asiento en la cocina. Cogió el teléfono y llamó:

—Imran, hola, soy Édgar.

—Hola, ¿qué ocurre?

—Nada, no pasa nada. Necesito conectarme un rato a internet, ¿puedo utilizar tu portátil?

—Puedo darte la clave del router si quieres. No te voy a hacer pagar por eso. —Cuando instalaron la conexión a internet Édgar ya se encontraba en una mala situación económica y prefirió no participar.

—Prefiero no saberla, y prefiero también utilizar el portátil. Es más cómodo y voy a estar un rato.

Imran estuvo en silencio unos segundos.

—Está bien. Está en mi cuarto, sobre la mesa. La clave de usuario es mi nombre al revés.

—Gracias, Imran… Por todo. Siento esta situación.

El paquistaní se mantuvo de nuevo en silencio unos segundos.

—No pasa nada, amigo. Tranquilo —dijo. Y colgó.

Pero Édgar no podía estar tranquilo. No puede estarlo quien vive en el bulbo superior de un reloj de arena a punto de caer al otro receptáculo.

Fue a recoger el ordenador al dormitorio de Imran y lo llevó a la cocina. Allí se tomó las magdalenas y buena parte del cartón de leche. Aunque fue previsor y dejó un poco para antes de acostarse, porque de otro modo casi seguro que lo iba a hacer con el estómago vacío.

Ya sabía que Ireneu publicaba en el grupo Ártico, el mismo que le había arrebatado la revista y la había cerrado más tarde. Se lo habían quitado de en medio como a una mosca. Xisco Monferrer era un hombre poderoso y tenerlo como enemigo acabó sumiendo su vida en el estado fangoso en que se encontraba. No tuvo suficiente con quitarle *Hojarasca* y cerrarla, le blindó todas las puertas al sector periodístico y editorial de Barcelona. Y seguramente lo hizo sin arremangarse. Y no fue por una cuestión económica, su modesta publicación calaba en algunos sectores influyentes del negocio editorial y la cultura, pero no llegaba a las grandes masas, las que sustentan con su consumo a los grandes monstruos mediáticos y editoriales, las grandes empresas encargadas de convertir la cultura en oro, y dispuestas a hacerlo a cualquier precio. Monferrer no acabó con él por dinero, entonces, lo hizo por orgullo, porque un hombre rico, poderoso, llega a creer que es mejor que los demás y no tolera que un cualquiera le diga que su reino no es de este mundo. Aun así Ireneu tan sólo publicaba en el grupo. No tenía más relación laboral que aquélla y ninguna implicación en ninguno de los sellos, en la sociedad ni nada parecido. Era un simple escritor, un peón de aquella maquinaria. Un tornillo. Nada tenía Édgar contra él.

Comenzó a consultar la hemeroteca y recordó lo sucedido, lo que había estado apareciendo en la prensa y en los informativos a todas horas durante unas semanas, y luego fue perdiendo fuerza frente a otras noticias hasta caer en el más absoluto olvido. El 14 de octubre del año anterior, hacía ya más de un año, Ireneu debía haber presentado su última novela, pero desapareció sin dejar rastro. La policía centró las investigaciones en unas notas con amenazas que finalmente resultaron ser un fiasco, obra de otro escritor principiante que buscaba promocionar su propia novela. La policía no avanzó en sus investigaciones y el caso fue perdiendo relevancia. Continuaba sin esclarecerse, pero no se descartaba una ausencia voluntaria, aunque tampoco se cerraba cualquier otra línea de investigación. Estaban en blanco, podría decirse. Los seguidores de Ireneu comenzaron a ventilar las más extravagantes teorías sobre su desaparición. Había gente que afirmaba haberlo visto en los escenarios de su última novela, parajes aleatorios de Barcelona… Incluso corrieron por las redes sociales fotografías de gente que se parecía, pero tan sólo eso. La gente se hacía *selfies* con tipos creyendo que eran Ireneu Montbell, pero no. Un año después Ireneu seguía en paradero desconocido, y ahora Aniol aparecía de repente y le hablaba del tatuaje del alemán. No tenía revista, *Hojarasca* llevaba cerrada casi cuatro años. No tenía nada, ni siquiera qué comer. Pero sabía que aquella grata desazón que sentía en el estómago, aquella sed de saber, de preguntar, de descubrir, de escribir le daba la vida por primera vez en años. Por desgracia, no podría ir más allá de eso. Ni tenía revista, ni tenía medios para subsistir, ni menos aún para desplazarse con normalidad, ni equipo informático ni equipo audiovisual ni nada de nada. Se sinceraría con Aniol, le explicaría su situación y le facilitaría el teléfono de alguno de los pocos amigos que le quedaban en el mundillo. Más no podía hacer. Se iba a quedar sin un techo bajo el que dormir en unos días. Y ahora debía apresurarse para la cola del comedor social. Aun así el día era un poco menos gris que el anterior. Algo de lo que fue continuaba allí, su talento y su pasión volverían algún día. Ahora lo sabía.

21

El suelo al crujir despertó a Ivet. Había dormido junto a *Mel,* pero éste no estaba en su colchoneta. Se incorporó rápidamente y no lo encontró en todo el salón. Fue hasta la cocina y lo vio bebiendo agua de su bebedero. Hacía casi una semana que no llegaba hasta allí. Por eso ella le había puesto agua y comida a su alcance. Luego husmeó el cuenco del pienso y masticó algunas bolas. Se giró lentamente y pasó frente a ella sin hacer más caso que mover un poco el rabo al verla. Estaba también medio sordo. Siguió hasta la colchoneta y se dejó caer torpemente. El domingo se hacía patente en la luz, más clara, en el sonido de la calle, con menos tráfico, en la radio de algún vecino, en la aspiradora de otro y en la lentitud con que los segundos atravesaban las partículas de polvo en suspensión. Ivet se rascó el cabello, luego lo alisó un poco, bostezó y fue a preparar café. Lo tomó de pie, frente a la ventana, con la vista perdida en el edificio de enfrente, pero con los pensamientos puestos en la noche anterior, en lo que habló con Bernat, a quien imaginó borracho tocando el piano antes de cerrar el bar. Sonrió. Pensó en ir un día tarde y sorprenderlo en plena actuación. Sonó el teléfono, tenía un mensaje de WhatsApp. Fue a ver. Era de Tarrós. «El ordenador de la chica ya está operativo. Estoy en la central, hay una información sobre el viejo que la conocía, Joan Muntanyer». Ivet mandó un audio de voz mientras se bajaba los pantalones del pijama: «Voy».

Apenas pasaban de las nueve y Barcelona no oponía resistencia. Se dejaba conquistar por un ejército de corredores, mujeres en bata paseando perrillos, hombres en bata paseando perrillos, clientes de quiosco, terrazas con olor de café con leche, pasos de peatones vacíos. La bordeó en pocos minutos por la B-10 que recorta la línea de costa de la ciudad y luego la atravesó por la C-58, que la llevó al otro lado de la sierra hasta Sabadell. Allí, junto a un conato de bosque, se encontraba el Complejo Central Egara, el cuartel general de la policía autonómica catalana. En sus instalaciones se ubicaba la Comisaría General de Investigación Criminal de la que dependía la Unidad de Investigación Criminal, bajo la dirección de la cual operaba la Unidad Territorial de Investigación a la que pertenecía Ivet y su equipo bajo el mando del inspector Terramilles y el subinspector Veudemar. Algunas dependencias y departamentos estaban menos transitados en domingo, no así las oficinas de las Áreas Territoriales de Investigación. Lupiérez estaba en su escritorio.

Tarrós caminó hacia Ivet en cuanto la vio, entraba en aquel momento.

—He dejado el portátil de la chica sobre su mesa. Tiene libre acceso a todo… Ah, ya están trabajando en lo del dibujo de la página que falta en el cuaderno. Lo han enviado a un restaurador de arte. Cree que puede sacar algo.

—Gracias —dijo sin dejar de caminar—. ¿Qué es lo del viejo?

Tarrós fue tras ella.

—Joan Muntanyer. Lo encontró Borràs…

—¿Dónde está?

—No lo sé, en casa, supongo. Es domingo.

—¿Piensa venir? Tenemos trabajo…

—No lo sé…

—Bueno, ¿de qué se trata?

—Resulta que el viejo llamó al 112 el jueves por la noche.

Ivet se detuvo y se volvió.

—¿Por qué motivo?

—Tenemos la grabación, pero tan sólo dijo una frase. Alto y claro, luego colgó.

—¿Qué frase? —insistió Ivet.

—Dijo: «Está muerta».

Ivet volvió a ponerse la cazadora que se estaba quitando en ese momento.

—Vamos, iremos en mi coche —dijo—. ¿Están Solán y Marbre?

—No, hoy no.

—¿Àngels? —El cabo asintió.

—Está bien, Lupiérez, busca a Àngels y venid con nosotros. Antes pide a alguien que averigüe qué patrulla fue a La Floresta el jueves por la noche tras un aviso al 112.

Ivet conducía a bastante velocidad. Tarrós se cogió a la manecilla del costado.

—¿Has hablado con los de la científica?

—No, estaba esperándola…

—Joder, Tarrós…

Aquello le dolió. Al cabo no le gustaba meter la pata. Era muy autoexigente. Seguramente esa llamada de atención haría que pasara todo el día revisando el expediente completo en busca de algo de luz.

—¿Ves si vienen detrás Lupiérez y Àngels?

Tarrós se giró como pudo.

—No veo nada —dijo al tiempo que se incorporaba—. ¿Qué tal fue ayer con Llorente?

—Veudemar no les deja seguir la pista del tatuaje. Es un cretino. Me pregunto cómo ha llegado a subinspector.

—Esta mañana ha preguntado por usted.

—Iré a hablar con él más tarde.

—¿Qué piensa hacer?

—Decirle la verdad —lo miró y le guiñó un ojo—, que no vi esa botella de vodka.

—No me refiero a eso, me refiero a lo del alemán… Gire por aquí.

Tomaron un desvío a la derecha. El camino dejaba de estar asfaltado, pero era una pista bastante transitable.

—Sé que tiene algo que ver. La chica estuvo allí. Ahora más que nunca. Bernat me dijo que Egbert Broen vivió en Barcelona de pequeño. Y de pronto sus padres lo mandaron de regreso a Berlín para nunca más volver.

Tarrós puso cara de póquer.

—Eso quiere decir…

—Quiere decir que lo mandaron a tomar por culo por algún motivo. Y quiere decir también que ese tatuaje tiene algo que ver con su muerte. —Tarrós respondió a esto con un gesto de cierto escepticismo que le pasó a Ivet desapercibido.

Avanzaban entre los árboles, cada vez era más hondo el terreno, y menos luz conseguía flanquear aquellas copas. Llegaban a una casa hecha a trozos donde olía a animal.

22

Édgar cerró el portátil y miró el reloj. Eran pasadas las once. Un poco pronto para ponerse en marcha. Deambuló por la casa, y encendió el televisor. Llevaba semanas sin sentarse en el salón. No se encontraba a gusto debiéndole la mensualidad pendiente a Imran y agotaba las horas muertas en su cuarto. Comenzó a cambiar de canal. No prestaba atención a nada, realmente, tan sólo dejaba desfilar toda la programación de la TDT. No podía dejar de pensar en Ireneu. Qué había sido de él. Un escritor con varios premios, que aunque fuese harto sabido que estaban dados de antemano le habían proporcionado alguna buena suma de dinero. Incluso estando en horas bajas…, tenía lectores, tenía prestigio… Y de repente desapareció. La mejor campaña de márquetin le salió gratis. Bueno, quizá no, quizá había pagado un precio muy alto que nunca iban a conocer, porque por el momento nada se sabía de él. ¿Qué había de esas amenazas? ¿Había estado realmente en peligro? ¿Cómo podía desaparecer un escritor como Ireneu en una ciudad como Barcelona? Las preguntas acudían a su cabeza como ñus a un abrevadero. Sin pensarlo fue hasta su dormitorio, cogió el teléfono y buscó en la agenda. No sabía si conservaba el número, pero sí, allí estaba, Miquel Ortells.

—¿Sí...? —la voz sonó distraída, lejana...

—¿Miquel?

—Sí...

—Soy Édgar Brossa. ¿Me recuerdas?

—¿Édgar? ¿Cómo estás? Hace mucho que no sé de ti...

—No, he estado ocupado.

—¿Estás currando?

Eso lo noqueó.

—No, ahora no... He estado un tiempo inactivo...

—Bueno, espero que sea para bien. ¿En qué puedo ayudarte?

—Nada importante... Es que estaba aquí en casa dándole vueltas a una cosa y me gustaría saber tu opinión... Tú trabajas bastante para Ártico, ¿no?

—Bueno, ahora cada vez menos, casi nada. Han recortado mucho, casi no externalizan. Han llenado las oficinas de becarios a los que explotan y nadie enseña el oficio y tenemos poco trato. —Hubo un breve receso—. Bueno, lo cierto es que también tuve problemas con ellos... Ya sabes, no me gustan ciertas cosas y no me pude callar según qué. El resultado es que han dejado de llamarme. ¿Por qué lo preguntas? Si quieres algo de ellos, no tengo mucha influencia ahora mismo...

—No, no es eso… Quería preguntarte si sabes algo de lo de Ireneu Montbell. De su desaparición… Cómo iba su carrera…, esas cosas. Conozco mucho a su hermano y me llamó preocupado anoche.

—¿Ireneu? Desapareció el año pasado. Hace mucho de eso.

—Sí…

—¿Por qué ahora?

—Es una larga historia, pero cree que se debería reabrir el caso. La policía no se lo ha tomado muy en serio y está preocupado. Es normal, es su hermano.

—Te puedo decir lo que sabe todo el mundo, lo que se rumoreaba por ahí…

—Dime…

—La gente es perversa… No sé si sabes que desde que desapareció, su novela, *Leña muerta,* ha despachado cien mil ejemplares sólo en este país, que hoy en día es como quinientos mil de hace veinte años, para que me entiendas…, y los derechos de traducción se han vendido a más de treinta idiomas. Incluso ha entrado en el mercado de Estados Unidos, que está vetado para casi todos los autores extranjeros. —Édgar escuchaba con atención al otro lado—. Ya sabes, la gente al principio comenzó a especular si no sería una táctica comercial. El negocio está fatal y algunos grupos son capaces de cualquier cosa… Tú has denunciado muchas veces lo que hacen por vender, imitan partes de otras novelas de éxito, copian las temáticas e incluso utilizan pseudónimos parecidos a los nombres de los autores que más venden, no te voy a contar las miserias del mundo editorial. La mayoría lo leía en tu revista. Seguro que tienes cosas mejores que hacer.

—¿Qué hay de la anterior? La policía investigaba amenazas…

—Sí, hay gente capaz de todo por promocionarse. Un chaval… llevaba tiempo escribiendo sin éxito y se le ocurrió enviarse amenazas a sí mismo y a un par de escritores más, de prestigio, para darse a conocer. Los Mossos lo pillaron enseguida. Pero no tenía nada que ver con la desaparición real de Ireneu.

—Joder… —Édgar no daba crédito—. Y ¿qué hay de la novela anterior de Ireneu? ¿Tuvo buena acogida?

—Me consta que no se vendió demasiado. Entre tú y yo, es la peor de Ireneu, y apenas aguantó tres meses en las librerías. Y porque era Ireneu Montbell, si no, no hubiese llegado a las Navidades. —Se oyó cómo tomaba un sorbo al otro lado del teléfono—. No tengo acceso al Nielsen, pero seguro que no vendió más de unos pocos miles cuando salió. Lo de *Leña muerta* no se lo esperaba ni él. Su carrera estaba casi acabada antes de que se publicara y él desapareciera.

—Y ¿cuál es tu opinión? Eres bueno armando tramas… Miquel rio.

—No hace falta que me halagues… No estoy seguro. Creo que algo le ha pasado. Que sea precisamente en el lanzamiento de su última novela me parece una extraña casualidad. Si la policía no ha encontrado ningún sospechoso con un móvil claro y esas cosas es porque su desaparición estuvo muy bien planeada. Es sólo mi opinión…, yo no tengo ni puta idea. Te lo digo a ti en confianza.

—Entonces…

—Mira, es tan sólo una idea o ni siquiera… De momento el que sale más beneficiado con todo esto es el propio Ireneu, pero él no puede disfrutar el éxito, ha desaparecido. En segundo lugar el beneficiado directo es el Grupo Ártico. ¿Sabes cuánta pasta está dando esa novela? ¿Todas esas traducciones? ¿Cómo se ha revalorizado toda su obra? Incluso debe de estar vendiéndose la anterior como churros, y ya te he dicho que no se podía ni leer de lo mala que era. Creo recordar que han vendido los derechos audiovisuales de *Leña muerta* a la televisión pública y van a emitir una serie.

—¿Cómo pueden negociar los derechos sin su consentimiento?

—Su abogado tiene poderes, y su agente está encima de todo.

Édgar escuchaba en silencio. Apenas preguntaba y Miquel volvía a la carga. Sabía que era un buen editor independiente, y por lo poco que lo conocía también sabía que era un tipo honrado y con principios. Quedaban apenas una docena como él.

—¿Estás pensando en volver a lanzar *Hojarasca*? —preguntó Miquel.

—No, no, nada de eso. Ni siquiera podría mantener un blog en condiciones.

—¿Qué pasó? ¿Cómo pudiste caer en una trampa así?

Édgar no estaba preparado para aquello, así que tardó en responder.

—No lo vi venir, estaba desesperado, perdíamos anunciantes cada día, estábamos a punto de la quiebra, llegó un socio capitalista que nos engañó a todos, y cuando quise reaccionar la revista al completo les pertenecía. Luego ya conoces el resto. Cuando Ártico la compró cerraron sin más y se acabó.

—Lo siento, era la mejor revista de crítica y denuncia literaria que va a haber nunca.

—Supongo que por eso Monferrer se la quitó de en medio y por eso también nadie va a permitir que se vuelva a fundar una revista así. A nadie le interesa que se airee la mierda. Ni a las grandes editoriales ni a las pequeñas…

—Erais muy influyentes. La gente os respetaba.

—Supongo que demasiado.

—Me metiste caña en cierta ocasión.

—Sí, lo recuerdo. Lo siento, no fue nada personal.

—Lo sé. Yo no lo sabía, pero tenías razón. Al final resultó que el premio estaba más que dado. Allí estaba yo como un imbécil intentando convencer al resto del jurado de que no podía ganar una novela tan previsible, evidente, llena de clichés, con el andamiaje a vistas… Había al menos otras tres que merecían ganar de verdad. Debieron de alucinar porque ellos no sabían que yo no estaba al corriente de todo. Debieron de pensar que se trataba de un teatro hasta que la cosa comenzó a ponerse tensa. —Rio—. Nunca he vuelto a ser jurado de nada.

—Bueno, hay premios limpios…

—Sí, pero aun así es difícil juzgar. No fue una grata experiencia. Un premio puede apuntalar inmerecidamente la carrera de un escritor mediocre, y frustrar el ímpetu de un novato con un futuro prometedor. Al final son sólo opiniones encorsetadas.

—Sí, es verdad… Por cierto, ¿cómo te va?, ¿en qué has estado metido últimamente?

—Una novela, *Pez en la hierba…* —Se oyó una voz de niña—. Mi hija me reclama. Espero haberte ayudado, Édgar. Si necesitas cualquier cosa, lo que sea…, llámame. Cuídate.

—*Adéu*, Miquel.

23

La mañana se retrasaba en aquel boscaje, que no dejaba que atravesara las copas de los árboles. La vivienda de Joan Muntanyer estaba rodeada de chatarras y muebles hechos trizas… En la parte izquierda una gran huerta frenaba la vegetación salvaje, la contenía, como si fuese una flora domada, mansa, encargada de apaciguar a la otra. Pero la música del bosque no puede detenerse. Iguales alimañas y animales rondaban una que la otra. Un espantapájaros hecho sin brío, con una vieja cazadora y un sombrero publicitario de un fertilizante conocido se sujetaban con un único palo. Muy estúpido o cobarde debería ser el pájaro que respetase a aquel guardián. Ivet sacó su arma y se acercó a la puerta delantera. Le hizo una señal a Tarrós para que la cubriera. Lupiérez y Àngels cercaban la salida por atrás. Llamó con los nudillos a la puerta. No obtuvo respuesta. Entonces gritó:

—Joan, soy la sargento Portabella, voy a entrar.

Nadie respondió. Así que volvió a dar con los nudillos. En ese momento se oyó la voz.

—Voy, voy, joder. Estaba cagando —dijo casi al mismo tiempo que abría la puerta. Efectivamente, se estaba subiendo los pantalones—. ¿Qué significa esto?

—Buenos días, señor Muntanyer. Queríamos hacerle unas preguntas.

El viejo miró hacia Tarrós. En ese momento Lupiérez y Àngels también se acercaban.

—Claro. Ya les dije que no había problema. ¿Quieren pasar?

—Sí, ahora, no se preocupe. Primero me gustaría hablar con usted aquí fuera.

Joan Muntanyer salió.

—Usted dirá.

—El jueves por la noche se realizó una llamada de emergencia al 112 desde su teléfono.

—Sí, señora. Fui yo —dijo sin más.

—En la llamada usted dijo que estaba muerta. ¿Se refería a Aèlia?

—No, por Dios. ¿Cómo puede pensar eso?

Ivet miró hacia los árboles ahora.

—¿Quién más puede haber muerto por aquí? ¿A quién se refería?

—A *Duna,* mi perra. La encontré en el bosque. Herida de bala. De cazador. La traje hasta aquí y murió ahí mismo donde está usted.

—¿Dónde está ahora?

—Enterrada, claro.

Ivet echó un vistazo a todo aquello.

—¿Podemos ver dónde?

—Síganme.

Joan Muntanyer rodeó la casa y de camino cogió una pala de una caseta de aperos. Se dirigió al linde del bosque con su parcela, y comenzó a cavar en un cúmulo que había.

—Es la segunda que entierro —dijo señalando otro cúmulo casi inapreciable que debía de llevar varios años allí.

Ivet quiso decirle que no era necesario. Que dejase descansar en paz a aquel animal. Pero sí era necesario. Así que lo dejó continuar. A setenta centímetros de profundidad comenzó a aparecer un pelaje blanco. Era un cruce de algo parecido a lobo con alaskan malamute.

—Intenté enterrarla profundo, no quiero que la saquen los jabalíes ni las zorras.

—¿Vio algo? ¿Oyó algún disparo?

—Ya se lo dije a los agentes que vinieron. No vi ni oí nada. Salí a pasear y la encontré.

—Creía que paseaba por la mañana.

—No, de ninguna manera… Bueno, sí, a veces —se apresuró a corregir.

—¿Tiene problemas con algún vecino?

—No me meto con nadie. Vivo tranquilo.

—¿Por qué no nos dijo nada ayer por la mañana?

—Creía que ya lo sabían. Vino una patrulla de los Mossos… ¿Desean algo más de mí? He de dar de comer a las gallinas y tengo trabajo.

—No, por el momento —dijo Tarrós—, pero no se ausente.

Estaba llegando a los coches cuando el viejo dijo:

—Oiga, anoche recordé que había alguien que solía merodear por el nido. A la chica la atemorizaba, porque se escondía entre la maleza para observarla, y algún día se llevó un buen susto.

Ivet se acercó a él.

—¿De quién se trata?

—Se llama Josep Lluís. Vive al otro lado de esta montaña. Es medio salvaje. Fumó mucha hierba cuando los hippies. En verano va medio desnudo. Es un pervertido.

—¿Dónde dice que vive?

—Es una casa azul, está justo siguiendo el camino a la derecha. No tiene pérdida.

Ivet miró a Lupiérez.

—Estuvimos allí ayer. No había nadie.

—Volvamos allí. No perdamos más tiempo. Seguidnos —dijo dirigiéndose a Lupiérez y Àngels.

El camino se hacía más irregular a cada metro. El silencio era absoluto, pero el aroma del verde entraba por las rendijas de las ventanas, todavía hacía fresco.

—¿Cree que lo del perro tiene relación?

—Una perra…

—¿Cómo…?

—Era una hembra… Quizá. Puede que el asesino, cargando con Aèlia, se encontrara a la perra. Pero ¿por qué matarla? Una perra no puede delatarlo… ¿Y el ruido? Si alguien quiere pasar desapercibido no anda pegando tiros…

—Quizá la perra reconoció a la chica y se lanzó contra su asesino para ayudarla…

—Es posible. Todo es posible en este bosque. Todo es posible en este mundo de hombres. Todas las muertes, todas las vejaciones, abusos…

—¿Se encuentra bien?

Ivet sonrió forzadamente.

—Sí, es sólo que… esa chica, ¿sabes? Quiero coger a ese hijo de puta.

Volvió el silencio por unos segundos.

—Pero oye, cuando hablo así de los hombres no me refiero a ti… Bueno, a no ser que quieras que me refiera también a ti… Joder, no sé, tú ya me entiendes…

—Déjelo, sargento… ya la entiendo.

24

Édgar comía absorto en sus pensamientos. Comenzó a sonar su teléfono. Algunas personas lo observaron. Se apresuró a bajar el volumen mientras miraba en la pantalla de quién se trataba. Era el número largo de la tarde anterior. Era Aniol. No respondió, lo dejó vibrar en su bolsillo hasta que cesó. Echó la vista sobre el comedor social y no encontró al chico del día anterior. Pensó que quizá habían llegado tarde y se habían quedado sin sitio. Eso le estrujó el alma como un cartón. Debían de estar fuera, intentando explicar a una de las monjas que no habían podido llegar a tiempo porque el niño se había cagado encima, o porque habían perdido las llaves de casa y tuvieron que volver sobre sus pasos antes de que alguien las cogiera, o porque la hermana pequeña tenía fiebre, o por cualquier otra cosa que hubiese valido en otra sociedad, en otro lugar, en otro mundo quizá, porque en éste parece haber una creencia universal de que el pobre se ha hecho a sí mismo por propia voluntad y holgazanería. E incluso una religiosa como aquélla a la que intentarían convencer en el vestíbulo del comedor, dispuesta a ayudar en nombre de sus creencias a todo ser viviente bautizable, podía creer aquello desde una autoridad moral que en verdad ningún dios mostraría. Le hubiese gustado poder permitirse el lujo de dejar de comer, sentirse molesto y por solidaridad y rebeldía apartar el plato, para dejar patente lo injusto de que un niño, su hermanita, su padre y su madre se quedasen fuera de aquel comedor, de aquella sociedad, ya reducto de otra. Pero no podía permitirse algo así. Comió el primero y el segundo plato pero no tocó el flan de postre. Al dejar la bandeja buscó entre todas las sobras y encontró otros tres. Al salir llevaba cuatro flanes en los bolsillos. No era el único que escudriñaba por las bandejas antes de salir, era algo casi normal. Caminó un poco hacia la ronda General Mitre y vio a la familia. El padre estaba a unos metros hablando con otro usuario del comedor que parecía molesto, tampoco debió de poder entrar. Édgar se acercó a la mujer y le tendió las manos con los cuatro flanes. Ella se sorprendió. El chaval lo miraba, la niña estaba distraída.

—Toma, sobraba esto ahí dentro.

Ella lo miró intentando sonreír.

—Gracias, los niños no entienden qué pasa. Por qué ayer comieron dentro y hoy no.

—Lo siento.

—No es culpa tuya, gracias.

Sonaba a conversación artificial, enlatada, pero Édgar sabía que era la más natural del mundo. Qué más natural que ayudarse entre seres humanos.

—Hasta luego —dijo.

La mujer se giró y se dirigió a los niños:

—Mirad qué tengo… Dos para cada uno.

Édgar lo oyó. Había sido tan estúpido de pensar que los iban a repartir entre los cuatro. Aquello le acabó de pisotear el corazón. Qué extraño y maravilloso era aquel amor que no conocía, que hacía que a una madre, a un padre, ni tan siquiera se les pasara por la cabeza tocar aquellos flanes que ellos mismos necesitaban tanto como sus hijos.

Se alejó poco a poco de allí. De aquella calle, de aquella fotografía familiar marcada por la crisis, el expolio de las economías domésticas. Decidió no volver al comedor. No si con ello estaba dejando fuera a un niño, a su madre, o a cualquiera que lo necesitara más que él. Caminó sin rumbo por una Barcelona tranquila, sosegada, en hora de siesta o de comida al sol, en familia o con amigos, pero tarde… Todo el mundo es un poco burgués en domingo. Decidió que aquella tarde se pasaría por la tienda de Imran y le explicaría la situación. Que abandonaría la habitación en cuanto tuviera a un nuevo huésped. Quizá fuera buena idea volver con sus padres antes de lo que había pensado, sería más fácil encontrar un trabajo de cualquier cosa, en el campo, donde fuera…, lejos de la ciudad. Allí había demasiada gente en su misma situación. De pronto volvió a sonar su móvil. Transitaba despacio por la Rambla de Catalunya. Sabía que era Aniol de nuevo sin siquiera mirar la pantalla. No había recibido otra llamada en días. Decidió contestar y explicarle su situación. De algún modo, eso le haría aceptarlo a él mismo, porque aparte de alejarse de su antiguo círculo de amistades y conocidos poco más había hecho al respecto. Como si callando su fracaso pudiese evitarlo o ahuyentarlo cual fiera acechando alrededor del fuego.

—Aniol —se anticipó esta vez—, ¿cómo estás?

—Hola, Édgar, ya te dije que te volvería a llamar…

—Lo sé.

—¿Has estado pensando en lo que hablamos?

—Sabes que sí, pero no he cambiado de idea…

Hubo un pequeño silencio que Édgar aprovechó para cruzar la avenida Diagonal.

—Déjame convencerte.

Édgar rio, y se dio cuenta de cuánto necesitaba reír así…

—Eso me suena.

—¿Qué?

—Me dijiste eso cuando te empeñaste en morrearme, ¿te acuerdas?

Aniol se ruborizó, pero acabó riendo.

—Ni me acordaba.

—Te me echaste encima, me diste un morreo… Bueno, me aparté a tiempo, sólo me babeaste un poco… —Aniol continuaba riendo mientras escuchaba—. Y luego te empeñaste en convencerme para repetirlo. No entendías que yo no soy gay.

—Todavía no estoy muy convencido de eso…

—¿Por qué lo pensabas?

—Eras delicado, blancucho, con el pelo albino…, parecías un anuncio de H&M.

—Eres un gilipollas, Aniol…, no soy gay. Ni me morrearía contigo aunque lo fuera.

—Tranquilo, estoy casado.

A un lado de la línea telefónica el runrún de una enorme urbe mediterránea; al otro, la sosegada tarde de domingo en una sala de estar de Ámsterdam.

—Ayer estuve pensando en Ireneu. No me acordaba de lo importante que fue para nosotros de críos. ¿Recuerdas cuando me puse su chupa de cuero? Estaba llena de remaches, iba por el barrio como si fuera el puto amo, ¿te acuerdas?, y nos pilló por la calle volviendo a casa… Me la quité y salí corriendo. No me dejé ver por allí en una semana.

—Sí. Si te pilla, te mata, se puso de una mala hostia… Pero cuando echaron a tu padre de la SEAT y os fuisteis te la regaló.

—Todavía la tengo…, en alguna parte de la casa de mis padres. No me acordaba apenas de eso. A veces olvidamos detalles que nos han marcado y nos han hecho quienes somos…

—No te pongas sentimental, soy yo quien necesita tu ayuda.

—Aniol, no tengo revista.

—¿Qué quieres decir?

—Lleva años cerrada.

Aniol calló un momento.

—No lo sabía…

—Estoy sin un duro. Y no es una forma de hablar. He ido dando tumbos los últimos tres años, pero ahora ya no puedo ni comer, literalmente. No puedo ayudarte…, no tengo nada, ni siquiera puedo coger un metro o comprarme un bocadillo. Y voy a perder mi habitación esta semana.

—Lo siento. ¿Cómo ha sido? Tu revista era un referente…

—¿Conoces al editor de tu hermano? ¿El dueño de Ártico? —El silencio fue un asentimiento—. Él está detrás de todo…

—Lo conozco…

—Pues no es lo que parece… Vio en *Hojarasca* una amenaza… Por Dios, si son la puta Estrella de la Muerte, ¿cómo podía suponer una amenaza una revista artesanal que apenas publicaba mil ejemplares en papel?

—Sí, pero algo haríais bien… Era una revista muy apreciada… Todavía estoy flipando de que no se publique más… Mi hermano me dijo en cierta ocasión que eras la persona más influyente en el mundo literario de Barcelona…

Édgar rio forzadamente.

—Sí, por eso vengo de un comedor social.

—¿Qué ocurrió? —musitó Aniol.

—Por resumirlo… Xisco Monferrer fue convenciendo uno a uno a los anunciantes para que dejasen de apoyar a la revista…

—Metíais mucha caña.

—Tan sólo hacíamos nuestro trabajo, denunciar la mala praxis en el sector y hacer una crítica independiente, sin fiestas de gala, sin palmaditas, sin contrafavores…

—Y ¿qué pasó entonces?

—Comenzamos a tener problemas financieros serios. Teníamos alquilada la vieja imprenta de la calle Sant Domènec del Call. La pusimos en marcha con apenas nada, ya lo sabes, pero la maquinaria era vieja. No imprimíamos más de mil porque era muy costoso, en tiempo, en mantenimiento… Pero el pdf se podía descargar y muchas otras publicaciones se hacían eco de nuestros mejores artículos, incluso alguna sección se comentaba en alguna emisora de radio. Supongo que fuimos a la guerra con espadas de madera… A punto de tener que solicitar un crédito, o comenzar una campaña de mecenazgo, llegó un socio capitalista que iba a inyectar dinero a mansalva. Un francés afincado en Gràcia. Un tipo con pasta, culto, moderno… Un actor, vaya; lo descubrimos demasiado tarde. Era cerrar o poner la revista en otras manos. No sabíamos que se la estábamos regalando a Ártico, el sello que decía dirigir era un sello ficticio de Ártico. Todo legal. La cerraron en tres semanas.

—Y ¿la gente? Debió de liarse una buena.

—Al principio sí. Luego cada uno vuelve a lo suyo… Tampoco se supo la verdad hasta un tiempo después, y ya nadie se acordaba de *Hojarasca*. No lo suficiente, vivimos tiempos rápidos.

—Y ¿qué piensas hacer? Nunca te he visto rendirte.

—Pues te lo has perdido. Tendrías que verme ahora.

—No me hace gracia.

—No la tiene… Estoy a punto de quedarme en la calle. Mis padres están muy puteados, no puedo pedirles dinero, no tienen nada, la pensión apenas les llega, pero puedo dormir en su casa y comer, aunque lo estoy retrasando al máximo. —Se detuvo y se sentó en un portal—. A veces no me reconozco, Aniol. No veo nada en mí que me recuerde a mí. Te aseguro que no te imaginas cómo estoy.

—Entonces, ya no eres un tipo al que intentar besar…

—Que te den.

Ambos rieron.

—Escúchame. Te vuelvo a proponer lo mismo. No importa que no tengas la revista, es lo que menos importa. Lo que quiero es saber dónde está Ireneu.

—Sabes que puede que no siga con vida, ¿no?

—Dices que no tienes dinero. Te voy a adelantar dos mil euros. Y he estado pensando… Creo que lo mejor para que puedas seguirle la pista es comenzar desde el punto donde desapareció. Quiero que aceptes las llaves de su casa y que te instales en ella. Está en el bosque, te sentará bien.

Édgar, por primera vez, comenzó a pensar seriamente en aceptar.

—¿Y si no hay nada?, ¿y si no consigo nada? La policía no ha esclarecido el caso en un año. Lo veo muy complicado. No quiero que te hagas ilusiones.

—Escúchame, Édgar, ya va siendo hora de que vuelvas a confiar en ti. Comienzas a hartarme con tanto complejo. No voy a permitir que te hagas eso.

—Por cierto, ¿qué es Otoño?

—No lo sé. Ireneu nunca quiso hablar de eso.

—No me has contestado. Sabes que puede que Ireneu esté muerto, ¿no?

—La asistenta conservaba las llaves. Le he pedido que vaya a preparar la casa y que te deje un llavero encima de la valla.

—Debo de ser muy previsible.

—Lo eres. Escucha, lo sé, puede que Ireneu haya muerto, pero si es así, quiero saberlo.

25

Habían estado vigilando la casa mientras llegaban más efectivos de refuerzo y conseguían una orden de registro del juez de guardia, pero ésta no llegaba. Ahora junto a ellos estaban dos patrullas de *mossos* y dos agentes más de la Unidad Territorial de Investigación, Ramoneda y Andújar. El primero acababa de llegar a la unidad, la segunda era la subcabo. Se habían desplegado alrededor de la vivienda. Efectivamente era una casa azul, el tejado caía a una sola vertiente y los pinos y los matorrales habían ocupado el espacio alrededor. En unos años pasaría desapercibida en el paisaje. Oculta como un rostro de cabello y barba descuidados entre la maleza. En aquel bosque los sonidos cesaban al mediodía, y por un rato, todo lo más llegaba la melodía de algún motor lejano. Estaban todos preparados para actuar. No se oía ruido alguno proveniente del interior, salvo un runrún impreciso en alguna parte. Era ya pasado el mediodía. O el tal Josep Lluís estaba dormido, o algo peor. Ivet se acercó despacio a la puerta y llamó con los nudillos. Esperó y volvió a llamar. Pero tampoco obtuvo respuesta. Tarrós se acercó a ella.

—¿Cree que nos ha visto? —preguntó.

—Seguramente, para cuando tengamos esa maldita orden ya se habrá pegado un tiro con la escopeta de cazar. ¿Qué es ese ruido?

—Parece un grupo electrógeno. Viene de la parte de atrás. Pero la casa tiene acometida de luz, ésos son los cables... —advirtió el cabo—. Si pensamos que fue él quien disparó el arma y que hay peligro de que la use en su propio perjuicio, podríamos entrar y hacerlo pasar por una actuación frente a un delito flagrante.

Ivet lo miró.

—No con lo que tenemos; el testimonio de un vecino con el que seguramente suele tener rencillas. Ni podemos entrar ni tenemos nada con lo que hacerlo hablar. —Ivet pensó un segundo—. ¿Sabemos algo de la científica? ¿Algún rastro, alguna pista de lo que sea?

—Nada nuevo aparte de una pava de porro... bastante reciente.

—¿Podría ser de las horas anteriores al hallazgo del cuerpo?

—Podría ser. Estaba en la superficie, pero no la encontraron hasta ayer por la mañana. Se les pasó por alto el viernes.

—¿Crees que es suficiente para relacionarlo con este viejo hippie y pensar que dentro se están destruyendo pruebas?

—No.

—Yo tampoco. Pero ¿le bastará al juez? —Tarrós no contestó a esto último—. Vamos a entrar... Preparados, chicos.

Dos de los agentes se acercaron apresuradamente con un ariete y esperaron la orden de Ivet. Ella asintió con la cabeza y golpearon con fuerza por debajo de la cerradura hasta tres veces. La puerta se abrió sin mayor resistencia. Los agentes se apartaron y Tarrós fue el primero en lanzarse al interior con el arma siempre por delante del cuerpo. Detrás, Ivet. Siempre era igual en esos casos. Ya no se molestaba en disputarle el primer puesto. Tarrós era disciplinado y servil cual soldado en una batalla medieval. Caer abatido era parte del sueldo, para él. La luz de la persiana bajada acribillaba la habitación de la entrada, en ligera penumbra.

—¡Josep Lluís! —gritó Ivet—. Soy la sargento Portabella, de los Mossos. Queremos hacerle unas preguntas.

Continuaba caminando al hablar. Sabía que no iba a obtener respuesta. Tarrós avanzaba también en silencio. Esquivaba algunos objetos que yacían en el suelo, latas vacías, revistas... Se fueron acercando a la cocina, donde un hedor perverso asfixiaba la atmósfera. Ivet se cubrió la nariz y la boca con la camiseta. Tarrós aguantó un poco la respiración y ambos entraron, uno tras el otro. Había comida con moho sobre la encimera. Basura acumulada en una barricada de bolsas. Desperdicios podridos en varias torres de platos. Ivet abrió la nevera con un dedo y dentro tan sólo había verdura en no muy buenas condiciones. Oyeron un ruido y un ratón de campo salió de entre la porquería del fregadero para escapar por una rendija de la ventana. Tras él un vaso cayó al vacío y estalló al contacto con el suelo. Tarrós apuntó con su arma y siguió con ella el itinerario de huida del roedor. Tras el percance, el silencio volvió a empantanarlo todo. Como en uno de esos pueblos que yacen bajo el agua junto a una presa y una central hidroeléctrica. Continuaron e Ivet le indicó por señas a Tarrós que ella iría escaleras arriba y que él continuase hacia el fondo. Un agente de uniforme seguía a cada uno de ellos. Ivet llegó arriba, la escalera de madera hacía suficiente ruido como para alertar a quien fuera de que estaban allí. Aun así continuó sigilosa por el descansillo, y habitación por habitación comprobó que no había nadie. En el dormitorio principal había ropa revuelta y cajones abiertos. Alguien tenía prisa cuando se fue. Entonces Tarrós dio una voz.

—¡Ivet!, ¡sargento!… Baje, por favor.

Parecía que ya no había que andar con sigilo… Ivet bajó y tras ella el *mosso* que la acompañaba.

—¿Tarrós?

—Aquí, en el almacén.

Al acercarse comenzó a sentir el fuerte olor a marihuana. Y al entrar vio casi un centenar de plantas iluminadas con luces led.

—Así que para esto era el grupo electrógeno.

—Estaba claro… —dijo Tarrós. Ivet lo miró, y él cambió el semblante—. La gente sabe que un consumo exagerado de electricidad desata todas las alarmas de la unidad de estupefacientes. Con un grupo de éstos pueden hacer que la factura de la luz suba menos; nadie comprueba cuánta gasolina compra una persona. Y ahí está la escopeta de cazar. Seguramente en balística nos dirán si la bala que mató al perro salió de esa arma.

—Era una perra.

—Lo que fuera. ¿Quiere que mandemos al animal a laboratorio?

—No hay otra manera.

—Ha huido —afirmó Tarrós. Seguramente anoche… Hay equipos como ése de ahí afuera —dijo señalando a la ventana— que cargados hasta arriba de gasoil pueden funcionar hasta doce horas o más.

Ivet puso cara de incredulidad.

—¿Quieres decir que se dio a la fuga y se preocupó de dejar encendido y con el depósito lleno el grupo electrógeno para que sus plantas de marihuana tuviesen doce horas más de luz? ¿Quién se preocupa por eso cuando te están buscando por asesinato?

Tarrós no contestó. Le pareció que aquello no tenía mucho sentido.

—Llama a Veudemar e infórmalo de todo. Voy a hablar con el juez para que se emita una orden de busca y captura. Registra cada palmo y encuentra una fotografía donde se le reconozca bien. Y quiero saber qué coche tiene para cuando se emita la orden. Que venga la científica y rastreen esto como perros. Llama a Solán y Marbre y que vengan a la central… si están de comida y han bebido alcohol, que vaya alguien a buscarlos, pero que vengan ya. Averíguame todo… antecedentes, familia, vicios, incluso si marca la casilla de la Iglesia en la declaración de la renta.

Tarrós se dirigió a ella molesto.

—¿Por dónde empiezo?

Ivet pensó un momento. Miró el cielo, el poco que quedaba al descubierto entre las copas. Las nubes comenzaban a arrastrarse en silencio.

—Empieza por comer algo, son casi las cuatro.

26

A pesar de ser domingo consiguió encontrar una oficina abierta de Western Union donde poder retirar los dos mil euros que le anticipaba Aniol. Aunque tuvo que caminar hasta casi las Ramblas. Mostró el mensaje con la clave y se identificó. Tan sencillo como eso. Aquello era una pequeña fortuna. Lo guardó en la cartera y la puso en el bolsillo delantero. Aquélla no era zona para dar facilidades a las redes de carteristas. Comenzó a caminar apresuradamente. Con algún tropiezo, algún empujón, y los ojos abiertos para que ningún brazo pudiera salir de aquella sabana humana y agarrarlo por el cuello. Diego no iba a dejar de perseguirlo. No creía que fuera a salir con sus chicos a propósito para cazarlo, pero sí que habría un buen número de raterillos, camellos imberbes, y niños de la calle vestidos de oro y tinta avisados de que el Diego buscaba a un tipo medio albino con la piel destrozada. Ahora sabía que Diego debía de ser El Diego, en mayúsculas. Se alejó del centro lo antes que pudo. Por costumbre, ni siquiera se planteó tomar un metro, aunque ahora se sentía capaz de comprar un vagón entero. Fue recorriendo las calles como un gato, de una acera a la otra, con galopadas y paradas. Con el rabo en alerta. La ronda Sant Antoni ya era territorio seguro. Caminó más relajado a partir de ahí. Dejó atrás el barrio y llegó a Sants. Y continuó hasta la calle de París. Allí entró en un autoservicio. Imran estaba trabajando en la máquina registradora. Había una mujer anciana pasando la compra lentamente de una cesta del establecimiento a la suya propia.

—Imran, me marcho. Te debo dos meses y el que entra.

El chico lo miró extrañado. Mantuvo la boca cerrada el tiempo que le costó despachar a aquella mujer. Y la observó alejarse poco a poco hasta la puerta, y luego torcer a la derecha, y finalmente desaparecer.

—No será necesario. Tengo un primo que está buscando habitación y puede meterse hoy mismo.

Édgar le tendió la mano con seiscientos sesenta euros. Pero Imran le devolvió doscientos veinte.

—Insisto —dijo—. Necesito dejar aquí mis cosas un tiempo.

—Guárdalos. Pon lo que quieras en el trastero, pero no dejes nada de valor y no tardes en venir porque ya sabes que los fuerzan cada poco —dijo Imran en el mismo tono y con el mismo acento con que atendía en la tienda a cualquier extraño.

Édgar le ofreció estrechar su mano. Y el paquistaní apretó la suya.

—Gracias por tener paciencia. He tenido una mala racha. Voy a intentar salir de ésta.

—Hasta la vista, amigo.

Al abrir la cerradura pudo escuchar la televisión. Una película de tarde. Se extrañó de que Antonio hubiese llegado tan pronto. Lo encontró dormido en el sofá. Estaba descalzo y se había tapado con una de esas mantas que no alcanzan nunca los límites del cuerpo de uno. Algo había ido mal con sus hijos. A veces pasaba que llegaba ilusionado para llevarlos de paseo un domingo y los chicos tenían otros planes con el novio de su madre. Él intentaba no acercarse a él después de la paliza. No por miedo, sino porque no quería problemas de ningún tipo. Tan sólo intentaba trabajar, para tener algo que dar a sus hijos, para permitirles algunos caprichos y que lo respetaran como a un padre más. Édgar no pudo evitar observarlo unos segundos. Allí dormido pudo ver al niño que vivía encerrado en aquel cuerpo. ¿En qué momento hay indicios para pensar que ese niño se ha ido y que un adulto fuerte, responsable, ha aparecido de la nada como un hongo? Lo vio allí, necesitado del regazo de una madre, de una abuela…, de alguien que le tomara la temperatura con los labios en la frente cuando cayese resfriado. Quizá Antonio no estaba tan mal como él económicamente, pero vivía la crisis y la soledad que ésta llevaba pareja en muchos casos. Y pensó que las ciudades como aquella Barcelona que había bajo sus pies eran un zoo de personas solas, especialmente una tarde de domingo como aquélla, en que ni siquiera el trabajo distraía la mente y aliviaba el desasosiego que produce la infinitud del universo.

Recogió sus cosas. En una bolsa grande de deporte puso unas cuantas mudas y una cazadora de invierno con capucha y una capa impermeable. El resto de sus pertenencias las organizó en el trastero. Seis meses antes hubiese tenido problemas de espacio. Ahora había vendido casi todos sus enseres, incluso el ordenador portátil y el equipo fotográfico. Cuando hubo terminado recogió su bolsa de aseo del baño, la puso junto a su ropa y pasó por última vez para comprobar que no se dejaba nada olvidado en su cuarto. Estuvo unos minutos allí de pie, en la puerta. La ventana estaba abierta para que ventilara y la luz del sol comenzaba a menguar porque la tarde tiraba de él pero también porque nubes bajas habían hecho aparición por algún lado. Se permitió un instante para hacer balance del último año, más duro aún que el anterior, y que el anterior. Acompañó la puerta por el pomo hasta cerrarla. Pensó que hasta al infierno le cogía uno cariño. Dejó una nota junto al tabaco de Antonio, en la mesita: «Gracias por todo, y suerte, compañero».

Caminó hasta la estación de Sants y tomó la línea roja de metro, ahora sí, que le llevaría hasta la plaça de Catalunya. Uno se olvida de que vive en Barcelona hasta que vuelve a tomar un metro, no se podría explicar bien por qué. Lo más miserable y lo más bondadoso del ser humano se muestra sin reservas en el subsuelo. Una sociedad obligada a mirarse, a observarse los unos a los otros durante esos minutos de trayecto, es una sociedad que se puede repensar, como antes hacían civilizaciones más civilizadas y tribus más tribales que las nuestras. En la plaça de Catalunya subió en el Ferrocarril de la Generalitat, que recorre las entrañas de la ciudad hasta salir escupido contra la vegetación y transcurre entonces por la serra de la Collserola. A lomos de la bestia de hierro vio cómo se empequeñecía Barcelona, se abrían las montañas, se desaforaban las malezas y los árboles de cualquier especie hasta formar un todo que envolvía las vías. Miraba el paisaje con hambre, y comprendía lo preso que había estado en el pavimento. Uno no se da cuenta de los meses que hace que no respira de verdad. Que no pisa algo diferente al asfalto. Es una tragedia humana si se piensa.

La tarde caía despacio, perfumada en aromas áureos de los brotes veraniegos que aún resistían pálidos a que el último aliento de viento los arrojara al suelo. El sonido de un tren puede ser música. Aquél lo era, sin duda, para Édgar. Una música triste de fiesta, una música dominical. Acababa de salvarse. Aunque había tomado la última comida en aquel comedor social apenas unas horas antes, ya se sentía a millones de kilómetros de distancia. Ésa era la diferencia entre aquellos dos mundos separados por un soplo de suerte.

Bajó del tren en la estación de Baixador de Vallvidrera y tuvo la sensación de estar en otro país, en otra latitud, como si el trayecto de apenas veinte minutos en tren hubiese sido en avión y los siete kilómetros que separaban la plaça de Catalunya de aquel lugar fuesen setecientos, en realidad. Se sentía a salvo de la crisis, en aquel barrio campestre acomodado, a salvo del hambre, a salvo también de los hombres y su caduco y obsoleto contrato social, a salvo del Diego, a salvo de sí mismo y su capacidad para dejarse llevar por la inclemencia, como aquellos brotes dorados del verano esperando a que el otoño pusiera fin a su corto ciclo. Pero no todo moría en otoño. El agua vivía, el fuego vivía y la tierra vivía. Y el viento que ahora amenazaba aquellos tallos llevaría la semilla hasta una nueva primavera. Y los polluelos a un nuevo nido.

PARTE V

El fin del mundo es un lugar con árboles

27

Ivet había conseguido salir de la central de los Mossos sin tropezar con Veudemar. Tampoco había respondido a su llamada. Ya se enfrentaría a eso más tarde. Ahora estaba en casa, tendida en el sofá junto a *Mel.* Desde que lo vio supo que el momento había llegado. Por la mañana ya lo intuyó, cuando el perro caminó tan tranquilo y como si nada hasta el comedero de la cocina. Esos últimos coletazos de energía se daban también en los seres humanos. Quizá son intentos por despistar a la muerte y que pase de largo. Pero el caso es que Ivet lo había visto otras veces. Aun así, sabiendo lo que le esperaba antes de caer la noche, abrió el ordenador portátil de Aèlia. No entendía bien por qué. Era como si necesitase enfrentarse a la muerte del perro con el recuerdo de la chica, el recuerdo que no fue.

Sin dejar de poner un ojo en *Mel,* comenzó a revisar el contenido de la computadora. No era un trabajo que soliese hacer ella, para eso estaban los de la unidad informática, pero en esta ocasión un interés particular movía todo aquel caso. Y cada vez era más intenso. Comenzó a buscar todas las carpetas y archivos que contuviesen la palabra nido. Y el resultado fue abrumador. Más de cien vídeos en formato mov. Y una especie de diario o ideario, no sabría decir bien, porque lo ojeó un momento y le pareció poder tocar a Aèlia con los dedos.

Comenzó por los vídeos, con la urgencia de que una imagen vale más que mil palabras. Estaban hechos con trípode, porque en casi todos salía ella misma. Era el mismo ojo con el que se autofotografiaba en distintas escenas de la naturaleza, con el torso desnudo frente a una tormenta o con los pies sobre la corteza de un árbol derribado por el viento. Parecía que era capaz de sentir la fuerza de lo natural, la enorme virulencia con que los elementos mueven el mundo a su antojo, toneladas y toneladas de materia orgánica e inorgánica movidas como una brizna de paja. La fuerza latente que ha elevado montañas y que aguarda bajo las sinergias, las tectónicas de la tierra y sus diferentes capas. Pero en aquellos vídeos el contenido era distinto. El único protagonista allí era el nido. Desde antes incluso de existir. En las primeras tomas tan sólo se apreciaba el espacio escogido para ubicar la construcción. Y sabiendo lo que ocurrió resultaba ya un lugar inquietante. O quizá no, quizá tan sólo un lugar especial. Siguiendo el orden de la carpeta, en las siguientes proyecciones se veía a Aèlia comenzando a recoger toda aquella leña muerta que acabaría formando la esfera perfecta. Y de pronto ella, explicando qué trataba de hacer. La imagen causó en Ivet una emoción inesperada parecida al dolor, y también al amor. Su voz conservaba algo de aquella lengua de algodón que tenía de niña.

De ese modo, vídeo a vídeo, pudo saber que la de Aèlia era una lucha perdida de antemano, y se preguntaba si acaso no eran ésas las que auguraban una gran victoria. Porque, en el fondo, tan sólo pierde realmente quien no estaba preparado para hacerlo. Supo que aquella niña rica que luchó por no serlo llevaba años sin vínculos con su tiempo, con sus iguales en términos tecnológicos. Los metrajes eran un manifiesto tras otro, donde Aèlia exponía su visión del mundo; su particular filosofía de la vida, de cómo interpretaba la naturaleza, los elementos, el tiempo. Y así, punto por punto, paso a paso y minuto a minuto, Ivet pudo conocer de sus propias palabras, y gestos, con alguna discreta sonrisa o con el lloro asomando detrás de los párpados, toda la teoría formulada por Aèlia durante meses, años. La soledad la hizo madurar antes de tiempo, y madurar no es otra cosa que aceptar la muerte como parte de la vida. Todos aquellos vídeos, textos, fotografías… Los documentos relacionados directamente con el nido y los anteriores; todos habían sido creados como un testimonio, una declaración no de intenciones, no, una declaración de estado de consciencia, de lucidez.

En un vídeo aparecía con el torso descubierto bajo la lluvia brava del invierno, y gritaba, vociferaba en el bosque que el amo nunca hará libre a sus esclavos. Y lo repetía una y otra vez. Más tarde, con el sosiego que deja la lluvia cuando cesa, lo analizaba con más detalle arropada con una manta frente al nido, en incipiente construcción, y manifestaba frente a la cámara que una pantalla jamás le iba a dar a ella, fuente de alimentación del capitalismo, la libertad. Y que esa libertad no era más que tiempo, algo que ni siquiera su abuelo podía comprar. Y que poco a poco había comprendido que tan sólo la naturaleza podía satisfacer el espíritu; nada, incluso la cultura, era suficiente por sí mismo…, ningún elemento más allá de los cuatro conocidos podía convertir al hombre, o a la mujer, en animales conscientes. Y que ningún otro subterfugio podía conducir a la libertad, y por ende a la felicidad. Y menos aún una red social virtual, donde los propios prisioneros eran los encargados de vigilarse, controlarse, censurarse, humillarse, reprobarse, castigarse entre ellos sin importar condición, formación ni corazón. Por eso ella hizo de su lucha, paradójicamente, el no entrar en ninguna batalla dialéctica o moral en ninguna red social, desengañada de una era de la información en la que la mayoría de informaciones que circulaban por la red eran falsas, corta y pegas que se repetían hasta la saciedad sin una sola intención de verificación de ninguna fuente o contrastación de dato alguno, con una perversión de la opinión al servicio de intereses comerciales, políticos y un largo etcétera, una red que nunca olvidaba, una red que funcionaba veinticinco horas al día, para que en cualquier momento y en cualquier lugar un usuario escondido en un *nick* pudiera aparecer en la cama de uno, interrumpir el sueño de uno y obligarlo a teclear excusas, ataques mutuos, rectificaciones o disculpas durante más tiempo del que disponía. Y mientras tanto el reloj corría, la vida real corría, las células morían a un ritmo invariablemente acelerado y los cibernautas se lo estaban perdiendo. Aèlia

denunciaba que se vivía un tiempo repleto de soledades, crue-
les diferencias sociales, nuevos lenguajes incompletos, redes
(*in*)sociales donde todo era mentira en algún grado, porque
todos podían construirse artificiosamente mientras trabajaban esclavos para el neofeudalismo que imperaba, al que se
entregaban a ciegas. Ivet paró un segundo para reflexionar
sobre ese discurso, sobre la filosofía de vida de Aèlia. Tenía
bastante sentido. Se podía estar de acuerdo o no, pero partía
de un axioma revelador. Y no como un revulsivo neoludita,
repetía Aèlia una y otra vez, no era contra la tecnología su
guerra, sino contra la no-vida, que era para ella la que existía
en las redes sociales, las que habían demostrado ser poco sociales y muy efectivas como redes. Y no era un ataque a las
formas, a la metodología, ni incluso a la propia idiosincrasia,
no se detenía en analizar lo negativo y encarnizarse con datos
y estadísticas, el ataque se quedaba en lo obvio, en lo irrevo-
cable… mientras se no-vivía, en un término acuñado por ella
misma que Ivet no había escuchado nunca antes, no se vivía.
La vida real y la vida virtual se presentaban para Aèlia como
excluyentes. No porque no pudieran compaginarse, sino porque la vida virtual, de existir, siempre estaba en un estadio de
poder superior, siempre estaba en disposición de tiranizar a
la vida real. En cualquier momento, un mensaje, un comen-
tario a un post, un trol, amateur o profesional, podía irrum-
pir en la vida real y originar preocupaciones y problemas tan
poco reales como el *nick* detrás del que se escondiera. Y Aèlia
insistía, vídeo tras vídeo, en que no era una guerra contra la
tecnología —ella misma utilizaba toda la que tenía a su
alcance—, sino una guerra por empoderar a las personas y

hacerlas dueñas de su tiempo, de su vida, y ésa era una batalla que sólo se podía ganar en el medio natural, en la naturaleza, sintiendo los elementos en la piel, la lluvia de la tormenta, el frío de la madrugada, el mar caliente de las tardes de verano, sentir la vida en las plantas, comerlas, y volverlas a cultivar…, ser parte del ciclo de vida que no cesa. Ivet comprendía ahora aquel bosque de abedules en un taller del barrio de Gràcia. Debió de ser un primer intento por crearse un lugar sagrado. Y comenzaba a intuir que aquella esfera de ramas no era una muestra de land-art más, sino algo simbólico, un espacio liberado. Un espacio que parecía querer compartir con alguien. Una filosofía, unas creencias, una lucidez que plasmaba en todos aquellos documentos de vídeo, sonido y texto, como si fuesen dirigidos a alguien. Como si no quisiese guardarlo sólo para sí, sino compartirlo. Pero ¿con quién? ¿Con qué objeto?

Alguien gritó afuera, en la calle. Unos guiris borrachos corrían entre risas. Ivet se tomó un minuto para observar a *Mel.* Decididamente no podía dejarlo para el día siguiente. Debía despedirse de él y llevarlo al veterinario. Había agotado sus últimos días comiendo aquello que le fue prohibido en vida, y cerca de ella, que incluso dormía en aquel colchón en el suelo. Pero pasar de ahí era ya hacerlo sufrir. Lo supo desde la mañana e hizo como si un día cualquiera fuese el que corría en el contador. Pensó que era su forma de protegerse. Así que ya levantada la careta, dejó el ordenador a un lado, caminó descalza hasta su perro, y se lanzó sobre él a llorar amargamente. Lo apretó cuanto pudo procurando no hacerle daño. Quiso memorizar aquellas dimensiones, aquella curvatura de sus brazos, aquel calor que producía el otro cuerpo. Era el único abrazo que conocía en los últimos tiempos. Le pareció que era más dramática su situación que la del perro. El teléfono la salvó de sí misma. Comenzó a sonar con rabia. Fue a buscarlo y lo encontró entre los cojines del sofá.

—Portabella…

—Sargento…

—Tarrós, dime…, ¿tenemos ya una imagen nítida de Josep Lluís?

—Sí, y su coche. Es una ranchera, un Peugeot no sé qué de color rojo. No lo recuerdo, pero está ya en la circular.

El cabo solía hacer silencios que se podían casi oler cuando quería decir algo importante…

—Bien, ¿hay algo más?

—Sí. Tiene antecedentes…

Ivet fue caminando hacia la ventana, donde la luz se resistía a morir.

—¿De qué tipo?

—En los noventa solía hacer fiestas con música techno en su casa. Acudían chavales de Barcelona, okupas de la zona… —Tarrós tosió, y luego continuó—: en el verano de 1995 organizó una gran fiesta de San Juan. Una de las chicas no regresó. Unos compañeros del cuerpo, alertados por la familia e informados por las amigas de la ubicación de la fiesta, la encontraron en la cama de Josep Lluís drogada hasta las cejas. Era menor de edad. Los padres interpusieron una denuncia por retención forzosa y abuso sexual, pero quedó en nada. El parte médico no indicaba nada de eso. En el registro le intervinieron marihuana, aunque menos que hoy, y le cayeron doce meses, pero como no tenía antecedentes, no entró en prisión. —Ambos guardaron silencio unos segundos—. ¿Algo relevante en el ordenador de la chavala?

A Ivet no le gustó que se refiriera a ella así, pero no dijo nada.

—Nada, de momento, pero apenas he visto la mitad de los vídeos.

—¿Vídeos?

—Sí, vídeos donde recogía lo que hacía en el nido y otros en que hablaba sin parar. Era una chica diferente, sin duda… ¿Alguien ha encontrado parecido entre los retratos y algún vecino?

—No nos hemos puesto todavía.

—De acuerdo…

—Bueno. Le voy informando. Esperemos tener algo pronto. Hasta luego, sargento.

—*Adéu,* Tarrós… ¡Escucha! —exclamó en el último segundo, y dudó de si el cabo la había oído.

—¿Sí? —respondió éste.

—¿Tienes una pala?

28

Abandonó la estación como si realizase aquel trayecto todos los días. Una extraña emoción hacía que el pesar de los últimos meses se viese aliviado. Incluso su piel comenzaba a aprovecharse de aquel fresco de noviembre que la untaba como un bálsamo de clorofila. Aquella naturaleza húmeda le explosionaba en las fosas nasales y recorría los bronquios como si fuesen regueros llenos hasta arriba de caudal imparable, violento, puro. Y mientras, la tarde continuaba su derrumbe diario, las nubes con ella, como globos que perdieran presión hasta caer devorados por una línea del horizonte que se escondía tras los cerros y los árboles que los abanderaban. La temperatura había descendido respecto a la ciudad, pero mantenía su camisa arremangada, como si aquello que le esperaba fuese una aventura juvenil. Se detuvo antes de cruzar la carretera de Vallvidrera a les Planes y consultó en su teléfono móvil la imagen que le había mandado por SMS Aniol desde Ámsterdam. Estaba a escasos doscientos o trescientos metros. Cruzó y torció a la izquierda. La primera construcción de la calle era un restaurante. Hacía ya casi cuatro horas que había comido, y seguramente en casa de Ireneu la nevera estaría vacía. Se palpó el bolsillo. Había más de mil quinientos euros allí. Inconscientemente lo tradujo en bocadillos, luego en botellines de cerveza, luego en menús... Sonrió y entró. Atravesó un jardín y accedió al local interior. Apenas quedaban un par de mesas con clientes y los camareros andaban de aquí para allá recogiendo. Se acercó a la barra y un hombre de mediana edad que estaba ocupado recogiendo la vajilla sucia se dirigió a él:

—Vamos a cerrar, señor.

Le hizo gracia aquello de señor. Él, un papel consumido por el fuego.

—Sólo quiero picar algo rápido.

El hombre miró el expositor de la barra, donde quedaban varias bandejas.

—Le puedo poner algo de lo que hay aquí, pero a las seis bajamos la persiana.

Sin siquiera mirar, Édgar accedió. Entonces tomó asiento, echó un vistazo y pidió unas patatas bravas y unas albóndigas. También un botellín de cerveza. Comía con la vista perdida, mientras los sonidos de las sillas y las conversaciones de los camareros resonaban a su alrededor. Tras las cristaleras el jardín se tornaba azul, luego azul oscuro, y luego se fue borrando poco a poco. Notaba el sabor en el paladar al detalle, y no supo si era debido a la calidad de lo que comía o a la poca costumbre a permitirse algo así. Pidió otra cerveza y también la cuenta al mismo tiempo, para que el barman supiese que no iba a tardar en terminar y marcharse. Mojó el pan en aquella salsa hasta hacerla desaparecer por completo.

—¿Quiere uno? —preguntó aquel hombre de coronilla despoblada y cabellera valiente.

Édgar lo miró. Le estaba ofreciendo un carajillo, él mismo se estaba preparando uno. La antigua bebida de los arrieros del puerto de Barcelona.

—Venga, jefe —exclamó con una alegría que le sorprendió incluso a él. ¿Estaba volviendo a ser una persona normal? ¿En tan sólo unas horas? ¿Tener mil quinientos pavos en el bolsillo lo convertía en un ser más sociable, más seguro de sí mismo, más válido como cliente, como interlocutor, incluso más honrado de cara al resto? ¿Acaso su piel había sanado milagrosamente? Tomó el brebaje de dos tragos y salió por la puerta al tiempo que la cerraban por fin.

La calle se presentaba ya oscura. Invisibles las casas, salvo algunos farolillos. Y luego sí, en el interior, la vida era luz en las ventanas, sonidos de herramienta en un garaje, una risa joven que desde un tejado apuraba un cigarrillo. El camino era salvaje, y cada vez más inhóspito, y al tiempo agradable. Llegó a la casa que estaba señalada en el mapa. Un muro no dejaba ver gran cosa del interior. Pero asomaban unos pinos enroscados en la noche. Palpó la parte superior de la tapia. Pinocha, y tierra. Siguió palpando al otro lado de la puerta y por fin manoseó un llavero. Miró a ambos lados de la calle por instinto antes de probar pero tan sólo encontró fundido a negro. Entonces, giró la primera llave que puso en la cerradura y abrió. Una pequeña farola de jardín se encendió en cuanto cruzó el umbral, debía de haber un sensor en algún lugar y de ese modo la luz cubría casi al completo el camino hasta la casa. Era un jardín frondoso, húmedo, asilvestrado en parte. El chalé tenía grandes ventanales en la parte baja que se expandían hacia techo y suelo y de lado a lado. Por ellos entraba la luna, que dibujaba algunos muebles, un gran sofá, un escritorio… La edificación la culminaba una pequeña torre. Era, sin duda, la casa de un escritor de los de antes, de cuando un escritor se dedicaba sólo a escribir. Se acercó al porche, donde todavía resistían la intemperie y la soledad algunos muebles de mimbre con cojines desgastados, y por fin abrió la puerta principal de la vivienda con una llave de seguridad, ésta sí. Un suelo que imitaba alguna madera noble o quizá lo era se extendía por toda la casa como una lava otoñal. Paredes blancas con cuadros de diversa índole y procedencia, limpieza, orden, ni rastro de vida, ninguna chaqueta en la percha, ningún calcetín en el sofá, ni libros en el suelo, que sí en una enorme estantería que parecía separar el techo y el pavimento con todas sus fuerzas, ni un vinilo en el tocadiscos… Se preguntaba si todo había estado así durante aquel tiempo, o si la asistenta se había excedido ordenando, lo cual no le parecía muy probable, dadas las circunstancias de la desaparición. Quizá la gente vivía más sumida en el orden de lo que él estaba acostumbrado. Fue descubriendo la casa palmo a palmo, y dejó la estancia de la torre para el final. Sabía o intuía que debía de ser el taller de creación, allá donde Ireneu montaba sus personajes al tiempo que se deconstruía a sí mismo. Les daba cuerda y los dirigía hacia el borde de la mesa y veía cómo se iba acercando su final, o los salvaba en el último momento, o los ponía a comer, a follar, a beber…, a cualquier cosa que exigiera el guion. Se fijó también en aquel escritorio. Limpio. Ordenado. Con algún montón de libros, pero aparentemente clasificado su contenido, dispuesto voluntariamente en ésa y no otra presentación. Un ordenador de sobremesa. También limpio, esto obra de la asistenta obviamente, pero recogido, con el teclado a un lado y el ratón al otro, junto a la pantalla. Como nadie que estuviese pendiente de seguir escribiendo los hubiese colocado. Pensó que estaba fantaseando con todo aquello. Que la policía debía de haber estado olfateando cada palmo de aquella casa. Que cualquier detalle que él pudiera observar ya había sido comprobado cien mil veces. Volvió a la planta baja. Tenía una extraña sensación. Se sentía incómodo de estar allí profanando la ausencia de Ireneu. Pero pronto comprendió que estaba allí para ayudarlo, a él o a Aniol descubriendo qué le había ocurrido a su hermano. Así que decidió relajarse, y concentrarse en Ireneu. Había un teléfono fijo sobre la mesita. Lo descolgó y comprobó que daba tono, estaba operativo. Cogió su móvil, buscó en las llamadas recibidas el número de Aniol en Ámsterdam y lo marcó:

—Estoy aquí —dijo nada más oír descolgar.

—Bien, ponte cómodo. Olvidé mandar llenar la nevera. No sé si habrá alguna lata o conserva…

—No te preocupes, ya he comido algo. —Édgar despachó el tema enseguida—. He visto un ordenador arriba, ¿te molesta que intente entrar y ver si averiguo en qué estaba trabajando?

—Édgar, no te preocupes, no seas tan honesto siempre... Haz lo que debas.

Éste se sonrió al otro lado del teléfono.

—¿Me podrías dar el número de la asistenta? Me gustaría hablar con ella.

—No hará falta. Le he pedido que vaya mientras estés allí. Mantendrá el mismo horario mientras estés instalado en la casa, lunes, miércoles y viernes. Va un par de horas por las mañanas. Ya me encargo yo de todo.

—Entonces hablaré con ella mañana por la mañana.

—Édgar, si necesitas algo, pide... lo que sea. Si se acaba el dinero, me avisas enseguida. —Ambos dejaron pasar unos segundos—. Y gracias por estar ahí.

—Una cosa más, ¿sabes si Ireneu conservaba aquellas amenazas?

—Están en manos de la policía. O lo estaban, al menos. Pero puede que haya una copia en algún lado. Entra en su ordenador con libertad, busca lo que necesites.

—De acuerdo. Y no te preocupes; sea lo que sea, lo averiguaremos. Vamos hablando...

—Hasta pronto.

—*Bona nit.*

Édgar caminó por el salón hasta una cómoda. Una pequeña puerta tenía aspecto de mueble bar. Lo abrió y efectivamente lo era. La primera botella era un whisky irlandés, un Bushmills Malt de dieciséis años. No lo conocía, pero no había que ser Einstein para saber que era oro líquido. Buscó un vaso y dejó caer un par de centímetros. Caminó hasta las cristaleras, donde la noche arañaba para entrar, las abrió y salió al porche. La atmósfera era calma. Estrellas que huyen de las ciudades se refugiaban allí, en aquel cielo incierto, interminable. Se esforzó por poner todos sus sentidos al máximo y dejarse diluir en aquella naturaleza. Dio un sorbo y entonces supo que ya no era el mismo del día anterior. Édgar Brossa había vuelto, por fin. Y pensó en aquellos hombres que volvían de guerras mugrientas, de años de hambre y miseria, de luchas cuerpo a cuerpo, de ver caer pedazos de otros hombres, y al regresar volvían a nacer. Y sintió lo mismo.

29

Domingo es una palabra que rima con soledad. Quizá esa percepción popular se ha construido en el tiempo a fuerza de enterrar perros. Cuando uno va a matar a un amigo, curiosamente, la mente va a asuntos triviales. Quien lo ha hecho sabe de lo que hablo. Ivet aparcó el coche sobre la acera. En la puerta de la clínica esperaba Roberta, la veterinaria. No cruzaron una palabra, estaba todo dicho. Abrió el maletero y entre las dos mantearon a *Mel* hasta la camilla de la consulta.

—¿Cómo estás, bonito? —dijo. Bien sabía ella más que nadie cómo estaba. Se la veía con una empatía peligrosa para un oficio como aquél, seguro que moría un poco con cada animal que perdía. Entonces miró a Ivet y esta vez se dirigió a ella—: Has hecho cuanto has podido. Y le has dado una buena vida, ahora esto es lo mejor para él.

—Lo sé. —Fue todo cuanto dijo. De otro modo hubiesen aflorado sus sentimientos como perlas en los ojos, y ella no era de mostrarse ante nadie.

Agarraba a su animal por la cabeza y el torso y lo acariciaba con premura y dulzura.

—Primero le voy a administrar un sedante.

Roberta inyectó el contenido de una jeringuilla en la vía que el perro tenía abierta en la pata. Los ojos se medio cerraron. Le acarició la cabeza.

—Ahora le inyectaré el Tributame.

—¿Cómo actúa?

La veterinaria dudó si contestar o no. Pero lo hizo.

—Esto provoca el colapso general, pero no va a notar nada. Ya está sedado.

Ivet tuvo la sensación de que había perdido la oportunidad de despedirse. Eso la angustió un poco.

—¿Ya no siente nada?

—Poco…, nada… Está como dormido.

Debía intentarlo o aquello le dolería mucho tiempo.

—¿Me puedes dejar sola un momento?

—Claro —dijo mientras dejaba la jeringuilla sobre el mueble.

La mujer salió y cerró la puerta. Ivet se abalanzó sobre *Mel.* Lo acarició con más fuerza y le habló al oído todo lo alto que pudo sin dejarse escuchar por Roberta.

—¿Puedes oírme, campeón? Te quiero, ¿me oyes? Te quiero, socio. Buen viaje.

El perro suspiró y volvió a su estado de letargo. Roberta abrió la puerta y fue hasta ellos. Puso la jeringuilla en la vía y miró a Ivet. Sabía que no debía hacer aquello, iba contra toda buena praxis, pero apartó sus manos y no dijo nada. Ivet lo comprendió, contuvo todas las lágrimas que pudo en los párpados, y agarró la jeringuilla y descargó el contenido en aquel tubo. Cuando terminó ya no respiraba. Lo abrazó, como si pudiese retener algo de aquel animal con ella.

Un par de minutos de duelo duró aquel silencio.

—Lo guardaré en la cámara. Mañana vendrán a recogerlo de la incineradora.

—No será necesario. Me lo llevo al bosque. Lo enterraré.

—Vamos a ponerlo en una bolsa, entonces. Va a perder fluidos.

Tarrós no sabía muy bien cómo comportarse y se mantenía en silencio. La tarde ardía a lo lejos. Y la carretera se iba tornando oscura, poco a poco. Ivet no articulaba palabra. Conducía con serenidad, pero absorta en pensamientos variados. Atrás, en el maletero, lo que quedaba de *Mel*. No pensaba alejarse mucho de la ciudad, pero sí lo suficiente para encontrar un lugar tranquilo. Un lugar de paz. De pronto comenzó a reír. Tarrós la miró.

—No me mires así. No he bebido ni una gota. Eso viene después. Me acordaba de este maldito perro… —dijo con cariño—. Al poco de encontrarlo vi un anuncio, alguien había perdido uno como él. Así que llamé y lo llevé. Yo ya le había cogido cariño, pero era lo correcto. Cuando lo vieron supieron enseguida que no era el suyo. Todos menos la pequeña de la casa, una niña de cuatro años que lo confundió con su *Bubú*. Los padres me pidieron si podían quedárselo igualmente, porque la niña echaba de menos a su perro. Llevaba conmigo unos días, pensé que yo podía superar mejor su ausencia que aquella pequeña. Lo dejé. —Ivet volvió a reír—. A la mañana siguiente estaba frente a mi puerta. Se había comido todo cuanto le dieron, había meado en el sofá, había perseguido al gato hasta sacarlo del chalé, eran un poco pijos, y luego saltó la valla y vino a buscarme. Me llamaron compungidos porque se les había escapado. No les dije que había vuelto conmigo. Ya tuvo suficiente el pobre *Mel*. —Frenó la marcha, torció y condujo por un camino—. Éste me parece un buen sitio.

Bajaron del coche y Tarrós cogió la pala de la parte trasera.

—Cavemos primero. —Fue todo cuanto dijo.

Ivet escogió el lugar y Tarrós comenzó. Ella sujetaba una linterna, porque poca claridad había ya entre aquellos árboles, y la que quedaba se amarraba a lo alto de las ramas y no donde había que cavar. Al poco hizo un breve descanso.

—En balística dicen que el arma de Josep Lluís es la que mató a la perra del viejo. Fue él.

—¿Qué hay del teléfono móvil? ¿Lo han localizado?

—Está en la casa. Nadie es tan estúpido como para fugarse con un móvil hoy en día…

—No sería la primera vez…

—Es él, se ha fugado sin teléfono y el arma es suya —dijo Tarrós al tiempo que volvía a cavar—. ¿Estaba usted delante cuando lo han sacrificado?

—Sí, es lo menos que podía hacer por él.

—Yo nunca he tenido perro. No sé lo que es, pero supongo que puede llegar a convertirse en alguien de la familia.

—El arma estaba en su casa, pero no sabemos si es suya. ¿Qué hay del coche?

—Nada, de momento. Todo el cuerpo de Mossos, la Guardia Civil, los nacionales y la Guardia Urbana están al corriente. Y esta noche su foto y el modelo y matrícula del vehículo saldrán en las noticias de TV3.

—Déjame a mí un rato —dijo Ivet. Y cogió la pala—. ¿Habéis encontrado munición en la casa azul?

—No.

—¿Algún trofeo, alguna cabeza disecada o alguna fotografía de Josep Lluís cazando? —preguntó.

Tarrós no contestó esta vez. Eso viniendo de él era un no. Ivet se quitó la cazadora. La noche se agarró a su espalda sudada, y agradeció aquella sensación. Continuó cavando.

—¿Sabes lo que creo? —dijo—. Creo que a lo mejor Josep Lluís es incluso vegetariano. No tenía carne ni pescado, ni siquiera huevos o queso en la cocina. No acabo de creer que esa escopeta sea suya. Si estoy en lo cierto, un hippie vegano que organiza fiestas de techno no tendría mucha pinta de cazador. ¿Puedes preguntar a los vecinos si saben algo de eso?

—Puede que la tuviera únicamente para protegerse de las mafias que asaltan chalés. Frente a que a uno lo secuestren y le den una paliza…

—Puede, pero poco iba a poder hacer sin munición. Comprueba si hay una licencia de armas a su nombre.

—Una cosa más…, el cuaderno —dijo Tarrós—. En el cuaderno sale un dibujo de Josep Lluís.

—Creo que en ese cuaderno vamos a ver a todos y cada uno de los vecinos de La Floresta. —Tarrós asintió—. ¿Sabes lo que creo? —El silencio una vez más fue aceptado como una respuesta—: Me preocupa más esa hoja que falta que todo el cuaderno entero.

—¿Cree que ya es suficiente?

Ivet paró de cavar y alumbró el agujero con la linterna. Había fosa suficiente para meterse allí con *Mel* y desaparecer. Tarrós se podría marchar con su coche y poner cualquier excusa en el trabajo. Pasarían el otoño allí, y el invierno, la primavera… Pero ni siquiera así conseguiría que volviese a ladrar. Ya no estaba, aunque su pellejo esperase tendido en el coche. Estaba sola. Y además aquella niña que se aparecía en sus fantasías de madre tiempo atrás había muerto asesinada. Y Pere no era más que un pretexto para no dejarse enamorar por cualquier calavera, y lo había conseguido, había llegado a la edad madura completamente sola, vinculada dependientemente a un perro. Ahora sí necesitaba ese trago.

—Sí, terminemos con esto.

Fueron hasta el coche, lo llevaron en volandas y lo depositaron con cuidado en el hoyo. Lo cubrieron bajo una noche joven que nacía. Ivet pensó en Aèlia y sus extrañas ideas. En aquella situación cobraban bastante sentido. Cuando terminaron se sentaron unos minutos sobre el capó.

—¿Había algún vecino llamado Pere?

—¿Cómo dice?

—En La Floresta… ¿Había alguien llamado Pere?

—Déjeme pensar… No, creo que no. ¿Por qué lo pregunta?

—Vamos a beber algo. ¿Te puedo pedir que me acompañes?

—Es una orden, no tengo otro remedio…

Tarrós sonrió, Ivet no.

30

Tarrós había tomado un par de cervezas con la sargento Ivet. A pesar de ello no empatizó mucho con su dolor. No entendía los sentimientos hacia los animales. Lo respetaba, pero no acababa de comprenderlo. Y no le gustaba no hacerlo. Porque él más que nadie sabía que debía hacer un esfuerzo por ponerse en el lugar de los demás. Lo mismo que él pedía. Aunque rara vez se le concedía. Sabía que en el cuerpo de Mossos la mayoría lo respetaba, respetaba su situación, el haber manifestado su disconformidad con la apariencia de su cuerpo y reclamar a la sociedad entera su derecho a ser y mostrarse como era realmente. Y a pesar de ello, a pesar de que había conseguido cambiar su apariencia tras aquel largo trance de hormonación y operaciones, era consciente de que se le respetaba pero no se le entendía, o sí, pero no se le veía como a un hombre. Sino como a una mujer que decía ser y creía ser, incluso podría ser, un hombre, pero a quien la mayoría de la sociedad no veía como tal. Incluso la gente que más podía quererlo, su hermana, su cuñado…, incluso ellos, a veces, pensaba que no lo veían como a un hombre, sino como la mujer, que con toda libertad, eso sí, quiso ser un hombre.

Aparcó cerca de la plaza, y pensó en tomar algo antes de ir a casa. Era domingo, la noche era fresca, pero agradable. Se sentó en la terraza del Bar Paco, un local que llevaba abierto más tiempo que él en el mundo. En aquel barrio todos lo conocían por su apellido, Tarrós, porque ya de muy joven, siendo una niña preadolescente se ocupó de que su nombre se fuese olvidando. Era más sencillo aquello que llamarse Xavier de repente. Así que Eva fue perdiendo el nombre, y más tarde las faldas, y más tarde la melena, y más tarde los pechos. Y un día voló de aquel barrio y cuando volvió llevaba corbata, barba cerda y se rascaba los huevos. Ahora vivía allí permanentemente. No mantenía ninguna amistad pasada, pocas tuvo, y tampoco tenía familiares en el barrio. Pero la gente sabía quién era, de quién era hijo, y algunos lo saludaban y se paraban a hablar con él, aunque sólo fuese para preguntar por su padre, con total normalidad. Paco, el del bar, era uno de ellos. Así que allí se sentía un poco como en casa. Era de lo poco del barrio que continuaba fiel al espíritu vecinal. Estaba en la terraza, desde el interior del bar llegaba el sonido de una retransmisión de fútbol, pero ni siquiera sabía quién jugaba. No había tenido tiempo en todo el fin de semana para preocuparse de eso. De repente alguien se dejó caer a su mesa y tomó asiento frente a él. Lo conocía, era Guillermo Torresanta, un vecino del barrio. Fueron juntos al colegio. Incluso se besaron una vez cuando él pensaba que era lesbiana e intentaba curarse exponiéndose a los chicos del barrio. A todos los que pudo. Cuando empezó a vestirse como uno de ellos y se cortó el pelo, Guillermo le estuvo haciendo la vida imposible un tiempo, lo insultaba, ponía a los chavales malos del barrio en su contra… hasta que un día lo esperó en el portal de su casa e intentó bajarle los pantalones y violarlo por detrás. Al final la presencia de un vecino que entraba en el edificio lo evitó. Se habían visto en otras ocasiones desde que volvió, pero nunca habían cruzado una palabra desde la adolescencia. Ahora estaba sentado a su mesa, y los dos guardaron silencio. Paco salió a ver:

—¿Qué te pongo, Guillermo?

—Una mediana.

Y volvió adentro.

—Has vuelto —dijo al fin.

—Sí. —Tarrós no se fiaba, todavía no sabía qué hacía allí aquella rata.

—¿Eres policía?

Esto lo dejó sin respuesta. En el barrio nadie sabía a qué se dedicaba. Quizá su padre lo había dicho tiempo atrás, aunque él les había pedido que no airearan su vida con nadie.

—Soy *mosso*, sí.

—¿No llevas uniforme?

—Soy cabo de la unidad de investigación… Vamos de paisano.

—Como en las películas.

—Sí, como en las películas.

—Me alegro de que la vida te vaya bien. Este barrio te trató un poco mal… Yo el primero.

—¿Cómo sabes que soy *mosso?*

—Me lo ha dicho Paco.

Tarrós pensó que Paco no sabía a qué se dedicaba, pero no le dio mayor importancia. Éste ya llegaba con la cerveza. El teléfono móvil de Guillermo sonó y descolgó.

—Sí, ya voy, es que he parado a charlar con un viejo amigo… De acuerdo. No tardo. ¿Falta uno? Bueno, voy a ver si lo convenzo… Hasta ahora. —Y colgó.

Tarrós lo miraba esperando que hablase.

—Son mis colegas, conoces a la mitad, seguro. Están en el del Toni jugando al futbolín y falta uno si voy yo. ¿Sabes jugar?

Tarrós no era malo jugando, pero no tenía intención de alargar la noche, y menos con Guillermo. Una cosa era saludarse como personas adultas después de tantos años y otra muy distinta hacer como si nada hubiese ocurrido.

—Lo siento, tenemos mucho curro. Ha sido un fin de semana movido.

—Venga, una partida y una birra y a casa. Si no, yo no puedo jugar.

Tarrós dudó, pero:

—De acuerdo. Una partida…

Caminaban por aquellas calles como si 1989 no hubiese terminado nunca. A veces ocurre, que hay un agujero en el tiempo por el que podemos mirar. Al poco llegaron al del Toni. Un tugurio en toda regla. El sitio donde habrían hecho una redada cuando estaba en la unidad de estupefacientes.

Llevaba abierto desde que era un chaval, y tanto el dueño como los clientes habían ido envejeciendo y enterrando amigos juntos. Había tipos allí a los que la misma Guardia Urbana intentaba no poner nerviosos, porque te liaban una minirrevuelta de delincuencia organizada en veinte minutos. Pensó que antes de ser *mosso* no hubiese entrado allí solo. Ahora la cosa había cambiado…

Entraron hasta el fondo, donde la luz y el humo eran una misma cosa. Un lugar tan profundo que las leyes no tenían jurisprudencia. Allí les esperaban cuatro tíos.

—Éstos son mis colegas, Tarrós.

Tarrós fue a estrechar la mano del que tenía más cerca, un tipo calvo, fuerte, con la mirada rasgada. Sin darse ni cuenta, Guillermo lo tenía agarrado por el cuello con una de esas llaves con que pueden dejarte inconsciente si no te estás quieto. El otro le había localizado el arma con la facilidad con que te levantan la cartera en las Ramblas.

—¿Qué pasa ahora, puto marimacho? —dijo.

Aquello le sonaba.

—El otro día fuiste a ver a nuestros chicos… —continuó Guillermo—. El Dani es hijo mío y el Rubén es hijo de éste.

Evidentemente, Tarrós no sabía quiénes de aquellos chavales eran el Dani y el Rubén, pero poco importaba. El tipo calvo dejó el arma sobre el futbolín.

—No te voy a apuntar, no estoy loco. Eso sería grave…, apuntar a un *mosso*… —dijo con cierta sorna—. Pero tienes que aprender que una maricona no puede venir al barrio y asustar a nuestros críos.

Tarrós ni se molestó en explicar que los chicos le habían propinado una paliza con un palo. No hubiese servido de nada. Guillermo comenzó a palparle por encima de la camisa.

—Ya no tienes tetas como la última vez.

—Dale por culo —dijo uno bajito que no había abierto la boca hasta entonces—. En el fondo es una tía, no es de ser maricón.

Algún otro rio por aquello. Tarrós notó el miembro erecto de Guillermo por detrás. Palpitaba de excitación. Como años atrás en su portal.

—No hagáis el tonto —advirtió un tipo con la cara roída y chupada. Lo conocía del barrio, lo llamaban Loquer, y no era su apellido—, es un *mosso*. Dejadlo ya.

Guillermo todavía lo sostenía contra sí con todas sus fuerzas, con lascivia incluso, que intentaba disimular ante los otros. El tipo calvo se acercó y lo agarró por los testículos. El dolor le recordó a la primera operación.

—Si vuelves a la plaza a meterte con los chicos, te arranco las pelotas de goma —dijo. Y salió de allí.

El bajito y otro se marcharon tras él.

—Venga, vamos —insistió el Loquer. Pero era una orden más bien. Como si en aquel barrio todas las movidas pasaran por él para bien o para mal.

Guillermo al final lo soltó. Y junto al otro salió de allí. Tarrós estaba inmóvil. Intentaba poner orden a todo aquello. No sabía ya si era un cabo de los Mossos, una adolescente de la que acababan de abusar, un crío asustado por una pandilla de matones o qué. Cogió su arma, la guardó y pasó por todo el local con toda la entereza que pudo. Un extraño silencio acompañaba su marcha. Como si todos fueran cómplices de aquello. El dueño del local, el Toni, miró hacia otro lado a su paso.

31

La muerte es como la sordera repentina y temporal que llega tras una gran explosión. Así es la ausencia que deja quien se va. En este caso no era como cuando murió su hermana. En aquella ocasión sus padres estuvieron ensordecidos durante años. Tanto que no oyeron cuando le vino la primera regla, ni cuando se enamoró de su primo Julianet, ni cuando tuvo pesadillas, ni cuando se perdió en la feria y anduvo durante horas por ella, como una pequeña de la posguerra. Ahora la muerte había visitado a un perro. Podía ser su única compañía, pero no era de esas personas que confunden a su perro con un amiguito del colegio. No era humano, era un perro, por eso mismo la relación con un ser humano puede ser tan especial. Lo amaba, como perro, lo respetaba, como perro, lo necesitaba, como perro…, nada más. Y ese perro había desaparecido. Al abrir la puerta del piso fue como entrar en una de esas bolsas al vacío para guardar la ropa de otra estación. Pero ya esperaba algo así. Dejó el bolso y el abrigo y se lanzó a recoger la cama de *Mel*, el bebedero, el comedero, las magdalenas, la pelota, el mordedor que llevaba años sin usar… y todo junto lo bajó al contenedor de basura. Lo dejó fuera, sabía que tardaría cuarenta segundos en desaparecer. Era mejor que alguien usara todo eso para lo que fuera. Al regresar arriba dedicó unos minutos a pensar en todo aquello. Había tomado un par de cervezas con Tarrós. Éste no había abierto la boca, pero había dejado que ella se hiciese en voz alta todas las preguntas que la Humanidad no ha sabido responder en más de cien mil años. Absolutamente todas. Luego tomaron una más en silencio y se despidieron. Ahora miraba aquel salón comedor que había sido hospital de campaña la última semana. Fue hasta la ventana, la abrió para depurar el aire, se puso una manta por encima y volvió al sofá, donde aguardaba el ordenador de Aèlia. Lo puso entre sus rodillas y lo abrió. Así fue como poco a poco fue visionando el resto de vídeos. Entre todos formaban una excelente memoria de la construcción del nido. Aèlia apenas reparaba en la cámara. Trabajaba durante horas, y de repente, se detenía, se acercaba y hacía una reflexión en voz alta. O daba instrucciones sobre cómo unir las ramas, o del procedimiento por el que escogía la leña que sería anudada, el porqué de que unos tallos muertos sirvieran y otros no, el criterio, que respondía a la dureza y naturaleza de los mismos, pero también a la forma en la que se habían desprendido de sus respectivos troncos. No aceptaba ayuda del hombre para aquello. No quería leña manipulada por el ser humano. Tan sólo ramas desprendidas bajo la ira de una tormenta, el peso de una vieja nevada, de las que ya no se producían apenas en aquel bosque, y no talladas por las máquinas automáticas o las sierras manuales. Con ello, según su opinión, al parecer, la esfera carecería de todo su peso simbólico, y por ende mágico, en el uso más descreído y naturalista del término. Y así, poco a poco la esfera comenzaba a ser opaca. Y también comenzaban a ser frecuentes las visitas de los vecinos. Ivet prestaba especial atención a éstas, por si se pudiera desprender alguna relación más estrecha con alguno de ellos, y poder así conocer mejor la realidad de la chica en aquel vecindario, en aquel bosque. Casi todos los encuentros obedecían a la propia curiosidad de los paseantes, muchos de los cuales habían modificado o alterado su ruta diaria para ver la evolución de lo que todos pensaban que era una obra de land-art, aunque tan sólo unos pocos conociesen el término y su expresión.

De repente el silencio le caló en los huesos y buscó fantasmas y niñas en las sombras de la habitación. Pero no había nadie. Tan sólo el olor a perro viejo, que tardaría unos días en marcharse. Se levantó y fue hasta la cocina. Abrió la nevera y cogió un paquete de jamón serrano y una lata de cerveza, y volvió a su sitio. Comía las lonchas una tras otra y se limpiaba el aceite de los dedos en el pijama. Acabó con todo y abrió la cerveza. Brindó hacia el recuerdo de *Mel* en el rincón y dio un gran sorbo. Dio *play* al siguiente vídeo y subió el volumen al máximo cuando vio aparecer en el encuadre a la pequeña Elisa con su padre, Carles Cubells. La sobrecogió verlos por sorpresa. Aèlia estaba en lo alto de uno de los árboles de los que pendía la esfera, porque bajó al verlos. Por cómo comenzaron a entablar conversación se diría que no se habían visto antes, ni ellos habían estado allí jamás.

—Hola, ¿te gusta mi bola? —preguntó Aèlia a la pequeña en un tono infantil.

Carles le sonrió por ello.

—¿Qué es? ¿Una cabaña? —preguntó ella.

—Algo así…

—Tenemos una especie de casa de muñecas hecha con maderas —aclaró el padre.

—¿Por qué vuela? —preguntó Elisa.

—Porque es una bola mágica —respondió Aèlia con cierto misterio.

Elisa no respondió a eso. Miró a Carles.

—¿La has hecho tú sola? —preguntó él.

—Sí, llevo todo el verano aquí.

El vídeo estaba fechado a finales de agosto.

—¿Es un trabajo para la universidad o algo así?

Ella sonrió y se apartó el pelo de la cara.

—No, me apetecía hacerlo. Eso es todo.

—Lo vi el otro día. Salí a correr, cambié la ruta y vine por aquí. No sabía qué era pero hoy la niña estaba un poco rebelde y hemos salido a pasear. Pensé que le gustaría. ¿Qué es? —preguntó Carles.

—Es una cabaña para sus muñecas —respondió Elisa.

—Más o menos —respondió mirando a la pequeña, pero guiñándole un ojo al padre—. Pero no es para muñecas. Es para mí. —Aèlia se agachó junto a Elisa e hizo como que le hacía una escucha, pero Carles podía oírlo perfectamente—. Ya te lo he dicho. Es un lugar mágico. Cuando tengo problemas o un mal día, me subo a la bola y se me pasa. ¿Quieres subirte? —dijo mirando a Carles para saber si le parecía bien.

Elisa se agarró a la pierna de su padre y no contestó.

—Me parece que tiene miedo —dijo éste.

—No tengas miedo. Es el lugar más seguro del mundo. Ahí dentro no te podría pasar nunca nada.

Ivet detuvo la grabación. Pensó en lo absurdo de la vida, valiosa, frágil, construida con trocitos como aquél. Unas palabras sin la menor trascendencia que se graban en la mente de una niña de cuatro años y a las que se aferra en el momento de más pánico. La imaginó viendo desplomarse a Carles y golpearse contra el banco de la cocina. La imaginó jugando sobre él, sobre el cadáver, pensando que era una broma, un juego de los tantos que surgen espontáneamente entre padres e hijas. La imaginó comenzando a inquietarse cuando la sangre ya era una evidencia. Y el terror de no comprender, de no saber ciertamente lo que ocurría. O sí, porque de otro modo no hubiese ido hasta tan lejos. Quizá murió el gato, el periquito, o cualquier otro bichejo similar el invierno pasado, y ella comprendía lo que era la muerte, lo que significaba el cuerpo inmóvil, detenido, pesado de su padre. Carente de sonido, de voz, de caricias. Así que corrió cuanto pudo en dirección a aquel lugar mágico donde nada le podía ocurrir y donde esperaría callada hasta que llegase su madre, y todo fuese amor a partir de ahí, como cuando una horrible pesadilla interrumpía sus sueños de fresa. Ivet fue a buscar algo más fuerte para beber.

32

El baño de la habitación principal le recordó a esas cabinas de aseo forradas en mármol que hay en los hoteles de cinco estrellas. Hubo un tiempo en que se pudo permitir alguno. Incluso el albornoz blanco embalsamado en suavizante pendía de la percha como un ahorcado. Igual que en un hotel. Y como en un hotel no le dio ningún pudor utilizarlo. Olía a limpio. La asistenta se había encargado de ello. El agua había aliviado la comezón que el whisky había despertado como una cerilla en una balsa de gasolina. Y todo él ardiendo, a lo bonzo, caminó hasta meterse bajo el grifo y cerró los ojos y fue como lloverse encima. Se despegó poco a poco la ropa mojada de la piel y usó cuantos geles y tonificantes encontró en aquel pequeño palacio de dos metros por dos. Al quedar desnudo se miró en el espejo que inundaba la pared. Ni un kilo de más; antes de perder el trabajo y su revista le sobraban casi diez. Su cabellera platino-canosa tenía un viraje viciado hacia la derecha. Había sido así toda su vida. Apreció sus ojos más hundidos, como si se retrajeran por algún motivo. Entonces comenzó de nuevo el picor y reparó en su piel. No cabía duda de que era un lagarto. No había otra explicación. Se alegró de poderse tomar aquello con sentido del humor, después de todo. El pijama era casi de su talla. Ireneu era tan sólo un poco más bajo que él. Comenzó a sentirse como cuando le robó la cazadora de pinchos veinticinco años atrás. De repente se dio cuenta de que Ireneu había sido en aquella época un poco el hermano mayor que nunca tuvo. El viento silbando en las maderas del marco de la ventana interrumpió aquel pensamiento. Se estaba levantando furia allá afuera. Salió del dormitorio y subió a la torre que hacía de estudio. Allí se estaba más a merced del clima, del paisaje, de cualquier cosa que no tuviese que ver con nuestra especie. Aunque la noche ahora devoraba cualquier luz más allá de los cristales. Intentó encender el ordenador pero no respondía, y comprobó que estaba desconectado del enchufe. Como si Ireneu hubiese tomado medidas ante una inminente tormenta eléctrica. Lo conectó y para su sorpresa no había ninguna clave de restricción, había acceso libre al usuario principal. Movido por la sospecha lo primero que hizo fue abrir un buscador e intentar consultar la fecha exacta en la que desapareció Ireneu. No había conexión a internet, el cable de ethernet estaba suelto. Buscó el router y lo encontró en la repisa de una ventana, con las dos antenas apuntando hacia fuera. En la casa vecina, también en lo alto de la vivienda, una ventana abierta, la única. Una casa antigua devorada en oscuridad. Volvió al escritorio y conectó el cable al router, de nuevo en el buscador averiguó que Ireneu había desaparecido el 12 de octubre de 2016, por la noche. Lo pensó un momento y trató de encontrar el pronóstico meteorológico para aquel día. Hubo suerte, la televisión pública catalana ofrecía a la carta esa información. La previsión era de lluvia e incluso posibles tormentas con aparato eléctrico. Era como si Ireneu hubiese dejado todo listo para ausentarse aquella noche. No tan sólo los libros, los vinilos, incluso los vasos, sino que había desconectado el ordenador de la corriente para evitar que una subida de tensión o un apagón y un posterior flujo irregular en la red eléctrica quemase la fuente de alimentación, o incluso la memoria, el procesador o el disco duro. A cada minuto más convencido estaba de que no iba a ser fácil de esclarecer aquello. Y de que, además, estar allí estaba despertando en él sentimientos dispares, confusos. Entró en su correo. Como era habitual en los últimos tiempos no había nada de interés. Era como si en su mundo anterior se hubiese difundido la noticia de que había muerto. Tan sólo *spam* y alguna cadena de *mails* casi tan absurda como lo primero. Cerró el navegador y abrió el Finder. Tecleó «amenazas». Pero no había ningún documento ni carpeta con ese nombre. Decidió probar en el correo, y abrió el programa Mail de Mac. Las claves de Ireneu estaban asignadas. Tenía tres cuentas de correo diferentes. Entró en ireneumontbell@gmail.com. Fue a la bandeja de entrada y tecleó «amenazas». No obtuvo ningún resultado. Entonces fue a la bandeja de salida e hizo lo mismo. Y sí, apareció un correo enviado por Ireneu con este asunto: amenazas. Iba dirigido a Xisco Monferrer, el dueño de Ártico. El texto llevaba adjuntas algunas imágenes, eran las amenazas escaneadas, pero adelantaba que no las tomaba en serio. En efecto, no merecían ninguna credibilidad. Estaban hechas con más literatura de lo esperable. Si había aprendido algo de su época callejera adolescente, en la que tontearon con drogas y armas blancas, era que la amenaza más efectiva era la que dejaba volar la imaginación. Como Diego había hecho con él. Primer aviso, dijo. Con eso era suficiente para que un tipo inteligente supiera a quién tenía delante. Él lo supo con Diego. Pero aquello, aquel surtido de relatos cortos parecía la paja en la que tenía que cribar el jurado de un premio literario de microrrelatos *noir* en algún pueblo costero. Locuciones como: Le advertimos que, Sentimos tal, Lo más correcto es… no le merecían credibilidad alguna. Aquellas amenazas eran el fruto de un escritor desesperado por obtener popularidad. Pero no del tipo de persona que alguien contrataría en una timba de póquer para que le realizase un lavado de colon a nadie. No de un tío capaz de beberse la cerveza de tu nevera mientras te desangras en el sillón orejero. Observó todas las amenazas y sonrió. Apagó el ordenador y comenzó a bajar por la escalera. Una vez abajo, un fuerte golpe llamó su atención. Luego otro. En algún lugar, una ventana o una puerta rebotaba. El viento estaba desatado. Recorrió el primer piso y la planta baja como si estuviese jugando al videojuego Pacman. Todo bien cerrado. Pero todavía, a lo lejos, se podía sentir y escuchar la fuerza de un golpe seco, una y otra vez. Salió al jardín, donde las sillas de la terraza soportaban las embestidas con aplomo, y observó que el ruido venía de aquella ventana de la casa de al lado. Donde golpeaba fehacientemente. El resto, cerradas, las persianas bajadas y poco o ningún signo de habitabilidad. De repente la ventana dejó de golpear y se mantuvo cerrada. Entonces sintió un terror infantil por toda la espalda. Y deseó que se volviese a abrir sin nadie tras el marco, ninguna imagen fantasmagórica que él mismo retuviese en su memoria de cuando siendo niño veía algún fragmento de película de terror desde el pasillo. Ésas son las únicas imágenes que nos acompañan siempre. Recordaba una en especial. Una mujer despeinada y en camisón en un cementerio. Eso bastó para retorcer la imaginación de un niño hasta el amanecer, noche tras noche. Entonces sopló un nuevo aliento de aire y se volvió a abrir. Nadie lo esperaba tras el vano. Una casa vacía en una noche de viento. Eso era todo.

33

En la mesita de centro una botella casi vacía de Amazona, un ron mallorquín dulce y sobrio como la madera vieja que no recuerda a nada conocido. Había tomado sorbos cortos y aun así había bebido tanto como para conseguir evadirse y olvidar los ojos de la pequeña Elisa. Apenas quedaba una docena de vídeos. No había encontrado mucha cosa de interés. Había anotado un par de nombres. Los de las personas que más confianza mostraban tener con Aèlia. Una mujer que parecía una religiosa porque hablaba despacio y risueña como si acabase de probar el hachís por primera vez. Y un chaval delgado y nervioso como un saltamontes, un tal Andreu, que la ayudó en un par de ocasiones, como cuando elevaron la esfera entre los dos con la polea metálica. Pero tampoco parecía tener nada más en común ni tema de conversación alguno con él. Y hacía ya algunos vídeos que no aparecía. Ivet miró su reloj. Eran pasadas las tres de la madrugada. Dudó si cerrar el ordenador y dejarlo para la mañana siguiente. Pero no se veía con fuerzas para volver a su dormitorio. Después de una semana durmiendo con *Mel* en el salón, aquello sería peor que enterrarlo. No se le ocurría un lugar más frío donde pasar la noche que su propia cama. Se sirvió un trago más y abrió el siguiente archivo de vídeo. Entonces apareció Josep Lluís. Aèlia estaba de espaldas, anudando unas ramas que se habían descolgado. Habían pasado varios días desde la última grabación. Ésta era del 4 de septiembre. Josep Lluís se acercó hasta ella sin decir nada. Una vez a su espalda la agarró por el cuello. Ella se dio la vuelta sobresaltada y sonrió. Luego le dio un manotazo cariñoso en las nalgas. El viejo hippie también sonrió. Se dieron un fuerte abrazo. Casi tanto como lo harían un padre y su hija. Uno de esos que hacen que el tiempo no sea medida de nada, que apenas sea más que un estorbo. Ivet también sonrió. No pudo evitarlo. Era contagioso. Aquel amor era contagioso. Y tuvo celos de no ser ella la que hubiese desarrollado una relación tan envidiable con aquella chica tan especial.

—Acabo de volver —dijo Josep Lluís—. Has trabajado duro estas semanas, ¿eh? No ha llovido, por lo que veo.

—Nada, cada año es peor. Pero he podido avanzar bastante… Estuve en tu casa el otro día. He ido a menudo, pero no tanto como quisiera.

—No te preocupes, las plantas están bien… Y si se mueren, a tomar por culo. Para fumar tengo de sobra con un par.

—¿Has visto a tu hija?

—Sí, y a mi nieta. Está enorme… A veces creo que debería mudarme allí para siempre…, dejar esta sierra, mi casa…, y cuidar de ellas hasta que no pueda hacerlo, y entonces tirarme por un puente para no dar trabajo a nadie.

Aèlia rio, al poco Josep Lluís también.

—No hablas en serio…

—¿Cuándo lo subiste? —dijo apuntando al nido con el dedo.

—Hace un par de semanas… Vino Andreu a ayudarme.

Josep Lluís dio una vuelta a la esfera mientras la observaba. Asentía con la cabeza.

—Creo que le gustas un poco a ese chico.

Aèlia lo miró con cara de estupefacción. Como si le hubiese dicho que la tierra es plana.

—Estás loco, Josep Lluís. Andreu tiene novia.

—Vaya una cosa —sentenció el viejo. Y dio una vuelta al nido observando el progreso—. Bien —dijo al fin—, me alegro de verte. Gracias por cuidar de mis plantas…

—No ha sido nada.

—Voy a acostarme temprano. He conducido desde Lyon sin detenerme.

Ivet detuvo la grabación. Sin ser consciente de la hora cogió el teléfono y llamó a Tarrós. Contestó de inmediato. No había podido conciliar el sueño debido al incidente con Guillermo y el resto.

—Buenas noches, sargento.

—Tarrós, que manden la foto de Josep Lluís a la policía de Lyon.

—¿Y eso?

—Su hija vive allí… Que no lo detengan, que le pidan ir a comisaría a responder unas preguntas y que nos avisen. Hablaremos con él por videoconferencia.

—¿Con un sospechoso? —Hubo un silencio. Luego Tarrós añadió—: La colilla de porro que apareció el sábado por la mañana junto al nido tiene el ADN de Josep Lluís. Esta tarde ha llegado el informe de la científica… Olvidé comentarlo.

—Por cierto, un tal Andreu… vive por la zona… Revisa su coartada —Ivet pareció ser consciente de la hora que era—. Perdón por sacarte de la cama…, puedes dejarlo para mañana.

—De acuerdo, no se preocupe. Buenas noches.

Ivet lanzó el teléfono sobre el sofá. Miró la botella, la volvió a mirar y dejó de hacerlo. Comprobó de nuevo la hora en su muñeca. Eran cerca de las cuatro. Dudó y al final cogió el teléfono y mandó un mensaje de WhatsApp a Pla, el forense: «¿Estás despierto?». Al poco sonó el timbre de llamada. Era Pla.

—¿Sí?

—Dime… —Fue lo único que dijo al responder al aparato.

—¿Te he despertado?

—¿De qué se trata?

—No me has dado los resultados del examen toxicológico.

—No. Porque no hay nada. Te lo pensaba mandar mañana.

—¿Nada? ¿Ni cannabis…, un porro…, nada?

—Ni siquiera tomó paracetamol en los días previos a su muerte. ¿Por qué? ¿Alguna línea nueva de investigación?

—No, al contrario… —Sin apenas despedirse colgó y lanzó de nuevo el móvil sobre el sofá.

La imagen congelada de Aèlia la miraba desde la pantalla del ordenador. Un mapa inventado de los ríos de algún país también inventado recorría aquel rostro de tez asalmonada, pequeñas venas trazadas con un Pilot rojo y poco pulso. Así era aquel rostro ya sin aliento. Hipnótico como un campo de heno esperando la tempestad. En peligroso silencio. Así era aquel rostro. Una copa de vino siempre a rebosar, interminable, vertiginoso. Como un amor no correspondido. Entonces lo vio. En el fondo. Entre árboles y maleza, casi fuera de encuadre, pero lo vio. Entre ramas lo vio. Un antebrazo. Amplió la imagen pero perdía demasiada nitidez. Aun así no tenía dudas. Era un brazo humano. Había alguien escondido en el bosque. Observando. Podía ser Josep Lluís. Hizo como que se marchaba, dio un rodeo y apareció a lo lejos, tras ella. Pero no había tenido apenas tiempo. No era probable que fuese Josep Lluís. Ivet volvió el vídeo atrás, al punto en que mantenían la conversación y lo puso despacio. Ahí estaba. En el minuto cuarenta y tres y doce segundos detuvo la imagen. El antebrazo ya estaba allí mientras Josep Lluís hablaba con Aèlia. Del resto no se apreciaba nada. Las hojas cubrían al ser humano que acechaba al fondo sin respirar siquiera, como un felino hambriento en medio del invierno blanco. Hizo una captura de pantalla. Y visionó varios vídeos de nuevo sin éxito. A las cinco de la madrugada apareció *Mel,* y también Aèlia, y un joven Pere con cara de pánfilo enamorado, y terminó el otoño y no vino el invierno, sino la primavera, una primavera borrosa y cálida en una madrugada de domingo de noviembre en un sofá de Ikea.

PARTE VI

El hombre de hojas secas

34

Ivet había dormido tres horas. Cuando era joven le parecía que aquello era ganar tiempo. Así que cuando se levantaba a medianoche para ir al baño, muchas veces no regresaba a la cama, fuese la hora que fuese. Quizá era porque en verdad nunca se acostumbró a dormir sin Catia. Lo habían hecho juntas hasta que la leucemia se la llevó. Desde entonces el frío se le pegó a la espalda, ocupó aquel hueco blandito y templado que se acurrucaba tras ella cada noche. Apenas sus padres apagaban la luz, la pequeña salía de su cama y se colaba en la de Ivet. Siempre lo mismo. Cada noche durante seis años. Aquel frío fue tras ella en la vida, de cama en cama. No importaba cuántas veces se mudara o renovara el colchón. Siempre había una fría ausencia a su espalda. Pero ahora ya no estaba para escatimar horas de sueño. Y aquel lunes iba a ser largo. En la central la actividad era ya la normal. En la Comisaría General de Investigación Criminal no faltaba nadie. Como cada lunes el fútbol iría por delante de cualquier caso —violación, asesinato, secuestro, tráfico...— nada podía competir con aquello del balón. Ni siquiera la comparecencia de Carles Puigdemont ante la justicia belga, o la aparición de los Paradise Papers. Nada de lo acontecido durante el fin de semana le ganaba terreno al fútbol. Hasta que alguien llamaba al orden. Tarrós estaba callado. Pensativo. Ivet se dio cuenta enseguida. Borràs estaba de vuelta, y Lupiérez le estaba enseñando algo en el móvil, hubiera apostado un trago a que no era un vídeo de trabajo. Solán y Marbre sí estaban atentos, llevaban tan poco tiempo en la unidad como para estarlo. Ramoneda también, era un guapillo arrogante pero sabía estar en su sitio. Andújar acabó de leer un informe y lo dejó sobre la mesa. Àngels procuraba hacer funcionar el proyector encarado a la pared, donde había una pizarra de rotuladores.

—Ya está, sargento —dijo.

Un portátil le transmitía una imagen que éste rebotaba. Era la vista aérea de la zona de Collserola donde habían encontrado el cuerpo de Aèlia. Ivet le ofreció un rotulador a Tarrós.

—Cabo... —dijo.

Éste salió de donde fuera que estuviese metida su atención, lo cogió y comenzó a hablar mientras rayaba sobre la pizarra.

—Aquí está el nido donde encontramos el cuerpo —dijo marcando una equis—. Esta de aquí es la casa de Teresa

Gener…, pero ya hemos descartado cualquier relación de la muerte de su marido con el crimen… —Hubo un tenso silencio, así que añadió—: La niña continúa en shock, como sabéis Perelló está de baja de momento… —Siguió trazando círculos y líneas que los unían—. Ésta es la casa de Joan Muntanyer, el propietario del perro al que dispararon la noche del asesinato de Aèlia. Él nos ha puesto sobre la pista de Josep Lluís…

—¿Qué sabemos de la escopeta? —preguntó Andújar.

Tarrós la miró.

—A eso voy. No era de Josep Lluís…; de hecho, éste no tiene ni licencia de armas. Era de otro vecino, Albert Matallana…

Ivet puso cara de sorpresa. Nadie la había informado aún de aquello.

—¿Lo tenemos localizado?

Tarrós rodeó con un círculo una casa que aparecía en el norte de la imagen.

—Vivía aquí. Murió hace tres años. Su hijo estaba en casa cuando fuimos el sábado, hemos vuelto a llamarlo, pero dice que no conoce a ningún vecino ni sabe nada. Lo desahuciaron el año pasado y vino a refugiarse a casa del padre. Malvive un poco, por lo que se ve. Es un tío con la vista perdida.

—¿Y el arma?

—No sabe nada. Cuando llegó hace un año no había ningún arma. Dice que lo habría notado. Yo creo que sí, porque por lo visto ha vendido hasta las camas.

—¿Y si ha vendido el arma también?

—No lo creo, se le veía un tipo que no quiere meterse en líos. Nos lo hubiese dicho… El viejo se la debió de prestar a alguien cuando no se vio ya capaz de cazar. Pero no sabemos a quién.

—A Josep Lluís… —apuntó Andújar.

—¿Qué sabemos de él? ¿Hemos hablado con Lyon?

—Sí, lo tienen como asunto preferente. Pero no van a informar a los medios. Tan sólo las unidades están al tanto.

—Será mejor así. No sea que se asuste y desaparezca… ¿En qué punto encontró Muntanyer a su perra? —preguntó Borràs.

—Más o menos por aquí —dijo Tarrós señalando con un gran círculo un área poco determinada.

—¿Algún rastro de sangre? —inquirió Ivet.

—Nada, los de la científica no han encontrado nada… Pero es un área muy grande. Es como buscar una aguja en un pajar.

Ivet se dirigió al grupo al completo.

—Bueno, seguimos… No os confiéis. Vamos a actuar como si no tuviéramos ningún sospechoso… Anoche encontré esto. —Dijo cambiando la imagen del proyector con el ratón del ordenador—. Es una ampliación de un fotograma de uno de los vídeos que hemos encontrado en el ordenador de Aèlia. Supongo que habéis leído el informe y estáis al corriente de todo… Es un antebrazo. Alguien estaba oculto en la maleza, y sospecho que no era la primera vez. Vamos a revisar todo lo que tenemos, a empezar desde el principio. Si resulta que cogemos a Josep Lluís y es él, no habremos perdido el tiempo, quizá obtengamos alguna prueba que lo incrimine. Si no es él, ya tendremos algo recorrido, porque Veudemar nos matará a todos si no tenemos algo pronto.

—Tarrós —dijo Portabella—, ¿qué pasa con la coartada del chico, ese tal Andreu?

—Andreu Terrén —matizó Tarrós—, estuvo cenando con compañeros del curro; trabaja en el supermercado Alimenta, está en la carretera. Luego estuvo en casa con su novia toda la noche. Vieron una serie y echaron un polvo.

Ivet lo miró con cierta reprobación.

—Lo del polvo es broma, lo siento.

Aquel comportamiento no era propio de Tarrós. Estaba siendo una semana dura para todos, pero él, aunque lo negara, llevaba su propia mierda dentro. Ivet sabía que algo no iba bien.

—Portabella —dijo Veudemar desde la puerta—, venga ahora mismo.

Ivet miró a todos y sin decir nada dio por acabada la reunión. Salió de allí tras el subinspector.

—Iba a verle ahora —dijo.

—No hace falta. Vaya directamente a hablar con Terramilles. Yo ya me he cansado de esperar. —Y añadió—: Ahora mismo.

Veudemar se alejó y dejó a Ivet detenida en el pasillo. Aquello se ponía feo.

Llamó a la puerta y esperó.

—Pase —dijo Terramilles desde el fondo del mar.

—Señor…

—Ah, Portabella. Siéntese. —Ivet obedeció.

—¿Ha bebido usted hoy? —Ivet sonrió—. ¿Cree que es gracioso? No lo pregunto en broma… Un policía que no puede visitar el escenario de un crimen sin controlarse y no robar alcohol, ¿qué opinión le merece? ¿Es usted alcohólica, Ivet?

Ella no respondió. Terramilles era un tipo cercano, no era un superior corriente. Y le dolió que le hablara de aquel modo. Miró afuera. El marco de la ventana contenía la fuerza de una mañana clara de noviembre. Estaba entreabierta, y el fresco le recordaba a uno de esos ambientadores de pino de los ochenta. Volvió la vista hacia el inspector.

—¿Se encuentra bien? ¿Necesita unas vacaciones? He oído que ha muerto su perro.

Ivet se ruborizó. La avergonzaba pensar que podían creer que esperaba un trato similar a la pérdida de un familiar. No era de ese tipo de personas. Hubiese preferido que no se enterase nadie en el trabajo. Ahora comprendía las miradas de algunos aquella mañana. Pensó que Tarrós era una persona demasiado anempática para entender que no debía haber abierto la boca.

—No, señor. Estoy bien. Tan sólo necesitaba un trago. Eso es todo. Va todo bien. No suelo beber.

—En ese caso, no la entretengo más. Vaya ahí fuera y traiga a quien mató a la muchacha. El viejo Imbert ha llamado esta mañana a Xavier Capsir, el intendente. —Ella sabía de sobra quién era Capsir, y pensó que lo dijo para ponerla en su sitio—. El caso es de prioridad absoluta... ¿Me ha entendido?

—Perfectamente. No se preocupe...

—Me refiero a que no vaya molestando a otros investigadores ni vaya a hacer ninguna tontería por su cuenta... El caso de Egbert Broen no tiene nada que ver con aquello que usted piensa. No pierda su tiempo... ni el mío tampoco.

—¿Puedo marcharme? ¿Ha terminado?

Cambió el semblante y lo endureció.

—Ivet, no se confunda. Yo no soy Veudemar. —Se levantó y él también oteó el horizonte por la ventana—. Si no se comporta como una sargento de los Mossos, va a tener problemas; y no sólo conmigo, Capsir es un hombre menos comprensivo que yo. Y tiene mucha presión ahora mismo, ya lo sabe. No juegue con él. Puede destrozar su carrera si se lo propone. —Ivet no entendía—. Si Veudemar le va con el cuento, va a tener problemas. Ándese con ojo, Portabella.

Ivet salió de allí sin comprender si el inspector la estaba amenazando o advirtiendo. Pero poco importaba. Veudemar la vigilaba. Siempre lo había hecho. Y por algún motivo no quería que indagase más en lo de los tatuajes. Y ésa le parecía razón suficiente para hacerlo.

En el vestíbulo se le acercó un agente.

—Sargento, un mensajero ha traído esto para usted.

Era un sobre, sin remitente. El *mosso* se fue y ella observó a su alrededor antes de abrirlo. Al hacerlo encontró en el interior una fotografía. Era de un tatuaje. Estaba en lo que visiblemente era una ingle. En unas letras imperfectas, irregulares, con una tinta corrida por el tiempo y el sebo cutáneo se podía leer perfectamente la palabra OTOÑO. Dio la vuelta a la imagen y escrito a bolígrafo se leía: Meritxell Imbert, *la Pollo*. La madre de Aèlia llevaba el mismo tatuaje que el alemán, y ahora sabía lo que ponía.

—Gracias, Pla. Te debo una —susurró.

35

Mucho antes de abandonar el sueño ya escuchaba los pájaros, que piaban con ansia. Con el mismo ansia la luz reclamaba el dormitorio. El campo sana a quien padece la enfermedad de la ciudad, dicen. Pero la plaga maldita de su piel no tenía que ver con aquello. Su dermis y epidermis estaban afectadas por implosión. Porque su sistema inmunológico decidió sabotearse. Una llamada de atención. Como un niño pequeño, ésa era su piel. Y ni siquiera aquel baño de calma del despertar ni la noche en aquellas sábanas de algodón blanco con aroma de buen hotel aliviaron las llagas, ni las amedrentaron, ni mucho menos las sanaron. Pero el dolor, la comezón se hacía más soportable, liviana, en aquel entorno acomodado. Se dio la vuelta y se mantuvo boca abajo en la cama, con los brazos en cruz y las piernas separadas. Así, recondujo su mente hasta allí. Recordó la noche anterior. Pero un aroma a café llegó hasta él. Se incorporó al momento. No podía haber nadie preparando café. ¿Ireneu? Se puso una bata con las iniciales del escritor y bajó a ver. Efectivamente olía a café. Alguien estaba haciendo ruido en la cocina.

—Buenos días —dijo apenas verla. Era una mujer de mediana edad con unas gafas de mayor edad que ella.

—Hola, usted debe de ser Édgar. Aniol me avisó de que estaría hoy por la mañana. Yo soy Carmina.

—No me hable de usted…

—Le he hecho café. He traído un par de cosas para que desayune. Ya llenará la nevera… —le tendió la mano con una taza humeante. Debía de estar acostumbrada a cuidar de Ireneu de aquel modo—. Le he puesto azúcar.

—Gracias. —Édgar tomó un sorbo mientras la observaba dejar un par de bolsas en el armario. Se fijó en que eran cruasanes y galletas.

—No me acostumbro a que no esté aquí. Todavía pienso que llegaré un día y estará riéndose de todos nosotros.

La mujer se colocó un delantal y pasó frente a Édgar como si éste ya no estuviese allí.

—¿Qué piensa usted que ocurrió?

Se giró extrañada. Como si le hubiese hecho la pregunta un unicornio.

—No lo sé. Nadie lo sabe…

—Ya, pero qué cree que pudo pasar… Usted conocía a Ireneu desde hacía algún tiempo.

—Llevo más de diez años viniendo a esta casa.

—Por eso mismo… Aniol se ha empeñado en que yo descubra qué pasó. Y por eso estoy aquí. —Édgar tomó asiento en el sofá.

—Lo sé… No estoy segura…

—Anoche me llamó la atención el orden, pero supongo que usted recogió todo esta semana.

—Eso digo yo. La noche que desapareció estaba todo como usted lo encontró ayer. Yo sólo quité el polvo.

—¿Quiere decir que no era lo normal?

La mujer sonrió.

—No conozco a más escritores. Pero Ireneu era un total desastre. El desorden era su reino. Vivía entre vasos de whisky vacíos y tazas de café olvidadas en una maceta. En una misma noche sacaba una docena de libros de esa estantería —señaló la librería que soportaba un millar largo de tomos—. Escuchaba varios discos… Comía o cenaba dos y hasta tres veces. Y no recogía nunca nada.

—Entonces, ¿por qué estaba la casa recogida? He visto que su ordenador estaba desconectado de la corriente. Aquella noche hubo tormenta…

—Yo no sé, pero el miércoles que desapareció ya estaba así, todo en su sitio. Como yo lo dejaba el lunes, era como si llevara ya dos días sin habitar la casa.

—Pero desapareció aquella misma noche…

—Sí, lo sé…, eso dicen. Pero yo sólo le digo que aquí no vino a dormir… La casa estaba como si estuviese de viaje.

—Entonces… —insistió.

—Entonces, no lo sé… Sólo le digo lo que sé.

La mujer se dispuso a subir la escalera con un cubo y un paño en la mano.

—¿Sabe si vive alguien en la casa de al lado? —preguntó Édgar.

—No, antes por lo menos no. Siempre ha estado cerrada. Hasta tuvo que mandar Ireneu al jardinero que cortara las ramas del sauce porque caían a este lado. Durante un tiempo se alquilaba. ¿Por qué lo pregunta?

—Me pareció que podía haber entrado alguien. Hay una ventana abierta.

—No lo creo... ¿Qué tiene en la piel? —preguntó.

Édgar le quitó importancia:

—No es nada, un poco de psoriasis o algo así.

—¿Un poco? Tiene mal aspecto. Parece infectado. ¿Ha ido al médico? —Édgar no contestó—. Mi sobrina tiene lo mismo. Ahora está mucho mejor, no tiene nada... ¿Quiere que le pregunte?

—Sí, claro, gracias... —Apenas la escuchó.

Carmina subió la escalera y Édgar tomó el café sin moverse. De pie, a la deriva en sus pensamientos. Entonces salió fuera, al jardín, y observó la ventana. Continuaba entreabierta, pero no daba golpes. El viento ya no rugía como la noche anterior, al contrario, la mañana caía a plomo sobre el jardín. Salió a la calle y observó la casa y la verja contiguas. No había ningún cartel de alquiler. Volvió a la vivienda y subió hasta la torre de nuevo. Al Enterprise. El ordenador continuaba conectado, como lo había dejado él la noche anterior. Abrió el navegador y buscó aquella dirección en Google Maps. Amplió la imagen hasta ver tan sólo aquella calle.

Escogió la opción de Street View y de ese modo pudo ver la fotografía de la fachada de al lado tomada por Google dos o tres años antes, todo lo más. Efectivamente, había un cartel: «Se alquila». La agencia inmobiliaria se llamaba Inmodomèstic. Buscó de nuevo en el explorador y en dos segundos obtuvo los datos, la dirección y teléfono de contacto. Todo iba muy deprisa, pero era tan sencillo como eso. Llamó por teléfono desde el terminal fijo.

—Inmodomèstic, dígame…

—Hola, querría preguntar por un alquiler que he visto anunciado.

—¿En qué dirección?

—Espere un segundo… Camí del Cama Sec, y el número es el…, un segundo, no estoy seguro…, ¿el 62?

—¿Dónde ha visto el anuncio?

Lo pilló por sorpresa…

—Eh, lo vi paseando el otro día.

—Sí, aquí está…, el número 62.

—¿Continúa en alquiler?

—Sí, por supuesto… ¿Quiere concertar una visita?

—Sí, voy a organizarme la agenda y les llamo.

Édgar se despidió y colgó. La casa continuaba en alquiler. Sin embargo, ni el cartel de la verja ni el que había en una de las ventanas estaba. Entonces se asomó al ventanal y observó la vivienda. La ventana abierta se encontraba en el piso superior…, pero el resto estaban completamente cerradas. El jardín, descuidado. Si él fuese un escritor, ¿dónde iría a esconderse? ¿Qué mejor juego literario que presenciar la propia desaparición?

36

Pasaba frente al estudio todas las tardes. Allí, el dueño y otros chicos fumaban y conversaban en la calle, entre cliente y cliente. Lucían en su piel su propio trabajo. Ivet no llevaba ningún tatuaje, ni sabía nada al respecto. Pero por algún sitio debía comenzar. Aquella mañana no había más que el dueño, sentado al mostrador trabajando en el ordenador. Tras él, fotografías de tatuajes en blanco y negro. Imágenes de otro tiempo. Principios del siglo pasado.

—Hola —dijo.

—Hola, me gustaría preguntarte algo…

—Dime.

Ivet sacó la fotografía.

—¿Qué puedes decirme de esto? —El chico la miró de arriba abajo—. Soy policía —aclaró. Y tras pensarlo añadió algo que le pareció más sugerente—: Vivo aquí arriba, soy una vecina.

Eso tampoco inmutó al chaval. Alargó el brazo policromado y cogió con cuidado la imagen en la que se veía claramente el rótulo OTOÑO. Era irregular. En tinta verde oscuro. La piel estaba hinchada, un tanto amoratada. Los poros cerrados, asfixiados.

—¿Es una ingle?

—La ingle de un muerto.

Esto tampoco impresionó al tatuador.

—Está hecho con aguja, no con máquina. —El chico señaló unos puntos más oscuros dentro de las líneas—. Además es tinta china, diría yo. Es un tatoo taleguero.

—¿Dirías que está hecho en la cárcel?

—No, me refiero a que es casero…, en la cárcel, en un barco…, en la Legión… Es un tatuaje hecho por un aficionado sin material para tatuar. Simplemente con aguja y tinta. Y tampoco era alguien muy experto, porque las letras son bastante desiguales. —El chico dejó la fotografía sobre el mostrador y utilizó tres dedos de su mano derecha para explicarse—. Se hace con tres agujas a la vez, aunque hay gente que con una se las apaña, se moja la tinta y se pincha sucesivamente.

Alguien entraba en la tienda. Un cliente. Ivet pensó que aquello no le servía de mucho.

—Está bien, gracias.

—¿Es un asesinato? —preguntó el chaval.

Ivet dudó qué contestar.

—Sí.

—Por el color de la tinta y la descomposición del trazo yo diría que tiene más de veinte años. —Cogió un taco de notas y escribió sobre él—. A principios de los noventa apenas había media docena de buenos estudios en Barcelona. Se me ocurren éstos. Pregunta allí. —Dijo mientras le entregaba el papel con cuatro nombres.

Tan pronto como abandonó el local llamó a Àngels a la central. Caminaba por su barrio. Un paseo conocido. Y tuvo la impresión de que *Mel* la seguía. Se dio la vuelta y no estaba. Entonces pensó en la conversación con Terramilles. Quizá volvía a necesitar un trago.

—Sí…

—Àngels, soy Ivet. Quiero que mires el archivo policial. Encuéntrame antecedentes de Egbert Broen, el alemán. Dime si ha estado en prisión en España.

—Jefa…

—Lo sé, no pasa nada… Veudemar no va a enterarse. Averígualo cuanto antes.

En los dos primeros estudios de tatuaje que visitó no hubo suerte. Le dijeron lo mismo que el muchacho de su barrio. Al llegar al tercero tuvo la sensación de que iba a ser diferente. Si aquello era un tatuaje taleguero, el hombre de mediana edad que estaba frente a ella lucía varios, y además otros muchos más elaborados se agarraban a él por medio cuerpo. En el papel ponía: El Oso. Le fue fácil encontrarlo. Efectivamente, el local ya parecía una madriguera, oscuro, minúsculo. En la pared un rótulo rezaba: Desde 1989. El tipo llevaba unas largas patillas blancas y el cabello peinado hacia atrás. Debía de llevar tantos años con aquel aspecto que debía de haber pasado de moda y vuelto a estarlo en dos o tres ocasiones. Nada más ver entrar a Ivet sonrió.

—Buenos días. La estaba esperando.

—¿Perdón? —Preguntó Ivet un poco contrariada.

—Es usted *mosso,* ¿no?

—Soy la sargento Portabella. ¿Le ha avisado el chico?

—No sé de qué chico me habla. La llevo esperando desde el sábado. Viene por lo de ese tatuaje que se arrancó el banquero.

Ivet sonrió.

—Salió en las noticias…

—Sí, exacto.

Ivet le mostró la fotografía. El Oso la agarró con firmeza. La observó y no dijo nada al respecto.

—¿Sabe que los primeros tatuadores profesionales de Barcelona montaban sus puestos en los rincones de los garitos donde se emborrachaban los marines americanos? Tenían dinero y ninguna distracción, así que lo gastaban todo en putas, alcohol y tatuajes. —El Oso encendió un cigarrillo—. ¿Me va a denunciar por fumar en el trabajo? —Ivet ni siquiera respondió, y el viejo tatuador prosiguió—: En los sesenta en Barcelona no había nadie que se dedicara a hacerlos. El caso es que se corrió la voz de que se podía ganar pasta y vinieron los mejores tatuadores de Europa, gente como Ron Ackers —dijo señalando una fotografía—. Les sacaban los cuartos a los yanquis aburridos que transitaban por el Tequila o el Kentucky y todos contentos. Éstos son de la calle, comenzaron siendo un juego… —dijo recorriéndose la piel con el dedo humeante—. Más tarde ya me compré una máquina y treinta años después aquí estoy. Todavía funciona, ¿quiere verla?

—Han muerto dos personas que llevaban esto tatuado en la ingle.

—¿Dos?

Ivet se dio cuenta de que había hablado demasiado.

—Sí, hace años murió una chica…, un accidente. Quiero que me diga cualquier cosa que se le ocurra viendo esta fotografía. ¿Sabe quién pudo hacer los tatuajes? ¿Hay algún rastro que pueda apreciar? ¿Algún deje del tatuador?

—Ningún tatuador haría algo así. —El Oso se puso más serio—. Está hecho a aguja, y con prisas…, tinta china, Pelikan, seguramente, es más verdosa con el tiempo. No toda la tinta llegó bien a la dermis, por eso los borrones de ahí —dijo señalando con el dedo la imagen—. Quien lo hizo no tenía experiencia alguna. Además, éste no es un tatuaje corriente. No está hecho para ser visto. La ingle es el último lugar que mostramos.

—Y ¿eso qué sentido tiene para usted?

—Se me ocurre una especie de ritual, o banda, o cualquier cosa que se quisiera ocultar… ¿Cree que quien lleve uno igual corre peligro o algo así?

Ivet no respondió a eso. Sonrió. Tomó la fotografía de encima del mostrador y se dispuso a marcharse.

—Gracias por su ayuda.

—Espere, no tenga tanta prisa… Hay algo más… —Puso cara de interesante entonces—. Borré uno como ése hace casi veinte años. Lo recuerdo porque fue el primero, tuve que pedir el láser, yo no tenía. Pero la mujer insistió en que lo hiciese yo. Quería discreción.

Ivet reaccionó de inmediato.

—¿Sabe su nombre?

—Rebeca.

—¿Apellido?

—Ni idea, ya le digo que fue hace casi veinte años… Pero puedo decirle que era medio china, o al menos asiática…, era una mujer muy especial.

—¿Le dijo por qué se quería borrar el tatuaje?

—Nada. Vino, lo hice, pagó y se marchó.

—¿No la ha vuelto a ver en veinte años?

—No salgo mucho —dijo sonriendo.

—Bueno, gracias, Oso.

—Llámeme Robert.

—Está bien, yo soy Ivet.

Cuando estaba a punto de salir. Él volvió a hablar.

—¿Sabe por qué se tatuaban los marineros un ancla? Habrá oído miles de historias pero ésta es mi favorita…

—No.

—Para que en caso de morir ahogados, tras un naufragio, quien los encontrara supiese que se trataba de un marinero.

—¿Cree que eso tiene algo que ver con el tatuaje de OTOÑO?

—Lo ha dicho usted, no yo.

Ivet sonrió y salió por la puerta pensando en todo aquello. Era hora de comer algo.

37

La señora Carmina se iba sobre las doce. Dejó la casa ventilada, fragante, con vida, como si fuese una maceta que hubiese regado en el último momento antes de agostarse y que ahora renacía con fuerza. Édgar había estado esperando a que se marchara. Salió prácticamente tras ella, por el jardín. Se detuvo frente a los pinos y lanzó la vista hacia la ventana que permanecía entreabierta en lo alto de la casa vecina. Una lava de hiedra bajaba desde ella hasta el suelo, donde se desparramaría por doquier, salvaje, libre. Sin pensarlo siquiera gritó:

—¡Ireneu!

No obtuvo respuesta. La hoja del ventanal ni se movió, ni ruido alguno se escapó del interior, ni ninguna otra puerta o ventana se movió lo más mínimo en aquel castillo del misterio.

—¡Ireneu, soy Édgar Brossa!

Sabía que estaba loco sólo por pensarlo. ¿En serio creía posible que hubiera estado allí todo aquel tiempo? ¿Quién le llevaba comida, quién lo atendía si no podía hacerlo por sí solo ni en su propia casa? ¿Xisco Monferrer? No era probable… El dueño del negocio editorial de medio país no va al Carrefour para comprarle huevos a un escritor en desuso. Entonces una idea cayó de pronto sobre él y comenzó a correr. Salió del jardín y recorrió la calle lo más rápido que pudo, casi llegando a la parada de autobús la alcanzó:

—¡Carmina! ¡Señora Carmina!

—Dios santo, ¿qué te pasa? —exclamó. La gente de la parada los miraba. Alguno incluso debió de pensar que iba a haber hostias porque se desplazó ligeramente.

—Tengo que hablar con usted un minuto…

—Voy a perder el bus… —Estaban subiendo todos ya…

—Por favor.

Carmina puso cara de madre, y también voz de madre, y dijo:

—Está bien… Cogeré el próximo.

—No será más que un minuto… ¿Quiere que nos sentemos?

—No, está bien así. Dígame ya qué le pasa, que me voy a preocupar…

Llegó hasta ellos el fresco, un monstruo invisible que se alimentaba de toda aquella vegetación.

—Voy a preguntárselo directamente… ¿Ireneu está en la casa de al lado? ¿Le lleva usted comida? ¿Ha estado allí esta mañana antes de venir?

La mujer lo miró y su cara se tornó de cartón, y luego comprendió. Entonces rio.

—¿Eso crees? Ojalá tengas razón y nos esté tomando el pelo a todos. —Cambió el semblante y los ojos comenzaron a desbordarse…—. Estoy muy preocupada por él. Mucho. No sabes la de noches que paso despierta… ¿Por qué has pensado eso?

Prefirió no decirlo, todavía no sabía interpretar aquello.

—Nada, una estupidez, supongo.

La señora Carmina tomó el siguiente autobús. Édgar estuvo haciéndole compañía hasta entonces. Luego cogió el camino de vuelta a casa. Con la luz del día parecía muy diferente; por un lado, la mano del hombre estaba más presente, pero también la naturaleza reclamaba su espacio, y aprovechaba cada descuido o torpeza de nuestra especie, una especie opresora y despiadada, para recuperar su territorio. Aquello era un pulso entre el ser humano y el resto. Y todas las apuestas estaban contra el ser humano. Tiempo al tiempo. Llegó hasta la casa y pasó de largo. Se detuvo en la verja siguiente. Ya había gritado el nombre de Ireneu. De nada iba a servir, pero llamó al timbre. Se escuchaba en toda la calle. Aquella mañana de lunes cualquier sonido era un estruendo y cualquier estruendo era un leve eco que sorteaba ríos, parajes, lomas y casetas de aperos hasta llegar a desaparecer. Llamó una y otra vez. Se alejaba un poco, comprobaba si había alguien en la ventana, y volvía a llamar. Pero nada ocurrió.

Ivet observaba a Llorente desde su despacho. No podía acercarse a él, Veudemar andaba por ahí olfateando en busca de un hueso. Ella nunca había encajado en aquel cuerpo demasiado bien, cuestionaba las órdenes, cuestionaba la ley y cuestionaba también el corporativismo con que se solía actuar a veces para encubrir a un compañero. Entró en la policía porque no lo pensó lo suficiente. Pasaron los años y llegó a ser sargento, le gustaba su trabajo, pero sabía que tampoco tenía otra cosa, quizá cualquier otro empleo la hubiese satisfecho del mismo modo. Había sido aplicada en el colegio y en el instituto. En la universidad equivocó la vocación y no llegó a terminar ninguna de las dos carreras que comenzó. Un día se jubilaría y eso sería todo. Una vida. Fin. *The end.* Abajo el telón. Harta de esperar una oportunidad decidió llamar por teléfono.

—Sargento Llorente, diga…

—Bernat, soy Ivet…

—Espera un momento, ¿te estoy viendo desde aquí…?

—Sí, no digas nada. Veudemar anda por todas partes… No tengo otro modo de hablar contigo.

—Escucha…, no puedes…

—Lo sé, Terramilles ya me echó la bronca… Pero es que tengo algo.

Tarrós se acercó a la mesa:

—Jefa, ¿tiene un minuto?

—Un segundo, Tarrós… —Le indicó que tomara asiento y prosiguió—: Bernat, he hablado con un tatuador que hace veinte años le borró la misma inscripción a una mujer,

OTOÑO. —Desde su mesa estaba atenta a las reacciones de Llorente.

—Escucha, Ivet, hemos determinado que el móvil del asesinato fue el robo… Te lo digo para que dejes de poner en peligro tu carrera.

—¿El robo?

—Sí.

—¿Qué robo? No sabía que hubiese habido un robo…

—No se llegó a cometer, seguramente hubo una lucha fortuita y las personas que lo hicieron salieron corriendo.

—¿Personas? ¿Más de una?

Ivet veía cómo Bernat se iba poniendo nervioso a lo lejos.

—Verás, Egbert Broen solía tener compañía cuando residía en el hotel…

—No puedo creerlo… ¿Me estás tomando el pelo?

—Escucha, lo cierto es que no tenemos nada todavía. Pero no quiero que te metas en problemas. Veudemar está como loco. Ahora mismo debería estar informando de que te has puesto en contacto conmigo por el caso Broen porque está esperando a que la cagues para acabar contigo. Hostias, Ivet… ¿Una botella de vodka? ¿Estás loca o qué? Se lo estás poniendo en bandeja…

Ivet guardó silencio. El tono de voz de Bernat era de agradecer. Realmente se preocupaba por ella. Tan sólo intentaba protegerla. Pero era mejor policía que actor y no había conseguido disuadirla.

—¿Y la Polizei, la Europol o quién sea, qué piensan de todo esto?

—Los alemanes se toman a guasa lo del tatuaje. Creen que se lo hizo en una juerga e intentaba limpiar su historial antes de palmar. Tenía fama de putero, como tú bien dices.

—Son esos dos frankensteins que pululan por ahí, ¿no?

Bernat Llorente no contestó a eso. Puede que ni lo escuchara.

—¿Es fidedigna esa fuente? —preguntó.

—¿Qué quieres decir?

—¿Es de fiar? El tipo que borró el tatuaje... ¿Cómo sabes que es el mismo tatuaje? Sólo conserva dos letras.

—Es el mismo. Misma letra. Mismo trazo. Ponía OTO-ÑO. Y no era el único, tengo una fotografía de la ingle de Meritxell Imbert, la madre de la chica del nido. Ella también lo tenía. ¿Todavía crees que no tiene nada que ver?

Hubo un silencio. Tarrós esperaba su turno paciente con cara de gato hambriento.

—El otro día hubo una llamada...

—¿Qué tipo de llamada?

Llorente se resistía a hablar, pero el balón ya estaba en juego.

—Cristal atendió el teléfono..., tenía que ver con aquel escritor que desapareció el año pasado, no sé cómo se llama ahora mismo... —Desde lo lejos le vio girarse para comprobar si alguien podía oírlo—. El caso es que su hermano llamaba porque vio en la televisión lo del tatuaje de Egbert Broen... El tipo vive en el extranjero... No sé más, pidió hablar con Veudemar y le pasaron la llamada.

—¿Y qué te ha dicho Veudemar?

—Nada. No lo ha mencionado. No debe de creer que sea importante.

—Es la única línea de investigación que hay y ¿no lo cree importante?

—Mira, Ivet. Nosotros apostamos por que es un caso raro… Uno de esos en que el asesino no tiene relación con la víctima y puede que tampoco un móvil claro. Va a ser un caso chungo…, pero esas cosas pasan… Pudo conocer a alguien, subieron a su habitación…

—¿Algo en las cámaras del hotel?

—Nada, él subió solo. Supongo que cuando estás engañando a tu mujer intentas ser discreto. Tenemos una muestra de ADN. Cabello corto. Seguramente sea de otro huésped anterior, pero aun así estamos cotejando con otros casos, incluso con viejos expedientes… Lo estamos mirando todo, porque no tenemos nada. Lo del tatuaje a mí también me parece un poco minimalista… —Ivet pensó que quiso decir surrealista—, pero aunque quisiera, Veudemar no me va a dejar ir por ahí. No quiere y punto. Si tú encuentras algo que no pueda tumbar, se lo pondré en la puta cara. Además, con algo serio podemos ir directamente a Terramilles. —Ivet guardaba silencio—. Pero te estás jugando el tipo. Veudemar va a por ti.

—¿Aparece la chica en alguna grabación de seguridad en el hotel?

—Sólo hay cámara en el vestíbulo.

—¿Y?

—Nada…

—¿Pero?

—No hay ningún pero…

—Vamos, Bernat, te veo mover la pierna desde aquí. Estás inquieto. Hay un pero.

—Hay una persona sin identificar que cruza el vestíbulo.

—¿Qué significa sin identificar?

—Desde donde graba la cámara no se aprecia el rostro. Lleva una capucha.

Ivet casi alza la voz, pero se contiene.

—¿A qué hora?

—A las dieciséis y ocho entra. Y sale media hora después.

—Gracias, Bernat.

Colgó y vio cómo Llorente seguía con el teléfono en la oreja. Estaba demorando colgar para que no fuera tan evidente que habían estado hablando entre ellos. Ivet pensó que era un tipo divertido, al fin y al cabo. Era un buen hombre también.

—El nido se está llenando de curiosos —dijo Tarrós—. La gente está fatal… Van hasta allí y se hacen *selfies.* Adolescentes, gente mayor…, de todo. ¿Qué vamos a hacer con esa bola?

Ivet quedó pensativa. Al final dijo:

—¿No te parece terrible que el nido se haya convertido en lo contrario a lo que pretendía ser?

—¿Lo mandamos quitar? Al final alguien va a hacerse daño… ¿Pedimos una orden?

Ivet se levantó de la silla y buscó el bosque allá afuera.

—No. Acordona toda la zona. A conciencia…, y advierte a los vecinos de que pueden estar contaminando el escenario de un crimen, y que eso puede tener consecuencias legales.

Tarrós no comprendía por qué pretendía Ivet mantener aquello allí. Pero como siempre, no objetó nada.

38

Había vuelto al restaurante a comer. Tenían un buen menú, estaba cerca y la nevera de Ireneu continuaba vacía. Más tarde buscaría un supermercado para aprovisionarse. Tomó vino durante la comida y al regresar se tumbó en el sofá. Desde allí se contemplaba el jardín, retenido por las cristaleras. Era una imagen de sosiego. Pensó que apenas veinticuatro horas antes había sido usuario de un comedor social. Recordó a la familia de aquel niño. Pronto cayó dormido. La tarde con él. El balanceo de las ramas del nogal de la entrada. Inapreciable. Casi se adivinaba tan sólo. Un contoneo tan apenas, como el de los buenos bailarines amateurs, que convierten la ausencia de movimiento en baile. Lo mismo que el silencio es a la música o al diálogo. El teléfono interrumpió el sueño. Tenía lento despertar. Podía ser Aniol. Se zafó de los cojines que lo retenían y caminó hasta poder contestar.

—Sí… —acertó a decir.

—Édgar, chaval, soy Antonio. ¿Dónde estás?

—Estoy en casa de un amigo. Me hubiera gustado despedirme, pero estabas durmiendo…

—Escucha, no te llamo por eso… Imran… Le han dado de hostias más que a un tonto.

—¿Qué…? ¿Quién?

—Me ha pedido que no te dijera nada.

—¿Ha sido en la tienda?

—Sí, pero no les han robado… Iban a por ti. Alguien les dijo que os conocíais o vivíais juntos o no sé… No he entendido mucho, ya sabes que habla como el culo.

Édgar supo enseguida que se trataba de Diego y sus chavales de presa.

—Voy para allá…

—Ni hablar. Aquí no puedes hacer nada, y si vuelven por el barrio te van a matar… Y no llames a Imran, le he jurado por mis hijos que no te diría nada… ¿Qué has hecho, tío?

—Nada, me dejé engañar por un hijo de puta…

—¿Tu jefe de la obra?

—Sí, ha desaparecido con la pasta de un tal Diego, un mafiosete.

—Pues peor me lo pones…, no te acerques por aquí.

—No conoces a ese tío… Volverá, y esta vez te va a hostiar a ti. Te va a poner cara de mapa político.

Édgar pensó que no debería haber dicho eso. Podía parecer que lo hacía en referencia a la paliza que le dio el novio de su ex. Antonio tardó un par de segundos en contestar.

—Escucha, Édgar, gracias por el aviso pero sé cuidar de mí mismo.

—Claro, no lo dudo. —Eso no ayudó tampoco.

—Sólo quería advertirte. Te buscan y son gente mala de verdad. Ten cuidado.

Al colgar se dio cuenta de que cambiar de barrio no había cambiado nada más. De que seguía siendo el mismo al que le ardía la piel, el mismo que había perdido diez kilos pasando hambre, y el mismo al que un matón cutre de barrio perseguía para desquitarse, porque a estas alturas, si había estado preguntando por él en las calles de Barcelona, ya debía de saber que era un muerto de hambre. Pero un tipo como Diego vivía de dar miedo, y no podía permitir que la historia de su bar acabase en el segundo acto. Debía haber un tercero en el que a Édgar le partían las piernas. Antonio al colgar escuchó la voz de Imran tras él.

—No debías hablar con Édgar. Si viene, lo matarán.

Tenía la cara cosida del oído al pómulo. Un ojo aprisionado en hematomas. Los labios a punto de pincharse como un globo.

—Le he dicho que estabas bien, pero tenía que avisarlo. Deberías denunciarlo, no sé cómo te han dejado salir de urgencias así…

—Les he dicho que no entendía catalán ni español. Que era una pelea. No se complican la vida. Me he ido y ya está. —Dijo despacio y dolorido—. Lo van a matar. Lo sé. Esa gente ha matado antes. Eso se nota cuando te hacen esto. Y si no, a ti, o a mí… Volverán.

Tarrós observaba en silencio a dos agentes que desplegaban cinta policial para acordonar un área de mil metros cuadrados en torno al nido. No se planteaba si estaba bien o no. Respetaba a Ivet más que a los más altos cargos. En parte porque sabía que ambos no encajaban en aquel cuerpo policial, que seguramente no encajarían en ninguno. Pero pensaban, o él por lo menos sí lo hacía, que gente como ellos hacían el cuerpo más humano, menos robótico. La voz de la sargento sonó entre los árboles.

—Tarrós, ¿puedes ponerte junto al pino donde he dejado mis cosas y sacar una foto con tu móvil en esta dirección?

Tarrós se había casi olvidado de que Ivet andaba por ahí. Hizo lo que le pedía y la vio aparecer de entre la maleza. A veces observaba su aparatosa feminidad, aunque no conseguía comprender por qué. Ivet llegaba hasta él haciendo sonar el bosque bajo sus pisadas. En una partitura hubiesen sido escalas ascendentes a ritmo de negras.

—He dejado una marca de pruebas junto a un árbol. Que vuelvan a venir los de la unidad científica y se centren en un área de cinco metros cuadrados en torno a ella…

—¿Qué buscamos?

—Cualquier cosa…, colillas, manchas de sangre, semen…, chicles… Cualquier mierda que lleve el ADN del tío que vigilaba a Aèlia desde aquí.

—¿Un hombre?

Ivet sonrió…

—Si quieres escuchar otra cosa, puedo decir que podría ser una mujer. Pero tú y yo sabemos que hay que ser un hombre para estar aquí plantado, durante horas, bajo la lluvia, el frío, el calor, la humedad, en silencio, en medio de la noche… y espiar a una niña de veinte años. —Miró a Tarrós y añadió—: En el noventa mil por ciento de los casos, ya me entiendes…

—Los gabachos ya tienen localizada a la hija de Josep Lluís. Esta tarde habremos dado con él.

—A ver si hay suerte —dijo Ivet mientras recogía sus cosas del suelo—. Voy a dar una vuelta…

—¿Por qué cree que esa mujer se borró el tatuaje?

—Primero habría que saber por qué se los hicieron, quiénes, y por qué ahora al menos uno de ellos ha muerto asesinado… —Los agentes que ponían la cinta hablaban entre ellos y reían causando cierto alboroto. Ivet los miró con reprobación pero ni siquiera lo apreciaron. Decidió seguir—: Puede que lo borrara para protegerse, o puede que lo hiciera para despistar…

—¿Piensa que puede ser ella quien mató a Broen? —preguntó con cierto escepticismo Tarrós.

Ivet tardó unos pasos en contestar, y lo hizo sin detenerse.

—No lo sé, alguien llamó a Veudemar con cierta información y quiero saber qué era. Algo que ver con el tatuaje y ese escritor que desapareció el año pasado, Ireneu Montbell. Le he pedido a Àngels que me buscase su dirección…, voy a echar un vistazo, quizá pueda hablar con algún vecino.

Se fue adentrando en la espesura siguiendo el sendero que llevaba hasta su coche. Aquel lugar era bonito, cargado de violencia, sangre y semen, como cualquier lugar conocido por el ser hunano. Pero bonito aun así. Uno de esos sitios donde uno comprende y acepta que las antiguas culturas inventaran dioses que pudiesen explicar aquello más fácilmente. Entonces vio acercarse a un hombre por el azagador. Era Joan Muntanyer. Cuando lo tuvo frente a ella le habló, porque parecía que él no iba a hacerlo.

—Veo que vuelve usted a pasear por las tardes…

La expresión de Muntanyer lo convertía en otro hombre. Uno muy distinto. Más mayor, siglos más viejo.

—¿Cómo dice?

—El otro día…

—Lo siento, no recuerdo…, si me disculpa… —dijo, y siguió caminando.

Ivet tuvo la impresión de que aquel hombre no la había visto jamás. Tardó unos segundos en reaccionar y cuando lo hizo lo llamó a lo lejos. Él se detuvo. La brisa con él. Las hojas con él. Incluso la savia con él. El planeta entero estaba detenido. Ivet llegó hasta él tomando aire.

—Joan, ¿sabe quién soy?

—Ah, tú… Ve a casa y pon la mesa, salgo a pasear. Vamos, que cada día eres más lenta.

Se dio la vuelta y se marchó. Ivet se quedó allí. La forma en que Muntanyer la miró la sobrecogió. Se sintió indefensa. Se sintió pequeña, como si perteneciese a aquel anciano. Casi como si fuese una de sus gallinas.

PARTE VII

La reina del castillo de naipes

39

El autobús lo dejó en el centro de la pequeña población de Vallvidrera. Con Diego rondando el barrio de Sants y probablemente media Barcelona, no era sensato ir a la ciudad por el momento. Si lo encontraban, le darían caza como a un perro. Lo sabía. Pensó en mandarle un mensaje a Imran. Pero no encontró qué decir. Así que decidió que sería mejor mantenerse informado por Antonio e ir a verlo en cuanto pudiera. No tenía exactamente miedo, ése era un privilegio que se podía permitir quien tuviese algo que perder. Se debía más a que no se fiaba de sí mismo, de cómo se le podía nublar la mente y hacer algo de lo que se pudiera arrepentir, y ponerlo todo aún más en su contra. Había comenzado pocas peleas en su vida por ese mismo motivo, su capacidad para anticiparse a las consecuencias. Pero esta situación no se iba a resolver esquivando a esas hienas. Una hiena nunca cesa en su empeño. Encontró un autoservicio a la entrada del pueblo e intentó abastecerse de todo cuanto pudiera necesitar durante unos días. No recordaba la última vez que se acercó a una caja de supermercado sin miedo a que se rechazara la operación en la tarjeta. Solía sumar mecánicamente cada céntimo de lo que iba depositando en la cesta. Uno conoce el verdadero valor del céntimo cuando depende de tres, dos o cinco llevarse a casa lo mínimo para cocer unas patatas y echarle un hueso al caldo. Y uno también se acostumbra a mirar siempre al suelo. El suelo a veces es un manantial de céntimos. De todos modos, eso era antes. En los últimos tiempos acercarse a una tienda, llenar una cesta y disponerse a pagar con su tarjeta había sido algo fuera de su alcance. Dejó atrás estos y otros pensamientos. El pueblo le hacía sentir bien, también el bosque que lo festoneaba todo con sus ocres y verdes, que se aferraban a las copas incluso antes de hibernar. Aquel aire puro también, libre del hollín incierto que cubría toda Barcelona siempre, y que se agarraba a las fosas nasales, a los muebles, a la ropa tendida…, todo rendido a aquel liquen negro que danzaba en la atmósfera de la gran urbe…, lejos de aquel aire puro que se convertía en vida líquida. Llenó varias bolsas de comida…, pescado, carne, verdura, vino blanco y tinto… Deseaba llegar, hacerse creer que aquél era su hogar, simular que la vida no lo había dejado atrás, que sus amigos, sus compañeros de trabajo, de viaje, sus antiguas novias, los hijos de todas las vecinas de su madre… no habían continuado sin él. Que la sociedad al completo, con sus estructuras sociales, económicas, culturales, si es que eso existe, no habían continuado sin él. Hacerse creer que había perdido un tren pero había subido al siguiente. Llegar a ese elíseo de naturaleza y libros y vinilos, y cocinar, servirse una copa de vino, caminar descalzo sobre aquella madera pija, y darle vueltas a todo aquel asunto como si fuese un gran tipo, o mejor, tan sólo un tipo corriente. El autobús 128 lo dejó de vuelta cerca de la casa, apenas a un centenar de metros. A medida que se iba acercando distinguió un Volkswagen aparcado frente a la vivienda de Ireneu. Una mujer de mediana edad rondaba la calle arriba y abajo. En su cabello deshilachado recogido con torpeza disputaban una gran batalla las canas y el tono rubio. Tenía la tez pálida y los rasgos excesivos, y quizá por ello hermosos. Vestía oscuro, y el anorak le colgaba más del hombro izquierdo. Debía de llevarlo así desde los seis años. Lo vio y se dirigió hacia él.

—Hola, soy la sargento Portabella, de los Mossos… ¿Vives por aquí?

Édgar la observó, no tenía aspecto de policía. Quizá nadie lo tenía. A él no le creaba muchas simpatías el cuerpo de Mossos. Que los cuerpos policiales tuviesen una dirección política no le despertaba demasiada confianza. Y aunque tras la jornada del 1 de octubre la policía catalana se había ganado las simpatías de una buena parte de la ciudadanía, había quien como él no olvidaba algunas actuaciones de la unidad antidisturbios de los Mossos en el pasado. La tarde moría en algún lugar más al este, y ello se traducía en un brillo menguante en toda aquella vegetación, a la par que el relente comenzaba a enfriar la calle.

—En esa misma puerta.

Ivet arqueó las cejas.

—¿Eres el hermano de Ireneu Montbell?

—No, soy un amigo de Aniol. Me ha pedido que cuide del jardín.

Ivet echó un vistazo a la casa desde la calle, y también sobre Édgar. Éste no se sintió cómodo.

—¿Viene por lo del tatuaje?

—No me hables de usted. ¿Puedo pasar?

Édgar dejó la compra en el suelo y comenzó a buscar las llaves en lo alto de la verja. Ivet sonrió.

—No deberías hacer eso. Podría entrar alguien…

—Intento no cogerle cariño a este sitio… No podría pagar algo así en sólo una vida.

Caminaron por el jardín, la farola se encendió a su paso, como de costumbre, y llegaron a la casa. Al entrar, Ivet lo ayudó con un par de bolsas.

—Gracias, venga, la cocina está por aquí.

—¿Cómo te llamas?

—Édgar…

—Verás, Édgar, es importante que no me hables de usted. No si no quieres que me sienta como una vieja.

—De acuerdo —dijo Édgar. Y tuvo la impresión de que eso era parte de su trabajo. Facilitar la confianza para que fluyera la información—. Creía que no iban a mandar a nadie. Aniol me dijo que no lo tomaron en serio cuando llamó…

—No habló con el policía adecuado.

Dejaron las bolsas en el suelo de la cocina.

—Vayamos al salón. ¿Quiere… —se corrigió—, quieres tomar algo…? —preguntó.

—¿Qué sabes del tatuaje? —dijo mientras curioseaba los vinilos…

—Sé que pone OTOÑO. ¿Qué significa?

—Es una estación anual… —respondió Ivet sonriendo.

—Muy graciosa…, sargento.

—Puedes llamarme Ivet. ¿Qué haces aquí, exactamente? ¿Riegas las plantas y cuidas del jardín?

—No, he mentido, no cuido del jardín. Ya has visto cómo está… Aunque quizá debería… —Édgar se levantó del sofá y volvió a la cocina—: Yo sí voy a tomar un café, ¿quieres uno? —Ivet asintió: «De acuerdo, con leche», dijo—. En realidad… Aniol quiere que encuentre a Ireneu.

—¿Por qué tú?

—Lo conocía… y fui periodista —dijo alzando la voz desde la cocina.

—¿Qué clase de periodista?

—¿Por qué OTOÑO? ¿Tiene algo que ver con algo…, es porque estamos en otoño tal vez? —preguntó Édgar volviendo al salón. Se escuchaba la cafetera conectada.

—No lo sé. No lo sabemos… —se corrigió.

—¿Llevas tú el caso?

—No. Hay otro cadáver con el mismo tatuaje… —Se detuvo para ver la reacción de Édgar, pero él tan sólo escuchaba—. Una chica que arrolló el metro hace quince años.

—¿Crees que tiene relación? ¿Por qué me cuentas todo esto? —dijo mientras se levantaba e iba a la cocina para comprobar si ya estaba listo el café. Ivet esperó a que regresara con las tazas.

—Se llamaba Meritxell, era la madre de la chica que han encontrado en el bosque. Pero no me dejan relacionarlo y no quieren que lo investigue... El caso del alemán lo lleva un compañero.

—¿Y el de Ireneu?

—El de Ireneu se lleva aparte también, pero está parado, no han hecho caso a la llamada de Aniol. No lo toman en serio.

—¿Por qué? ¿Les parece una casualidad que haya tres tatuajes iguales...?

—Tengo un superior, el subinspector Veudemar... es un grano en el culo. No sé si tiene algún motivo que se me escapa o es simple animadversión hacia mí, pero no quiere que se relacionen las muertes. Y no quiere que remueva la mierda. Ni siquiera debería estar aquí hablando contigo del caso. Me juego el cargo.

—¿Quieres azúcar?

—No.

—¿Por qué me lo cuentas?

—Venía un poco a la desesperada..., confiaba en encontrar algo que diese un poco de sentido a todo esto, algo por donde empezar a unir cabos... —Ivet dejó la taza sobre la mesa y se levantó—. Lo de Ireneu pasó hace un año y las pesquisas no han avanzado apenas... El noventa por ciento de las investigaciones criminales se resuelven en menos de una semana. Las que no, como la desaparición de Ireneu, se enquistan y se tarda meses o años... No quiero que esto suceda con estas muertes. Te propongo ayudarte a encontrar a

Ireneu y que tú me ayudes a mí. Yo no puedo acercarme a este caso hasta poder demostrar que tienen relación.

—Si la desaparición de Ireneu tiene algo que ver con el alemán, estará muerto.

Ivet nubló el rostro.

—Sí. Eso parece.

Édgar también dejó el asiento y caminó por el salón. Era una estancia hecha para moverse, para pensar. Sin obstáculos. Se podía hacer un gran recorrido de un lado a otro. Ireneu debía de recorrerla a menudo. Se detuvo para decir:

—De acuerdo. Iba a hacerlo igualmente…

—Te podré facilitar alguna información…, no estarás solo. Si consigues algo solvente, podré ir con el cuento al inspector y nosotros nos encargaremos ya de todo.

Édgar no la escuchaba.

—¿Tienes algo por donde comenzar?

Ivet suspiró y bajó por fin los brazos.

—Una mujer. Medio asiática. Por lo que dijo el tatuador, creo que atractiva, debe de tener casi mi edad o un poco menos… Se borró el mismo tatuaje hace veinte años. Se presentó como Rebeca.

Édgar abrió los ojos ante aquello.

—Espera un segundo —dijo. Y subió la escalera. Bajó al poco con una fotografía enmarcada entre las manos—. Esto estaba en la pared del estudio.

En la imagen, varios chicos y chicas. Llevaban estética punk de los ochenta. Ireneu portaba la cazadora de remaches colgada del hombro. Y pasaba el brazo por el cuello de una joven de ojos asiáticos con una cresta mohicana levantada. Su mirada era desafiante. Desafiaban al mundo. Más allá incluso. Era como si tuviesen la lucidez de desafiar sus propias miradas observando aquella foto treinta años después. Como si supiesen que un día se observarían a sí mismos con cierto paternalismo y desafiaban también eso.

—Es ella. ¿Puedo llevarme esta foto? Sin hacer mucho ruido, procuraré que averigüen algo en la central…

Sonó el teléfono de Ivet en ese momento, miró la pantalla y descolgó:

—Perdón, un segundo… Dime, Tarrós…

—Sargento, la Gendarmerí o como se diga de Lyon tiene a Josep Lluís en comisaría. Se ha entregado él cuando se ha enterado de que lo estábamos buscando. Estaba en casa de su hija de visita y dice que no sabe nada.

Voy para allá… ¿Estás en la central?

—Sí, todavía no he salido.

—Pues espera un poco… Llego en veinte minutos.

Colgó y se dirigió a Édgar:

—He de marcharme…

—Déjame intentarlo a mí primero —dijo él sosteniendo la fotografía—. Si no consigo nada, es tuya.

—Está bien. Éste es mi número personal. Llámame para cualquier cosa.

Se puso el anorak y salió de la casa. Édgar no hizo nada. La vio atravesar el jardín y levantó la mano como despedida cuando cruzó la verja, aunque ella no lo vio. Se miró la piel. Ella ni lo había comentado. Se preguntó qué impresión le habría provocado. Se quedó allí, bajo una noche joven. Intentando comprender por qué deseaba que volviese aquella mujer.

40

En la sala de reuniones había un proyector que emitía en la pantalla la señal de vídeo con la comisaría francesa de Lyon. Tarrós consultaba su libreta. Aquel pequeño archivo bien valía su cargo como cabo. Ya no cojeaba, e Ivet había dejado de preguntarle. Aunque volvería a hacerlo cuando él bajase la guardia. Lo había notado extraño los últimos días, su comportamiento había resultado reservado, más incluso de lo que era habitual. Àngels apagó la mitad de las luces y tomó asiento junto al ordenador.

—Estamos llamando —dijo.

Sonaba el ring de llamada…, apareció en pantalla un oficial uniformado de la Gendarmerie. Un hombre con pelo poco poblado y bañado en ceniza.

—Hola, soy Pierre Vienet, dirigiré el interrogatorio desde aquí…, soy oficial pero hablo su idioma.

Ivet intervino, orientó la cámara del portátil hacia ella.

—Hola, Pierre. Gracias por su ayuda. ¿Está con usted Josep Lluís Pedregosa?

—Correcto… —dijo reubicando la cámara para que el hombre entrase en el plano—. Se ha presentado en comisaría hace apenas una hora. Estaba pasando unos días en casa de su hija, según dice. No necesita abogado.

Josep Lluís era tal como en el vídeo y en la foto que habían distribuido de él. El cabello a cortinas de seda, blanco y escarcho. Su barba era un alud. Y sus ojos, dos pepitas de chirimoya. Uno dudaba de que tuviesen algo dentro. O la genética o la marihuana, que había fumado a lo largo de su vida, le habían otorgado una expresión celestial. Aquel tipo era el puto Zeus.

—Hola, Josep Lluís, soy la sargento Portabella. Queremos hablar con usted de la muerte de Aèlia Imbert.

Los ojos del viejo comenzaron a humedecerse.

—Lo he visto en las noticias. ¿Qué ha ocurrido?

—Esperábamos que usted nos lo contara. ¿Por qué dejó su teléfono móvil en casa?

—No me sirve de nada en Francia, tan sólo lo conecto para llamar a mi hija. Además, me cobran una pasta si lo utilizo aquí. Nunca lo cojo cuando vengo.

Ivet pensó que el viejo ni siquiera sabía que el *roaming* ya no se cobraba en la mayoría de países europeos desde hacía unos meses, pero no quiso perder el tiempo. Estaba segura de que Pedregosa no tenía nada que ver con la muerte de Aèlia. Así que continuó:

—Dejó las luces de su plantación encendida, con el grupo electrógeno…

—Iba a estar ausente unos días… Dejo el grupo todo el tiempo que puedo, luego se apaga… ¿Qué van a hacer con eso?

—No se preocupe, no es de eso de lo que queremos hablar.

—¿Creen que he sido yo?

Ivet miró a Tarrós antes de decirlo…

—Ya no. Lo hemos creído. Pero ahora preferimos conocer su versión, queremos que nos hable de Aèlia, y que nos explique qué relación tenía con ella.

—Queremos saber —intervino Tarrós—, en primer lugar, qué hacía la escopeta de cazar de Albert Matallana en su corral.

El hombre alzó el rostro al completo.

—¿En mi casa? Alguien la habrá puesto ahí… —dijo un poco más intranquilo—. No he disparado un arma en mi vida, y menos aún de cazar… No como animales ni los mato.

—¿Sabe quién podía tener acceso a la escopeta? El hijo dice no haberla visto desde que volvió.

—Su hijo es un pobre hombre, ya tiene bastante con lo suyo. Mejor que no se la devuelvan o se pegará un tiro.

—¿Qué me dice de Muntanyer? ¿Quién querría matar a su perra?

—¿Eso han hecho? Pobre *Duneta*, no merecía el dueño que tenía… No lo sé. Joan es un tío peligroso. No se me ocurre que alguien se atreva a tocarle *els collons*…

—¿Se relaciona con alguien? ¿Tiene algún enemigo?

Josep Lluís sonrió.

—Todos somos enemigos suyos. Usted también…
—Cambió el semblante—. Hay gente así. Es un mal hombre…, pegaba a su mujer…, hasta que un día ella se fue. Montserrat aguantó mucho. Recuerdo una vez que vino a mi casa llorando, le había apagado un cigarrillo en el cuello, porque sí, la vio feliz y punto. No lo soportaba. Cuando volvió la hostió todo lo que pudo. Ni verla pasear podía, ni sonreír, ni nada. La buena de Montserrat…

—¿Nadie lo denunció?

—Fue hace tiempo. Yo mismo llamé una vez a los Mossos y aún estoy esperando… Antes se tomaban estas cosas a la ligera…

—¿Cuándo se fue?

—Hace años. Desapareció sin dejar rastro. A veces, ahora que Joan ha perdido la cabeza, va preguntando por ahí, el malparido. A mi casa vino una vez buscándola. Si hubiese estado, lo hubiese matado antes que dejar que se la llevara con él de nuevo…

—¿Qué pasó con aquella chica? La de la fiesta… La encontraron drogada en su cama, desnuda…

—Aquello no tiene nada que ver…

—No. Pero me gustaría saber su versión.

Josep Lluís tomó un poco de agua de un vaso que había junto a él. Y luego también tomó aire.

—Organicé una *rave*. Había muchas en los noventa. Madre mía, ahora debo de parecer un viejo, pero hace tan sólo veinte años estaba en la flor de la vida… Esto pasa rápido… —se lamentó.

—¿Qué ocurrió?

—La fiesta duró tres días. Había furgonetas belgas, francesas, de todas partes…, no sé la cantidad de gente que vino, pero éramos cientos. Cuando la cosa se calmó la encontré así. Desnuda, puesta como las cabras, corriendo por el monte. Asustadiza como una liebre. La tuve que agarrar a la fuerza, podía ponerse en peligro. Estaba ida, desnuda…, sin zapatillas… —Josep Lluís lanzó la mirada sobre sus manos—. La tuve que agarrar fuerte. La llevé a mi cama, le preparé una crema de verduras y llegaron los Mossos. Eso es todo.

—¿Se le ocurre quién podría querer hacerle daño a Aèlia?

—Ni me atrevo a pensarlo. Era un regalo. Un ser único.

—¿Vio a alguien rondando el nido alguna vez?

—Por supuesto, todos lo hacíamos. Especialmente cuando ella no estaba. Nunca se lo dije a Aèlia, pero supongo que ustedes ya lo saben si hacen bien su trabajo… He pasado horas en ese nido.

Ivet se acercó a la pantalla del ordenador, y por ende a la cámara. Su imagen se agrandó al otro lado.

—¿Haciendo qué?

El viejo todopoderoso sonrió:

—¿Me está diciendo que no ha sentido la curiosidad de entrar en el nido? —Ivet no respondió a eso. Miró a Tarrós—. La invito a que lo haga. No voy a decirle nada más. Tampoco quiero que me diga nada al respecto si lo hace. Tan sólo entre y siéntese. Si quiere comprender por qué hizo esa chica esa esfera de ramas, debe entrar y sentarse, o no lo comprenderá nunca.

41

reparó pescado al horno. Bacalao. Con patatas. Con
setas. Lo anegó todo de brandy, miel..., puso romero
que cogió en el jardín. Tomó vino blanco mientras lo hacía,
también mientras el horno lo sometía todo a 220 grados. Se
sentía nuevo, diferente. Llevaba unas horas en la casa, pero
su mundo ya estaba a miles de kilómetros de allí. Por desgracia, el Diego tan sólo estaba a cuatro o cinco. Pensó que
tenía que solucionar aquello antes de que él mismo o alguien
más saliera malparado de nuevo. Con la copa en la mano
recorrió el salón. Si un tipo no escribía buenas novelas en
aquel entorno, era mejor que dejase de intentarlo. No había
seguido mucho la carrera de Ireneu. Lo hizo al principio,
por curiosidad, pero pronto no encontró motivos para seguir haciéndolo. Menos aún cuando la crítica más poderosa
comenzó a devolver favores al grupo alabando su obra. Una

pila de vinilos descansaba tumbada sobre el mueble, la abrió con los brazos como si fuese una espesa hierba. El disco que salió a la luz era conocido para él. El primer álbum de L'Odi Social, *Que pagui Pujol.* Lo puso en la aguja y comenzó a sonar el punk por toda aquella pequeña mansión burguesa de escritor acomodado. Subió el volumen al máximo y se acercó a la ventana. La abrió. Le pareció que su yo adolescente estaba reclamando aquel espacio para sí. Pensó en cuánto había cambiado Ireneu. En aquella época ellos lo admiraban. Lo aprendían todo de él. Lo imitaban. Recordaba aquel disco. Recordaba el sábado en que vieron al ahora escritor desaparecido llegar con una emoción incontenible. Venía de la tienda de discos. Había ahorrado la asignación semanal de dos meses para comprarlo. Lo escucharon cincuenta veces seguidas aquella tarde. Ahora comprendía que su vida cambió aquel día. Luego vinieron más discos, conciertos, su participación en movimientos sociales, antimilitaristas, colectivos libertarios... Luego su padre perdió el empleo y salieron pitando de la ciudad, antes de ser aplastados por la crisis económica de 1993. Y nunca más volvió a las calles de Barcelona hasta que todo aquello ya quedaba demasiado lejos. Vio la fotografía enmarcada de Ireneu y Rebeca. Dejó la música sonando pero apagó el horno y fue escaleras arriba. Al despacho. Buscó la contraseña wifi bajo el router y conectó su móvil a la red. Todavía no había contratado tarifa de datos. Hizo una foto sobre aquella imagen del marco. Se la mandó por correo electrónico y abrió su cuenta de Gmail en el ordenador de mesa de Ireneu. Así podría trabajar más cómodo. Utilizó el buscador de imágenes de Google para subirla desde el escritorio. La búsqueda dio seis resultados. En cinco de ellos las imágenes sólo eran parecidas, en forma y color... o ni eso. Pero en una la imagen coincidía. La foto que tenía enmarcada Ireneu era tan sólo una parte de otra más grande, donde aparecía un grupo mayor de jóvenes. La fotografía estaba alojada en una página, un blog que hablaba de la Barcelona de los ochenta, una especie de magazine. El pie de foto rezaba algo que le hizo sonreír: «Rebeca Lletget en 1985 junto a otros jóvenes punks de diversos colectivos». Rebeca Lletget era su nombre. Y era alguien, por lo que se podía leer. Otras series de fotos ilustraban a la mujer en otras épocas. Resultó ser profesora de Antropología de la Universitat de Barcelona. Tenía algunas publicaciones académicas. Un nombre destacado en ciertos sectores, pero no una cara conocida para el ciudadano de a pie. Édgar imprimió la fotografía completa. Observó la cara de aquellos chavales. Algunos rondaban los quince años, otros parecían un poco mayores, pero eran todos unos chiquillos. De pronto se le ocurrió buscar en Google la imagen de Egbert Broen. Ahí estaba. Necesitó tan sólo un segundo para localizarlo entre los chicos. Era uno de los mayores. También estaba Meritxell Imbert, *la Pollo.* Cogió el teléfono y llamó a Ivet. Casi se alegraba de tener aquella excusa para hacerlo. Había bebido tres cuartos de botella. Al poco descolgó:

—Sí...

—Hola, soy Édgar Brossa. Hemos estado hablando hace un rato...

—Hola, Édgar. Dime... ¿qué ocurre?

—No me dijiste que Egbert Broen vivió en Barcelona en los ochenta...

—Lo he dado por hecho, con lo que hemos hablado...

—He conseguido la foto original sin cortar. Aparecen más chavales... Egbert es uno de ellos. —Ivet escuchaba en silencio—. Y tengo identificada a Rebeca. Su nombre completo es Rebeca Lletget. —Lo deletreó—. Es medio filipina por parte de padre. Profesora en la UB. ¿Crees que podrías conseguir su dirección?

—Descuida... Te llamo en cuanto tenga algo... —Édgar no se despidió, esperó con el teléfono en la oreja. Ivet añadió—: Oye..., gracias.

—A ti..., Ivet.

La sargento colgó. Se detuvo un momento para pensar en aquel chaval de la piel infecta. Y al segundo abandonó aquel pensamiento. Édgar también se mantuvo quieto en la torre de Babel que Ireneu mandó construir en su casa. Aquella mujer le resultaba... No podría ni explicarlo.

De pronto volvió la vista al ordenador. Fue como un susurro lo que le hizo buscar. En aquel Mac podía haber un enlace directo al Dropbox de Ireneu. Un escritor no podía mantener sus textos en un solo terminal... El trabajo de meses o años a merced del capricho, de la fortuna o de la obsolescencia programada. Él mismo lo había utilizado en sus tiempos de redacción. En efecto, allí estaba Dropbox, abierto, el ordenador recordaba la clave. Un documento de Word era el último trabajo abierto. *Leña muerta II, pensar título* ponía. Era la continuación de su última novela. Sólo quedaba algo por hacer, comprobar la última fecha de modificación.

14 de octubre de 2016, dos días después de la desaparición de Ireneu. Aquello significaba que Ireneu no había desaparecido contra su voluntad el día 12. O eso, o alguien, a pesar de retenerlo, le había permitido seguir trabajando en su nuevo proyecto varios días, lo cual no tenía ningún sentido. Lo cierto era que nada parecía tenerlo… De repente ya no tenía hambre, pero sí le apetecía tomar otra copa de vino. Bajó las escaleras pensando en aquello… Entonces se le ocurrió otra posibilidad, que Ireneu no escribiese sus novelas. Que un escritor fantasma lo hiciese por él, o al menos lo ayudase, y que en el grupo Ártico tardaran dos días en convencerse de que Ireneu no iba a volver, y que no valía la pena continuar con aquello. Pero dos días eran muy pocos para tirar la toalla… O quizá no, no para dejar de escribir simplemente, al menos en espera de noticias. Era todo bastante enrevesado. Quizá Miquel Ortells pudiera ayudarle con eso… No quiso llamarlo. Era tarde. Tenía hijos pequeños, y tampoco tenía tanta confianza con él. Así que le escribió un mensaje de WhatsApp escueto. Si alguien conocía los entresijos del negocio editorial, ése era Ortells. Le preguntó directamente si Ireneu escribía sus novelas, si en caso contrario sabía si recibía ayuda de algún editor o escritor en la sombra…, cualquiera que pudiese haber accedido a algo tan privado como el borrador inacabado de su nueva novela. Apenas había terminado de mandar el mensaje el teléfono comenzó a sonar. Era la señora Carmina.

—Dígame, Carmina.

—Perdona que te llame tan tarde… ¿Has cenado? ¿Tienes ya algo en la nevera?

—Sí, no se preocupe. Estoy en ello… ¿Qué ocurre?

—Nada, una tontería, pero por si no me acuerdo… Te llamaba para decirte lo de mi sobrina, lo de la piel, que me he quedado muy preocupada esta mañana. Me ha dicho que se toma unas pastillas de una hierba, ¿un helecho se dice? Espera que lo tengo apuntado… ¿Te lo digo?

Édgar sonrió.

—Dígame, Carmina.

—¿Apuntas?

—Apunto —mintió.

—A ver, se dice Calaguala…, ella toma unas pastillas que no sé el nombre pero dice que hay varias, que cualquiera te sirve, porque las hay más caras y más baratas…

—No se preocupe, ya lo miro yo en la farmacia, Carmina. Gracias.

—Bien, me he quedado preocupada, y luego con lo de Ireneu y la casa y todo eso…, también. Qué susto… —Suspiró a propósito antes de continuar—: Luego le he preguntado a mi hijo, que fue el año pasado a hacerle la faena a Ireneu porque yo estuve fastidiada de la ciática. Estuvo casi todo septiembre… Está estudiando, pero es muy responsable y siempre quiere ahorrar para comprarse sus cosas… Así que como mi Julia, mi hermana, no podía, pues fue el niño…, niño que ya tiene veintitrés años, no se crea usted… —Édgar comenzaba a perder interés en aquello, pero Carmina era una mujer amable y no pensaba interrumpirla—. Pues le digo yo a mi Jordi que usted está en la casa y todo eso…, y lo de Ireneu…, y me dice algo que me deja de piedra. —Se detuvo para enfatizar el interés, era una buena narradora…

—¿Le dijo algo de la casa de al lado?

—No, de eso no, me dice que llega un día y se encuentra a Ireneu lleno de sangre, se había lastimado en un brazo. Una herida como un demonio…, que se estaba lavando en el grifo de la cocina…

—¿Le explicó qué le había pasado?

—Ni una palabra. Le contestó de malas maneras y desapareció escaleras arriba. Luego vio que se duchó, se curó él mismo y eso es todo. Le pareció raro pero, ya sabe, los escritores son así…

—Sí, ya sé, Carmina, ya sé… Gracias por la información de las pastillas.

—Buenas noches, Édgar. Que duerma bien.

42

En el barrio del Raval la noche y el día no son cosas necesariamente contrarias. Ni están la una en las antípodas de la otra. En el barrio del Raval las tres de la madrugada podrían ser las quince de la tarde, y las doce del mediodía, las veinticuatro de la noche. Nada se detiene ante la luz o la oscuridad. Nada se detiene ante nada. Todo continúa siempre. La calle se relaja, sí, huelga decirlo. O florece. O muere. Se moja. La barren. La recogen y la pliegan, como un póster antiguo. Pero es el Raval, siempre es el Raval. Y no se podría confundir con ningún otro lugar. Antonio lo pateó de joven. Cuando era el Chino. La primera vez que se escurrió entre las piernas de una mujer fue aquí. Pagando. Ahora entraba con cierto pudor. Buscaba a un tipo peligroso. Y no era él de saber tratar con hijos de puta. Siempre había perdido esas carreras. Por eso acudía con el nerviosismo propio de jugar en campo contrario, sin más equipo que él mismo. Y no sabía ni contra cuántos jugaba. Buscó el antro más irrespirable del barrio. El lugar que un turista no debería conocer. Uno de esos sitios donde no gustan las preguntas. Así que llegar preguntando era ya un poco inconveniente. El lugar escogido era digno de ser utilizado por la oposición municipal en un pleno de chicha y nabo. Se acercó a un par de tíos que fumaban mientras sostenían los botellines en la otra mano.

—¿Conocéis a Diego?

Lo miraron de arriba abajo. Y siguieron hablando entre ellos. Pendientes de él, porque si les volvía a preguntar lo iban a reventar a hostias, pero hablando como si no estuviese. Lo captó enseguida y continuó caminando. Entonces fue consciente de lo que estaba haciendo. Pensó en abandonar, pero lo descartó. Un chaval se fumaba un porro apoyado en su bicicleta, una del Bicing, el ciclo-renting municipal de Barcelona, robada y tuneada.

—¿Conoces a Diego?

El chaval lo miró y lanzó el humo con fuerza mientras lo observaba. Antonio insistió.

—No sé el apellido.

El crío arrancó a pedalear y a los pocos metros dijo:

—Espérate aquí.

Lo vio alejarse, despacio, sin prisa. Y torcer la esquina. Al poco un tipo que se había tragado un armario ropero giró y vino hacía él. Realmente sí tenía cara de malo de barrio malo de verdad, y no de allí, el Raval no es un lugar especialmente peligroso si no eres un guiri que ha confundido un lunes cualquiera con Nochevieja y un narcopiso con una fiesta privada… Se acercó a él, y cuando estaba preparado para hablarle el tío pasó sin detenerse. No era él. Continuó esperando. Ya hacía veinte minutos que sostenía aquella pared. Entonces sí, el chaval de la bicicleta apareció tras dos tipos. Uno era también un crío. Llevaba tanta mierda de oro encima que se escuchaba al caminar. El otro era un veterano de la calle. Uno de esos que treinta años atrás te paraban para pedirte un cigarro y se quedaban con tus zapatillas. Imponía. La calle le había endurecido las facciones, el chaval guapete que se bebía las cocacolas en la tienda y dejaba la lata vacía tras una caja ahora era un hombre que no repetía las cosas dos veces. Llegó frente a él. Y preguntó sin devaneos.

—¿Quién eres?

—¿Eres Diego?

El de la bicicleta se puso en la esquina. Parecía estar vigilando. Antonio comenzó a arrepentirse de haber ido. El sobrino blanco y enjuto de M. A. Barracus se puso tras él. Sintió que no iba a salir de allí.

—¿Qué quieres?

—Conozco a Édgar.

El Diego contuvo una cara de satisfacción apretando los labios.

—¿Quién eres? Te vuelvo a preguntar…

—Soy Antonio. He vivido con él. Con Imran también, el paqui.

—¿Sabes dónde está?

—Puedo llamarlo y hacerlo venir al barrio. Ahora está escondido.

Antonio se dio cuenta de que le bailaban las piernas. Pensó en sus hijos, y se reafirmó en lo que estaba haciendo.

Diego lo miró. Y luego miró al crío que iba con él. Intentaba leer en sus facciones de qué iba todo aquello. El chaval estaba más verde que él.

—¿Por qué? —preguntó al fin.

—Lo estás buscando, ¿no?

—Te pregunto por qué quieres que lo encuentre... ¿Te debe pasta? ¿Se ha follado a tu novia?...

Antonio intentó ser convincente...

—Sé que lo buscas, y he visto lo que le ha pasado a Imran... —Lo miró tanteando si se había pasado de la raya—. Soy padre y no quiero que me pase lo mismo. Eso es todo. No tengo nada en contra de Édgar. Es un buen chaval. Pero no quiero problemas.

El de la bicicleta silbó, y dos segundos después giró la esquina una patrulla de la Guardia Urbana. Cuando pasó frente a ellos guardaron silencio. Los agentes los miraron pero no llegaron a detener el vehículo. Apenas se habían alejado unos metros cuando Diego retomó la palabra:

—Vale, Toni —le dijo, y le puso la mano en el hombro—. Si me ayudas a encontrarlo, me olvido de ti y del paqui...

Sin cambiar el semblante, Antonio respondió, no quería aceptar el rol del débil. Actuar como un débil frente a un tipo como Diego era cavarse la tumba.

—El jueves por la tarde, a las ocho y media. Ya me las apañaré para que venga...

—Dime tu móvil..., yo te llamaré... No sea cosa que cambies de idea.

—Escucha, Diego —era la primera vez que pronunciaba su nombre—, no le metas mucha caña. Es un buen chaval.

El Diego sonrió.

—No te preocupes por eso. Ahora somos colegas, Toni.

Antonio le dio su número y aquellos tres personajes hechos con escuadra y cartabón desaparecieron de allí. Se quedó pensativo. Valoró cientos de cosas y siguió convencido de que era lo correcto. Sacó el teléfono del bolsillo y comenzó a caminar. Escribió un mensaje para Édgar en el WhatsApp:

—Édgar, chavalote, quiero hablar contigo. Es importante. ¿Cómo lo tienes el jueves a las ocho y veinte? Te espero en el descampado, al lado del bar de Pepa. Tomamos una cerveza y te cuento.

Pulsó para mandar el mensaje. El vértigo se apoderó de él. Ya no había vuelta atrás, y el Diego lo tenía agarrado por los huevos. Él mismo se había metido en la boca del lobo. Era hora de actuar y dejar de ser un perdedor al que el novio de su exmujer podía amedrentar. Sus hijos tenían que saber quién era su padre.

43

Martes, 7 de noviembre de 2017

Volvía a Barcelona después de cuarenta horas de aire puro. De soledad, entendida como oscuridad y silencio durante la noche. Entendida como algo positivo, con la comodidad de disfrutar de la casa de Ireneu hasta el punto de hacerlo como si fuese la suya propia. La mañana se partía como una mandarina. Con la misma luz, el mismo frescor de la fruta recolectada a primera hora, antes de que el sol la caliente. El tren iba completo. Estudiantes, trabajadores… Su parada estaba próxima, la estación de Sarrià. Un barrio, por tradición, de alto poder adquisitivo. Una pequeña población anexionada a la hambrienta Barcelona a principios de los años veinte del pasado siglo. A la fuerza. Sus vecinos se opusieron estérilmente. El mensaje de Ivet Portabella le llegó de madrugada. Lo vio al despertar. Tan sólo el nombre de Rebeca Lletget y una dirección. Nada más. Suficiente para comenzar a buscar respuestas. De Miquel Ortells no tenía noticia todavía. Quizá estaba abusando de la confianza que le mostró días atrás. Abandonó la estación y se incorporó en cuanto pudo a la calle Anglí, que nacía a escasos cien metros. Buscaba un número alto, pero prefería recorrer la vía completa que volver sobre sus pasos. Era una zona exclusiva. En la parte baja abundaban más los edificios comunitarios con árboles, jardines, zonas comunes… Poco a poco se dejaban ver más los grandes caserones, palacetes… En la parte más alta de la calle encontró el número que andaba buscando. El muro era antiguo, la construcción que se veía desde fuera también. Una pequeña mansión. Rehabilitada. Un reducto modernista, palaciego, con naturaleza veterana, superviviente de otro tiempo que asomaba por donde podía. Y su eco de sociedad burguesa de posguerra con ella. Rodeó el inmueble y dio con la puerta principal. Pensó qué decir. No era policía, no era periodista ya… ¿Qué era? ¿Quién era? Un tipo de aspecto medio albino, con el pelo incoloro, la piel arrancada por sí mismo, inseguro…, un poco ratón, huyendo de un gato llamado Diego… Cómo presentarse cuando uno se ve de esa guisa a sí mismo. Parecía que el entusiasmo de las últimas horas se disipaba como la bruma del puerto de Barcelona a la mañana. Llamó sin más. Había videoportero.

—Sí… —dijo una voz de mujer. Sería ella.

—Estoy buscando a Rebeca Lletget.

Hubo una pausa.

—Pasa, voy ahora mismo a la entrada.

Édgar entró y esperó un momento. Un palacete. Un gran jardín con un pequeño, minúsculo bosque, pero con longevos y estirados árboles, que lo convertían en un lugar al margen de Barcelona, al margen de todo lo que él relacionaba con aquella urbe. Efectivamente, la voz era de Rebeca Lletget. Se acercaba por el sendero pedregoso que llevaba a la casa. Era una mujer que pasaba de los cincuenta años. Le pareció elegante, delicada, hermosa. Se movía de un modo especial, lento, seguro, y llegaba sonriendo, una enorme sonrisa daba luz a aquel rostro de rasgos asiáticos. Eso en las fotos que había visto de ella la noche anterior tras identificarla no se apreciaba. Al natural resultaba una persona más interesante. La belleza en sí, huérfana de inteligencia, simpatía, educación nunca le había interesado ni humana ni personalmente.

—Hola, soy Rebeca, dijo mientras le ofrecía su mano para estrecharla.

—Buenos días, Rebeca. Soy Édgar Brossa.

—Lo sé. —Ante la cara de sorpresa, añadió—: Leía *Hojarasca.* Era fan… Ahora no sé qué leer… —bromeó.

—Ah, vaya. —Parecía que ser simplemente Édgar Brossa aún servía de algo en aquella ciudad.

—¿En qué puedo ayudarte?

—Estoy buscando a Ireneu Montbell. —Al escuchar aquel nombre hubiese jurado que aquella mujer adulta, elegante, refinada, amable se había convertido de pronto en una adolescente que descubría el sabor de los besos una tarde de sábado en una calle con olor a orín. Cómo decirlo de otro modo… Le dio la impresión de que aquella mujer nunca se hubiera podido resistir a dejarse impresionar por un Ireneu arrogante de quince años.

—Vamos a sentarnos… —dijo, y comenzaron a caminar hacia la casa—. Ireneu… —repitió—. ¿Por qué lo buscas ahora? Hace un año que desapareció.

—Soy amigo de Aniol. Él me lo pidió.

Rebeca sonrió. Llegaban a una terraza con un pórtico modernista.

—Aniolet…, era un amor… —dijo con los ojos perdidos en recuerdos—. No puedo ayudarte… Cuando desapareció Ireneu hacía años que no lo veía. Muchos… Algún tropiezo casual en algún acto, pero poco más… Aquí estaremos bien —dijo, y tomó asiento en un sofá. Él junto a ella.

—¿Ha visto lo que le ha ocurrido a Egbert Broen? —preguntó Édgar.

—¿Quién?

—Egbert Broen… ¿No ha visto la prensa, las noticias…? Ha muerto asesinado.

—No sé a quién se refiere…

Édgar sonrió.

—Rebeca, escúcheme… He visto una fotografía donde aparecen usted, Ireneu, Egbert y otros jóvenes… Es de mediados de los ochenta…

Rebeca cambió el semblante. No dijo nada, pero el modo como miró a Édgar fue suficiente…

—Sé que un tatuador le borró el tatuaje hace veinte años… Sólo quiero respuestas. No quiero incomodarla ni molestarla. —Ella no abría la boca—. Si lo prefiere puedo volver en otro momento. Pero necesito saber qué es Otoño.

Ella puso cara de estupefacción.

—¿Has llegado hasta aquí y todavía no sabes lo que era Otoño? —preguntó.

—Esperaba que usted me lo dijera.

—¿Qué ocurrió con *Hojarasca*? ¿Es tal como se cuenta? Édgar sonrió…

—En parte, lo de que unos aliens me abdujeron no es del todo cierto… —respondió.

Rebeca se levantó y observó su alrededor como si estuviese sola…

—Otoño era un sueño. Una utopía. Un jardín de hadas… —Édgar la seguía con la mirada…—. Éramos jóvenes, eran los años ochenta y éramos punks. —Hizo como si susurrase…—. Realmente, digan lo que digan, sólo hay dos tipos de personas, las que han sido punks y las que no. Créeme, soy antropóloga… —Édgar volvió a sonreír. Aquella mujer sabía cultivar la confianza en quien la escuchase. Ella dio unos pasos—. Algunos vivían por aquí, en Sarrià. Eran de familias más pijas… Otros, como Ireneu, venían desde Vallcarca… Yo vivía en General Mitre… Mi padre trabajaba en el consulado… Nos juntábamos una banda un poco rara. —Édgar observaba a aquella mujer elegante, en el jardín señorial de aquel palacete y se preguntaba qué había sido de aquella joven mohicana que había en la foto. Aunque lo cierto era que de algún modo daba la impresión de que vivía todavía anclada en aquella juventud—. Era principios de 1985. En el barrio de Gràcia, el Colectivo Squat de Barcelona había ocupado unos meses antes una casa en la calle Torrent de l'Olla. Se desalojó en unas horas, pero para nosotros fue el patrón a seguir. Llevábamos meses leyendo en fanzines acerca de ejemplos similares en otras ciudades de Europa. Queríamos crear nuestro propio sueño, hundir el nuevo orden… Creamos una asamblea, la Asamblea Squat de Sarrià, porque desde el principio ya le teníamos echado el ojo a un edificio de aquí del barrio. Pensamos que sería fácil. Éramos una pandilla de diez o doce…, yo tenía dieciocho años. Éramos niños, ahora lo veo, pero teníamos tanta hambre de mundo, de cambiarlo todo, de destruir el sistema, para volverlo a construir de nuevo. —Rebeca rio—. Pensarás que estoy loca… Vienes aquí, a una casa como ésta, y te hablo de ocupaciones, de punks, de destruir el sistema…

—Bueno, sé a qué se refiere… En los noventa Ireneu fue nuestro ejemplo…, supongo que cogimos el relevo.

—Entonces no tengo que explicarte mucho de aquella época…

—Otoño. ¿Qué es Otoño?

—A principios de febrero comenzamos a hacer asambleas. Estaba todo previsto. Un viernes de finales de mes ocupamos un viejo hotel, el Hotel Otoño. Llevaba cerrado desde finales de los años cincuenta. Los propietarios vivían en el extranjero, todo el barrio lo sabía. Llegamos allí con sacos de dormir y escobas…

—¿Qué ocurrió?

—La Policía Nacional realizó un despliegue desproporcionado… Había menores con nosotros y la cosa se puso fea. Había tres o cuatro lecheras fuera. Nos propusimos resistir. Pero hubo un accidente…

—¿Qué tipo de accidente?

—Marco, un chaval del grupo… Era sólo un crío… Murió, pero prefiero no hablar de eso…

Édgar la miró y apreció apenas un brillo en su mirada.

—¿Cuándo decidieron hacerse el tatuaje? ¿Por qué?

—Antes de entregarnos. Ferran había traído una rudimentaria máquina de tatuar. Ni siquiera la había probado aún. Era un motor de coche de Scalextric agarrado a un bolígrafo Bic al que le había vaciado la tinta. En la punta puso tres agujas…, lo recuerdo porque se las quité a mi madre. Ni siquiera era tinta de tatuar, era tinta china. El primero le salió fatal, Egbert se llevó la peor parte. Uno a uno nos lo hicimos todos antes de salir.

—Pero ¿por qué?

—Era un recuerdo.

—¿Un recuerdo? No habían estado en ese hotel más que unas horas…

—No sé… Supongo que Otoño era un símbolo… Como si creyéramos que aquel momento iba a marcar nuestras vidas…

—¿Por qué se lo borró?

—Crecí, dejé la pandilla…, no era el mejor tatuaje del mundo, ¿sabes? ¿Por qué es tan importante el tatuaje?

Édgar también se levantó.

—Bueno, es el único nexo de unión entre la muerte de Egbert y la desaparición de Ireneu.

—Puede que no tengan nada que ver.

—Hace años murió Meritxell Imbert. Llevaba el mismo tatuaje. La conocía también, supongo.

Rebeca bajó la vista.

—Sí, pobre Pollo, lo vi en la prensa.

—¿No creyó necesario dar alguna información sobre esto cuando el sábado se dio a conocer por la prensa lo del tatuaje que Egbert Broen se rascó hasta sangrar…? ¿No pensó que quizá él estaba dando pistas sobre su asesino y que debería acudir a la policía a explicar lo que sabe?

—No sé nada de Egbert ni de ninguno desde entonces. Éramos críos y eran los años ochenta. Apenas conocíamos nuestros nombres de pila, la mayoría de las veces teníamos apodos, pero los apellidos…, ni idea. Nos conocíamos de la calle. No visitábamos las casas de nuestros padres ni nada de eso. A la mayoría no los he vuelto a ver. Han pasado más de treinta años. Siento no poder ayudarte.

—Voy a marcharme ya, no quiero molestarla más. Lo entiendo, pero déjeme insistir en una cosa, ¿se le ocurre algún motivo que pueda relacionar la muerte de Egbert y la desaparición de Ireneu?

—Lo siento, han pasado muchos años. Tengo una clase en media hora, debería ponerme en marcha.

Édgar comenzó a caminar hacia la puerta, y ella con él.

—Eres bueno, Édgar, deberías volver a abrir tu revista.

—¿Dónde estaba el Hotel Otoño, exactamente?

—Calle abajo, a unos doscientos metros. Ahora es un solar. No hay nada. Lleva así desde entonces. Lo demolieron poco después. Para evitarse más problemas.

Édgar caminó de regreso a la estación de tren. A los pocos metros vio un solar. Debía de ser allí. La cimentación de un par de muros del hotel se podía apreciar todavía entre una hierba indómita. Se marchaba con la sensación de que había más, algo más que unos jóvenes punks tomando un viejo hotel y volviendo escarmentados a casa de sus padres. Aquel accidente que comentó Rebeca… En la hemeroteca debía de haber algo. Quizá tuviese suerte. O quizá era hora de ponerse a buscar en casa de Ireneu. El respeto que le tenía le había impedido hurgar entre sus papeles como un detective de divorcios, pero lo cierto era que estaba allí para encontrar a Ireneu, y ahora ya no podía escatimar en recursos. Quizá debería visitar a sus padres y localizar en el trastero la chupa de pinchos que le regaló cuando su familia se marchó de Barcelona. Recordaba que, al mudarse, aquella cazadora de cuero, chapas y cremalleras le había ayudado a soportar el cambio. Podía adaptarse mal al nuevo instituto, al pueblo, a nuevos amigos que nunca llegaban, pero se ponía aquella chupa por encima de los hombros, canturreaba a los Clash y todo iba bien.

44

Había pasado la noche acurrucada, apenas cubierta con una vieja manta que solía llevar en el coche para que el perro no dejase los asientos llenos de pelo. Ahora olía a él. Y como un tesoro conservaba no sólo el cabello, sino también la arena de sus patas, de entrar y salir al mar de la Barceloneta bravucón contra las olas, además de millones de otras células muertas adheridas allí por cualquier motivo. El asiento era un lugar demasiado incómodo para que el cuerpo de una mujer de su edad encontrase el descanso, pero no era descanso lo que andaba buscando allí la noche que ya moría. Era compañía, aunque fuese la de un perro muerto, enterrado tan profundo que no llegue ni el recuerdo de sus ladridos. La luz apareció temprano, el cambio de horario se había producido la semana anterior. Aquel año, quizá por las altas temperaturas, había sido más cuestionado que nunca. Pero ya era una realidad, y del mismo modo que la noche caía a traición, la mañana explotaba mientras toda Barcelona aún dormía. Fuera del coche, el bosque. Las ramas se dibujaban segundo a segundo como si un enorme lápiz fuese alargando cada tallo, rescatándolo de la oscuridad de aquel papel en blanco. Si es que aquello fue dormir, ya no lo hacía desde mucho antes de que sonara el teléfono en alguna parte de su anorak.

—Portabella…

—Sargento —dijo Tarrós—, tenemos una muestra de semen. Junto al árbol. La han encontrado en las hojas.

—¿ADN?

—Todavía no.

—Tenemos el de Josep Lluís para cotejar. Consigue el del viejo, el de Joan Muntanyer.

—¿Cómo lo hago? No tenemos nada contra él. No hay orden.

—Eres creativo. Sabrás cómo.

Miquel Ortells le escribió un *mail* muy completo a Édgar. En él señalaba con todo detalle las dos conversaciones que había mantenido con compañeros que todavía trabajaban en Ártico. Ireneu no recibía ayuda de ningún escritor fantasma. Sus últimas novelas se veían sometidas a *editings* muy exhaustivos, porque comenzaba a haber un abismo generacional entre el lector potencial y él, pero se producía cuando el texto ya estaba finalizado. Y no por una cuestión de estilo, sino de ritmo. En conclusión, nadie tenía acceso a su cuenta de Dropbox, en su opinión. Entonces la pregunta era tan evidente como desconcertante... ¿Desde dónde se había conectado Ireneu dos días después de su desaparición? Seguramente debía de tener un portátil, compartía los archivos en la nube y trabajaba indistintamente desde la torre o desde cualquier otro lugar de la casa, o desde un hotel, o desde un restaurante... En la vivienda no había encontrado ningún portátil. Entonces se dio cuenta de que había perdido facultades por no haberlo pensado antes, pero podía ser que el propio Dropbox registrase la IP desde la que se realizaba la conexión. En efecto, accedió de nuevo a la cuenta. Fue a la configuración de seguridad y vio que sólo tres dispositivos se conectaban a la cuenta de Dropbox de Ireneu. El primero era su iMac de sobremesa, el segundo su iPhone. Ninguno de ellos se conectaba desde la noche de su desaparición, el 12 de octubre de 2016. Pero su MacBook Pro, el ordenador portátil, se había conectado a su cuenta de Dropbox por última vez el día 14, dos después de que se perdiera toda pista del paradero de Ireneu Montbell. Desde allí se había modificado el documento de su última novela. Eso quería decir que Ireneu había estado o se encontraba todavía en algún lugar donde disponía de libertad para conectarse a internet y acceder a sus cuentas. Incluso había estado escribiendo. Aunque no lo había vuelto a hacer desde hacía más de un año. Puso el cursor sobre la última conexión del ordenador portátil, y vio la IP desde donde se había realizado la conexión. Era la misma desde la que se conectaba el iMac. Era la IP del router que había sobre el marco de la ventana a un metro escaso de Édgar. De nuevo sus sospechas de que podía haber estado allí todo aquel tiempo. Tan cerca. Miró a través del cristal, a la casa vecina. Allí estaba aquella ventana condenada a golpear las noches de viento.

Bajó las escaleras y salió al jardín. Era media mañana ya. Comenzaba a replegarse el cielo bajo unas gruesas nubes que lo estrangulaban. La valla que separaba ambas viviendas era fácilmente franqueable por varios puntos. Escogió uno en que un gran macetero lo auparía hasta poder pasar una pierna sin mayor dificultad. Pensó que debería llamar a Ivet Portabella. Ella podía encontrar la forma de entrar en aquella casa legalmente. Una orden y esas cosas. Pero recordó todo lo que habían hablado, las trabas del subinspector y comprendió que eso no iba a ocurrir. Debía actuar solo, y debía hacerlo ya. Seguir en aquella casa sin saber qué había pasado tras aquella ventana no tenía ningún sentido. El jardín había sido tomado por todas las especies vegetales y microanimales conocidas en varias galaxias. No le sorprendía que ni los propietarios ni la inmobiliaria hubiesen notado la ausencia de los carteles que anunciaban que se alquilaba. Como poco llevaban un año sin pisar aquel lugar. Seguramente era una de las muchas fincas administradas por algún procurador sobre la herencia de una familia mal avenida. Romper una ventana no debía de ser un problema mayor. Rodeó la casa para encontrar el punto más débil y más discreto, aunque ninguna otra residencia de la calle tenía campo de visión sobre aquélla, la última, la que enlazaba directamente con el bosque. Obvió la puerta principal, observó las ventanas, las hojas secas chillaban bajo sus pies, delatoras, al final llegó a la parte trasera. La puerta de la cocina estaba abierta. Había sangre adherida a ella. La cerradura había sido forzada. Al abrir comprobó que nadie había estado allí en mucho tiempo, meses. Había platos con comida descompuesta en el fregadero y sobre la encimera. Vasos. Alguna botella de vino vacía. Cervezas. Todo como lo hubiese dejado una persona antes de irse a acostar tras una copiosa cena, pero un año más tarde, y toda la vajilla sucia. La lluvia, el viento, la humedad habían campado a sus anchas allí, tras sortear la hendidura de la puerta, entreabierta como una sonrisa senil. Papeles amarillos en el suelo. Envases. Algún ratón debió de reinar allí un tiempo, porque había heces en los platos. Pensó que Ireneu estaba muerto en la habitación de al lado. Sentado frente al televisor. Con los pies roídos por alguna alimaña. Se preparó para ello. Atravesó la puerta y no encontró más que oscuridad. Muebles cubiertos por sábanas de diversa procedencia y algún plástico. Allí no había hecho vida nadie en mucho tiempo. A un lado, en el suelo, descansaban los dos carteles de: «Se alquila». Miró las escaleras. La ventana se encontraba en el segundo piso. En la buhardilla. Subió. En la primera planta estaba todo como alguien lo dejó para no regresar. Los enseres protegidos, los armarios cerrados, y los cajones alineados. Ni siquiera una sola cama con las sábanas revueltas. Continuó escaleras arriba. La luz de aquella ventana indómita comenzaba a llegar hasta él, y la recibió más que si fuese aire puro entre la oscuridad oceánica. Aunque sabía que le quedaba la peor parte. El cadáver de Ireneu podía estar sentado en un escritorio saludándolo como la calavera de un viejo pirata. O todo él esquelético, como un bacalao sazonado, hecho momia en un saco de dormir. Subió el último peldaño y se enfrentó a lo que fuese que lo esperara allí. Un estudio vacío. Eso era todo. Desordenado. Con signos de haber sido utilizado, al igual que la cocina. Pero nadie para constatarlo. Ningún objeto, más allá del mobiliario, y, en efecto, un saco de dormir tirado en el suelo sobre una esterilla. Nada más. Quien estuvo allí desapareció con todo. Junto a la ventana, un escritorio. Se acercó. Miró por ella. Justo enfrente, la torre, el estudio de Ireneu. En el marco, más sangre. Sangre seca agarrada a la madera, formando un macabro dibujo en el zócalo. Descolgándose por la pared hasta el suelo. Como un grito.

45

Veudemar hablaba con la subcabo Andújar. Así se habían presentado cada uno de ellos. Había agentes de los Mossos por todas partes. Como si fuese una mala película de tarde. Deambulando de aquí para allá y sin aparentemente hacer gran cosa. Sabía que los de la unidad científica estaban dentro, tomando huellas y analizando cualquier vestigio que encontraran. Las muestras de sangre ya iban camino del laboratorio, por lo que le habían dicho. Y habían vaciado casi por completo aquella cocina del demonio. Habían forzado la entrada de la verja para facilitar la operatividad. El trasiego había sido constante. Édgar no hacía ni tocaba nada. Asistía a aquello mientras trataba de formar sus propias conjeturas. El subinspector se acercó a él.

—Enseguida podrá marcharse… La subcabo le hará unas preguntas más. Después, tan sólo trate de estar localizable para cualquier cosa y no se preocupe… Aquel chaval —dijo señalando a un agente de uniforme— le acompañará si lo desea.

—No, no, estoy bien. No hay problema.

—Yo mismo llevé este caso hace un año y no hay por dónde cogerlo…

—Lo sé… y le agradezco que haya venido personalmente. Deben de estar muy ocupados con lo de Egbert Broen.

Andújar llegó sonriente.

—Hola, Édgar. ¿Me puede decir qué vio u oyó exactamente que le hizo venir hasta aquí?

Édgar sabía que no tenía forma de justificar aquello, pero las consecuencias no podían ser muy graves. No había forzado ninguna entrada.

—La ventana golpeaba y me fijé en la casa. Luego me pareció que alguien había podido entrar… Pensé que podría ser algo relacionado con la desaparición de Ireneu.

—¿Por qué lo pensó? ¿Por qué no llamó a la policía entonces?

—Bueno, es una larga historia… —No podía mencionar a Ivet. Había acordado con ella, cuando le comunicó lo que había encontrado, que llamaría él mismo al 112 y no la involucraría directamente—. Supongo que me excedí…

—¿Cuánto tiempo lleva en casa de Ireneu?

—Desde el domingo.

—¿Ha estado aquí antes? En esta vivienda, me refiero…

—No, nunca había saltado la valla hasta hoy.

—¿Sabe algo del móvil de Ireneu? ¿Lo ha visto?

—No. Ni idea. ¿Por qué lo pregunta?

Andújar dudó… pero lo dijo:

—Lo hemos encontrado en el congelador de la cocina. Envuelto en papel de aluminio, añadió… Es para bloquear la señal que emite y que no pueda ser localizado mientras tenga batería. Lleva apagado siglos, de hecho, está congelado, pero alguien lo puso ahí cuando todavía funcionaba.

—Yo llevo aquí unos días apenas… y no he visto a Ireneu en veinte años.

Édgar se apartó el pelo de la cara. Andújar estaba ensimismada en sus cábalas. Al final dijo:

—Por mi parte es todo… Déjele su número a mi compañero Ramoneda —dijo señalando a éste, que acababa de salir de la casa—. Puede que haya que volver a hablar con usted.

—Espere un momento —indicó Veudemar, que se acercaba bajo los árboles…—. Antes ha dicho algo… ¿cómo sabe que yo llevo el caso del alemán? ¿Ha hablado con algún agente de esto?

Édgar no pudo reaccionar a tiempo. Su silencio fue para Veudemar más que una respuesta.

—¿Conoce a la sargento Portabella?

Tarrós conducía bajo aquella espesura sin atender a la carretera. Llevaba ausente desde el domingo por la noche. Sentía el impulso de actuar. De hacer algo al respecto. Guillermo y sus colegas habían conseguido lo que toda la sociedad barcelonesa había intentado sin éxito. Habían revertido aquella operación. Aquel cambio de sexo. El mental, el físico, el humano... Habían terminado con todo por unos segundos y lo habían convertido en todo lo que no quería volver a ser en aquel cuartucho del futbolín. Llevaba horas reafirmándose, como hombre, como policía, pero lo cierto es que le costaba olvidar con qué facilidad había desaparecido todo su sacrificio. Ni en sus peores sueños hubiese imaginado que, tantos años después, aquel barrio podía convertirlo de nuevo en Eva. No podía haber imaginado jamás una humillación mayor que aquella polla, más hinchada que el puto Hulk, apretando su pantalón por detrás. Inmóvil, indefenso. Eran cuatro, sí, pero ni siquiera tuvo el coraje para enfrentarse a ellos. Debería solucionar aquello. O nada de lo que había conseguido iba a durar.

Aparcó frente a la casa. Ni rastro del viejo. Salió del coche y dio un grito mientras se acercaba a la puerta:

—¡Muntanyer!

Se arrimó a la entrada y golpeó tres veces.

—¿Me oye? Soy el cabo Tarrós, de los Mossos.

Tampoco obtuvo respuesta. El mediodía se extendía en aquel claro como un ejército de infantería. Se ganaba cada palmo, porque había llovido durante la noche y ahora todo era madrugada todavía. Se esforzó por agudizar el oído, pero no consiguió separar el grano de la paja. El bosque entonaba sus plegarias. Nada más se oía. Rodeó la casa y llegó al porche. Iba mirando el suelo por si viera alguna colilla, pero creía no haber visto fumar al viejo. Y no esperaba encontrarla. Entonces, una mesa. Un vaso usado. Era suficiente. No tenían nada contra él. No iba a servir de prueba igualmente, pero sí valdría para descartarlo o no. Entonces cruzó una ventana y lo vio. Estaba en el suelo, desnudo, llorando como un niño, no en postura fetal pero similar, abrazándose a sí mismo. Como si el mayor de los temores anduviera cerca. Balbuceaba algo ininteligible. Casi un lloro hecho vocablo o lo contrario. Un desgarro. Lo observó unos segundos. Dudó si entrar en la casa o no, porque no parecía que necesitase su ayuda. Y había demostrado ser un hombre terco. Lo observó allí. Un viejo indefenso. Un hombre niño. Cuál era la frontera entre la juventud, la niñez, y la edad madura, la vejez. Cuál era la frontera entre un hombre y una mujer. Volvió a fijarse en el viejo. Qué sencillo fue para él ser hombre y qué mal hombre fue, por lo visto. Entonces pudo distinguir algo entre sollozos…

—Montserrat…, Montserrat… —dijo.

De pronto lanzó la vista hacia la ventana. Tarrós creyó haber sido descubierto. En absoluto. Era una mirada vacía de contenido. En unos segundos cambió la expresión de su rostro. Se levantó del suelo y desapareció. El cabo tomó el vaso que había sobre la mesa y lo introdujo en la bolsa para muestras. Subió al coche y salió de aquel bosque.

46

Ivet había ido a casa a ducharse. El agua caliente le devolvía la temperatura. Observaba la luz en la ventana. Pensó que aquello no era muy diferente a uno de esos balnearios con aguas templadas. Nunca había estado de vacaciones de ese modo. Tampoco había estado nunca en un hotel con pareja. No sabía lo que era poner el cartel de no molestar en la puerta. Ni salir a cenar en una ciudad desconocida. Volver y vaciar el mueble bar y esperar la madrugada fumando en el balcón en bata. No conocía nada de todo eso. Y a sus cincuenta y ocho años no era momento de esperarlo. Se despedía de cosas que no había vivido, porque daba por hecho que ya no lo haría. Cosas que eran sueños a los veinte, a los treinta. Cosas que eran una esperanza a los cuarenta. Cosas que se convertían en recuerdos de sueños a los cincuenta. Hacía tiempo que no se masturbaba. Dejó de hacerlo cuando dejó de ser como aquellos viajes que no hacía. Cuando comprendió que masturbarse no era sustitutivo de ningún sexo, porque no había sexo más allá de aquello desde hacía demasiado tiempo. Comprendió que el interés radicaba en soñar, y cuando el sueño se secó, lo dejó. Más o menos fue cuando comenzó a relajarse con una copa. La copa era eso, sin más. No era el anhelo de otra cosa. Era una copa. Con principio y fin. A su alcance. Fue más fácil con *Mel* a su lado. Naturalmente. Un perro obliga a salir. Obliga a sonreír. Obliga a dejarse cuidar, y a cuidar. Un perro es una obligación de vivir. Eso la salvó. Durante un tiempo. Los últimos siete u ocho años no había tenido contacto íntimo con ningún hombre. Poco antes acabó su relación más duradera. Alfons. Un tipo del barrio. Llevaban cuatro años saliendo. No era nada serio. Cada uno tenía su casa. Dos o tres veces por semana se las apañaban para encontrarse. Se respetaban. Y se acostaban. Eso ya es más de lo que la mayoría de parejas y matrimonios tienen. Se enamoraron algunas veces durante ese tiempo. En esos períodos la cosa era incluso mejor. Había algo más que amistad y sexo. Había narrativa. Un día Alfons desapareció. Su exmujer padecía alguna enfermedad grave. Nunca supo bien cuál. Pero él estuvo con ella hasta el final, y luego ya no volvió a ser el mismo. Tampoco lo intentaron. A veces hay que salir del cine antes de que termine la película, solía decir su madre. Salió de la ducha y se puso el albornoz. Frente a ella, el espejo. Llevaba meses sin mirarse en él. No del modo en que una persona debería hacerlo de vez en cuando. Dejó caer los hombros y quedó desnuda. Le sorprendió gratamente lo que vio. No estaba tan mal, después de todo. Sonrió. De nuevo, el teléfono, fue a buscarlo sobre la mesa de la cocina, y de nuevo, Tarrós.

—¿Tenemos el ADN de Muntanyer? —preguntó sin mediar saludo alguno.

—Sí, ya se están ocupando de eso… El de Josep Lluís ya ha sido descartado. No era él… Tiene que venir. Terramilles me ha pedido que la localice. Creo que tiene algo que ver con lo del escritor…, lo del tatuaje. Veudemar ha estado allí hoy.

—Habrán tomado muestras de sangre…

—No lo sé. Pero eso no debería preocuparla ahora. Terramilles está muy cabreado. Sabe que estuvo allí.

Aquello no le gustó. El caso de la nieta de Imbert sin resolver y Terramilles y Capsir sabían que estaba husmeando en el caso al que le habían prohibido acercarse.

—¿Está Veudemar ahí? —preguntó.

—Sí, están reunidos los tres.

Aquello era aún peor.

—Voy para allá…

Cuando tenía ocho años sus padres la dejaron sola en casa una tarde. Iban a visitar a una vecina enferma. Regresarían en un rato. No debía abrir la puerta a nadie ni coger el teléfono. No debía entrar en la cocina ni acercarse a ningún enchufe. Tan sólo podía dibujar o leer un cuento. Al rato de estar dibujando se levantó de la alfombra y fue a la nevera para ponerse un vaso de leche. Ni siquiera tenía sed, pero era sentirse mayor, con la casa entera a su disposición. La jarra se le escurrió de las manos y cayó al suelo. Estuvo sin moverse durante horas esperando a que regresaran y la regañaran. Fue un infierno imaginar los múltiples castigos. Acabó pensando que no volverían jamás como parte de la represalia. Incluso pensó que la habían puesto a prueba, les había fallado y habían decidido abandonarla. Pronto todo estuvo oscuro. Y sus padres no regresaban. Se orinó encima porque no se atrevía a ir al baño, ni hacer cualquier otra cosa. De pie, en la cocina. Aquella penumbra la paralizaba. Le habían dicho que no encendiera las luces ni tocara los enchufes, y ya estaba bastante compungida por haber desobedecido y haber roto la jarra. Así que el miedo a la reprimenda de sus padres se tornó pánico a toda aquella oscuridad. A medianoche sonó el teléfono. No lo cogió. Le habían dicho que no lo hiciese. Ya de madrugada llegó su padre. La encontró helada. Su madre había sufrido un atropello, no era nada grave pero estaba en el hospital. Por fin se había calmado y al caer dormida su padre fue a casa a buscar a Ivet. Ahora se sentía igual. Conducía hacia la central, pero realmente todavía se sentía paralizada delante de aquella nevera en 1967. Sabía que le esperaba un trago difícil. Un trago…, ésa era una buena idea.

Atravesó la comisaría sin atender los requerimientos de Àngels, que la siguió inútilmente con un informe unos metros, ni de Tarrós, que tan sólo quería comentarle los resultados del ADN de Muntanyer, que acababan de llegar. Pero lo dejó para después al ver el rostro de Ivet. Recorrió todo el recinto hasta llegar al despacho de Terramilles. Llamó a la puerta y fue Veudemar quien la abrió, que salía al tiempo que ella entraba, sin mediar palabra. Tras él, Capsir. Con quien prácticamente no había hablado más que en un par de ocasiones. Tampoco esta vez iba a hacerlo. Terramilles la esperaba en su asiento, pero se levantó al verla. Se volvió a fijar en las buenas vistas de aquel despacho, las ramas del bosque casi llamaban a los cristales.

—Portabella, lo ha conseguido. Le he abierto un expediente disciplinario —dijo. Sonó entre paternalista y decepcionado. Ivet no respondió—. Se me ocurren tres o más faltas muy graves: insubordinación a un superior, abandono del servicio, violación del secreto profesional, estado de embriaguez durante el acto de servicio… O si lo prefiere, faltas menos graves: desobediencia a un superior, desconsideración hacia los compañeros, omisión de su obligación de dar cuenta de todo asunto concerniente a una investigación, etcétera, etcétera… ya me entiende. —Ivet continuaba en silencio—. ¿Tiene algo que decir? ¿Quiere ser asistida por una defensa?

Ivet sonrió de manera forzada.

—No es necesario…

—La suspendo en funciones durante cinco días. —Ella le hundió la mirada—. Tómeselo como un descanso. No haga tonterías, apártese del alcohol, aclare las ideas y vuelva.

—¿Está hablando en serio, señor?

—Coja el coche y escápese a Andorra, no sé…, el aire puro le sentará bien. Pero necesita serenarse, Ivet. Se lo digo como su superior, aunque me preocupa también en el plano personal. Escuche… Capsir no dudará en pedir la separación del servicio si sigue así. Veudemar va a por usted. Y ya sabe cómo están las cosas en el cuerpo.

Ivet refunfuñó.

—¿Qué quiere que haga?

—Salga de aquí y vuelva dentro de cinco días. No haga nada que tenga que ver con su trabajo. Relájese, pero no pise un bar… Esto se lo digo como amigo.

—Tenemos a medias lo de Imbert. Estamos a punto de encontrar algo. ¿No puede esperar?

Terramilles utilizó un tono más amigable.

—Tarrós se encargará de eso. Estoy al tanto de todo. Es un buen investigador.

—Sí, lo es. Seguramente mejor que yo.

Ivet abrió la puerta y salió de allí. Lentamente. A los pocos metros Tarrós se le acercó.

—El ADN de Muntanyer no coincide con el semen que encontramos. —Le pareció que ella no lo escuchaba con atención y añadió de forma más insistente—: Éste es el retrato que ha trazado el restaurador imitando el que había en la libreta de Aèlia. Acaba de llegar.

Tarrós le tendió la mano con un sobre tamaño cuartilla e Ivet lo tomó entre los dedos con poca convicción.

—Habla con Veudemar. Vas a llevar tú el caso unos días. Suerte —dijo.

Metió el sobre en su bolso y continuó caminando sin atender a ningún otro requerimiento. Salió de allí y subió al coche. Media hora después de estar sentada frente al volante con sus pensamientos abrió el sobre. Era un dibujo a lápiz. Una chica joven. Se parecía mucho a Aèlia.

—¿Quién eres tú? —dijo en voz alta. Lo guardó de nuevo y arrancó el motor.

PARTE VIII

Atardecer no es un verbo regular

47

La tarde era ya una realidad en toda La Floresta. En la salvaje, a la que el ser humano no llegaba, y también en la domesticada. También allí, en la plaza Josep Playà. Sobre la estación de tren. El hombre que atendía la barra de aquella tasca le preguntó a un cliente que entraba por la puerta:

—Miguelín, tú llevas aquí unos años…

El tal Miguelín rondaba los sesenta.

—Desde el ochenta y seis.

—¿Conoces a un Pere que vivía por esta calle?

—Ponme una mediana… —dijo—. ¿Pere el de allá abajo, el de la tienda?

El dueño le sirvió el botellín.

—No, hombre. Ése en el ochenta y seis no había nacido…

—Y yo qué sé… ¿Qué pasa con ese Pere?

—Aquella mujer… —dijo señalando a Ivet, que estaba en la terraza con la mirada perdida—. Me ha preguntado por un tal Pere…, pero yo no sé quién dice… el de la Paca no es, porque dice que tiene unos sesenta años. Y Pere tiene cincuenta o así… Otro Pere no sé… porque ese que se mató con el coche era Pedro, no Pere.

—¿El apellido?

—Hostia, Miguelín, si supiese el apellido no te habría preguntado a ti…

Miguelín tomó un gran sorbo.

—Pues no sé… ¿Por qué lo busca?

—No lo sé…, no me lo ha dicho.

—¿Está buena?

—Está apañá…, un poco rellenita —dijo–. Lleva un buen pedal. Lleva bebiendo desde esta mañana.

Ivet los oía desde la calle. Miraba cómo el viento susurraba a aquellas hojas, que aplaudían en silencio. Bajo aquel árbol, o uno parecido, llevaba Pere cuarenta años sujetando la cerveza en una mano y apoyado en la barra con el codo. Cuarenta años allí, en su cabeza. Hay gente que se lamenta de no haber conocido el amor. Ella hubiese preferido no hacerlo. Un amor, un castillo, una ciudad, un mundo, un universo construidos sobre un grano de arena. Necesitaba encontrar a Pere. Necesitaba comprobar que era un farsante. Que la vida lo había puesto en su lugar, como a todos, y que ahora no era más que un vecino más, uno de aquellos hombres que se sujetaban a la vida agarrados con fuerza a un botellín de cerveza. Consumidos en matrimonios acabados.

Un hombre miserable, babeante ante el despertar del cuerpo de una adolescente. Abyecto, haragán, un pedazo de mierda del tamaño de un oso. O un oso del tamaño de una mierda. Lo mismo daba. Encontrarlo. Constatar que Pere no existía, que Aèlia no existía, que estaba sola. Para siempre. Un hombre se sentó a su mesa. Era el tal Miguelín. Ella no se había vuelto en todo el rato, pero tenía la misma voz.

—Hola —dijo—. Soy Pere. Me han dicho que me andas buscando.

Ivet lo miró. Miró su vaso. Ya había terminado. Se levantó y se puso a caminar torpemente hacia su coche. Iba visiblemente ebria.

—¿No me oyes? ¿Qué te pasa? Soy Pere…

Desde el interior del bar sonó la voz del dueño…

—Miguelín, te voy a reventar a hostias…

—Zorra, vete a la mierda… Gorda, tía fea… —añadió el otro a voces.

Ivet llegó hasta su coche, arrancó y fue dando trompos de un lado a otro de la calle hasta que se perdió de vista.

—Hoy no te sirvo más. Estás gilipollas, tío —le dijo el barman al tal Miguelín.

Édgar no podía dejar de pensar en lo sucedido aquella mañana. Se había estado convenciendo de que Ireneu había desaparecido por propia voluntad. Pero la sangre era determinante. Si pertenecía a Ireneu, la cosa pintaba mal. Pero por otra parte era difícil explicar aquel escenario, con su móvil en el congelador y su ordenador chupando wifi desde la casa del vecino. Qué debió de ocurrir era todo un misterio. ¿Se había tomado aquel escritor de las amenazas tantas molestias? No, era poco probable que aquel pobre chico hubiese ido tan lejos. Pero realmente sí existía la posibilidad de que Ireneu hubiese estado retenido en la casa contigua durante tres días contra su voluntad y sufriera heridas que lo dejaran ensangrentado. De todas formas, eso no tenía demasiado sentido. Si al final se deshicieron de él, ¿por qué retenerlo tres días junto a su casa? Con el riesgo que ello conllevaba… Y la pregunta más imperiosa, ¿dónde estaba ahora Ireneu o su cadáver? Édgar telefoneó a Aniol pero no obtuvo respuesta. Lo intentaría de nuevo en un par de horas. La tarde se había precipitado de pronto, y sin entreacto de ningún tipo también la noche. O más bien su oscuridad, porque no eran más de las siete. Dentro de él una brasa comenzaba a cogerse a un puñado de hojas secas, que a la vez alimentaron la llama en unas ramillas y notó que estaba prendiendo de nuevo aquella pasión que lo empujó al periodismo, aquella curiosidad enfermiza, pulcra, como un impulso obsesivo compulsivo. Afianzada en la ética, en la buena praxis, en valores perdidos en muchos casos en aquella profesión que había llenado sus filas de mercenarios y cuñados, gente sin valores. Respecto a esto siempre recordaba las palabras de una querida profesora de la facultad: las noticias deben ser imparciales, las personas no. Pensaba desde la mañana en la visita a Rebeca Lletget…, en aquel accidente del que no había querido hablar. Por su militancia activa en movimientos sociales en la adolescencia, Édgar conocía perfectamente los proyectos de centros sociales desarrollados en edificios ocupados como la HAMSA, la Kasa de la Muntanya, el Cinema Princesa, Cros 10, Can Vies, referentes del movimiento okupa en la ciudad. Pero ¿Hotel Otoño?..., no había oído aquello jamás. Si bien era cierto que según Rebeca Lletget tan sólo había permanecido ocupado unas horas, la trascendencia de que hubiese habido una muerte y el hecho de que hubiera sido una experiencia casi pionera debería haber bastado para que el movimiento okupa se hubiese hecho eco de aquel lugar, de lo ocurrido allí, durante décadas... Pero por algún motivo se silenció, como ella silenciaba ahora los acontecimientos que rodeaban la muerte de aquel chaval, Marco. Buscó en Google con los términos: otoño, okupa, Sarrià, Anglí, Marco, hotel... Tardó casi una hora en encontrar una información en un blog anarco-punk de Granada. Se hacían eco de la noticia publicada en febrero de 1985 por *El Periódico de Catalunya*. Incluso aportaban imágenes de la portada del diario y la página interior donde se desarrollaba la noticia ilustrada con una fotografía en que se veía a un oficial de la Policía Nacional acompañando a una joven punk con una cresta amarilla.

Un joven, perteneciente a los ocupa-pisos, ha muerto al caer del tejado de un viejo hotel que el colectivo se había apropiado en el barrio de Sarrià. El accidente se produjo de madrugada, mientras la policía acordonaba el recinto, en espera de proceder a desalojar el inmueble y detener a sus ocupantes por orden judicial. El joven, de diecisiete años y vecino de Barcelona, siempre según fuentes policiales, se precipitó desde una altura de nueve metros. La unidad de emergencias intentó reanimar-

lo pero falleció por politraumatismo severo de camino al Hospital Clínic y nada pudo hacerse por salvar su vida.

También en la madrugada de ayer fueron detenidos sus compañeros, trece jóvenes de entre dieciséis y veinticuatro años, ocho varones y cinco mujeres, que fueron puestos a disposición judicial. Los doce jóvenes ocupa-pisos se habían encerrado en un viejo hotel de la calle Anglí, en el distrito de Sarrià, durante el fin de semana.

Los jóvenes ocupa-pisos, de estética punk, pertenecen a un colectivo que en las últimas semanas ha protagonizado otras acciones de este tipo. El pasado mes de diciembre, miembros del Colectivo Squat de Barcelona llevaron a cabo la ocupación de un local en la calle Torrent de l'Olla. En aquella ocasión la policía desalojó el local en un par de horas sin mayores consecuencias.

Los ocupa-pisos reclaman espacios para los jóvenes y viviendas, y protestan así contra la falta de recursos, empleo y actividades destinadas a los jóvenes. Este movimiento ha calado profundamente en capitales europeas como Berlín o Londres. Parece que en España tendremos que comenzar a acostumbrarnos. La desgracia ha querido que el bautismo del colectivo en nuestro país haya estado teñido de sangre.

Una docena de chicos habían ocupado un viejo hotel abandonado desde los años cincuenta, propiedad de una familia catalana que había forjado su riqueza durante el franquismo, y que luego se había afincado en Francia. El Hotel Otoño se encontraba en la calle Anglí, donde había indicado Rebeca. Los jóvenes ofrecieron resistencia en un primer momento, pero al sufrir uno de ellos un accidente de fatales consecuencias, depusieron su actitud y dejaron acceder al interior del inmueble a las fuerzas del orden, rezaba aquella noticia. Más abajo se explicaba que el chico tropezó en el tejado mientras realizaba tareas de vigilancia, cayó desde una altura considerable y sufrió un politraumatismo severo que lo llevó a la muerte. Nada más. Tampoco encontró más información en ninguna otra fuente. Habían pasado muchos años. En aquella época sólo había noticias impresas y por algún motivo aquello no trascendió demasiado. Si aquella muerte tenía algo que ver con las que ahora se estaban produciendo o no, era algo que sólo Rebeca podía aclarar. Y posiblemente ni siquiera ella.

Dejó todo aquello y bajó sin encender las luces. Por momentos olvidaba que no era más que un intruso en aquella morada. Y que Ireneu, vivo o muerto, podía retorcerse al verlo deambular por allí como si aquel reino de ficción fuese suyo. Comenzaba a echar de menos no haber tenido una charla grata con él en los últimos veinte años. Haberse reencontrado tiempo después… Tenían cosas en común…, aquel mundo de los libros, el negocio editorial, quizá visto desde diferentes prismas, pero nada que no hiciese más interesante el encuentro. En apenas tres días había conseguido hacerse a aquel lugar, incluso al albornoz, a la cama y a las costumbres de Ireneu. Abrió el mueble bar con la poca luz que la noche exprimía de una luna creciente, y se sirvió un Bushmills sin hielo. Lo olfateó. Sólo aquel aroma ya debía de valer un par de euros en un buen local de Dublín. Tomó el primer trago y sintió que toda la hierba mojada de Irlanda iba en él. Se acercó a la cristalera. Pensó que no sabía nada de aquella mujer desde la mañana. No podía dejar de pensar en ella por momentos. Le había gustado. Tanto como si la hubiese imaginado ya hacía tiempo. ¿Cuántos debía de tener…, veinte años más que él? Debía de verlo como un universitario. Tenía que llamarla, de todos modos, para ponerla al corriente de su conversación con el subinspector. Quizá ya lo estaba. Esperaba no haberle causado muchos problemas. No supo reaccionar a tiempo… Se lo explicaría por teléfono. Era una buena excusa para llamarla. Dio otro trago y vio algo allá fuera. En la calle. Un coche aparcado. No había estado nadie allí en tres días. A ambos lados las casas estaban desocupadas, y el resto de vecinos de la calle tenían espacio de sobra para aparcar lejos de allí. Abrió la puerta y se acercó a la verja. Le pareció que era un Volkswagen. Rojo. El mismo que conducía Ivet Portabella. Algo se alegró dentro de él. Dónde estaba. Miró la calle arriba y abajo y no la vio. Tampoco había apenas luz. Entonces se aproximó un poco más y la encontró. Estaba dormida al volante.

48

Se sentía como si estuviese en una pequeña embarcación. Afuera la inmensidad del océano. Su oscuridad. El lugar más poblado y silencioso del mundo. Con esas ondas, casi vibraciones que llegan de un pez a otro, en movimiento. La muerte es más silenciosa bajo el mar. También el amor, la vida. Aunque, bien pensado, la muerte, el amor y la vida siempre lo son, silenciosos. En la superficie también. El cine nos ha hecho creer que se trata de algo extraordinario. Con su partitura musical. No lo es. Ni siquiera son tres elementos independientes. Ninguno tiene sentido sin los otros dos. Son parte de un mismo movimiento, si se me permite el símil musical de nuevo. Aquella torre era un faro en medio de aquella nada…, un bosque entero, con sus árboles y sus bichos, escondidos bajo una gran manta de oscuridad. Llevaba un par de horas sumergido en la vida de Egbert Broen. Efectivamente, a los diecisiete o dieciocho años sus padres lo enviaron de nuevo a Alemania. No volvió ni de visita hasta que lo hizo ya como un hombre adulto. Poco o ningún rastro sobre su vida anterior. Prácticamente después del incidente del Hotel Otoño desapareció. Lo siguiente fue que se licenció en Economía en la Universidad de Hamburgo. A partir de ahí fue escalando puestos en una carrera profesional de marcado carácter macroeconómico. Comenzó en los noventa como empleado en la Oficina Federal de Supervisión Bancaria Alemana, donde desempeñó varios cargos. También desde los noventa era miembro del Comité Permanente de Cooperación Supervisora y Reguladora del Consejo de Estabilidad Financiera. Más tarde pasó a ocupar el puesto de secretario del Departamento de Supervisión de Grandes Entidades de Crédito con Actividad Internacional, cargo que abandonó para ocupar un puesto como miembro del Comité Ejecutivo de la Autoridad Federal de Supervisión Financiera. Desde 2014 ocupaba el puesto de vicepresidente del Deutsche Bundesbank. Y hacía apenas tres semanas que había sido propuesto por el Gobierno alemán como miembro del Comité Ejecutivo del Banco Central Europeo. No contaba con ningún tipo de afiliación política, y por ello su nominación fue bien recibida por responsables políticos de diversa orientación. Lo cierto era que muchos medios alemanes ya lo daban por seguro como nuevo miembro del Comité Ejecutivo del Banco Central Europeo. Pero murió en un hotel de lujo de Barcelona intentando arrancarse un tatuaje taleguero que se había hecho treinta años atrás en un *squat* sitiado por la policía.

El ring de su teléfono lo abstrajo de todo aquello. Era Aniol. Respondió en voz baja:

—Hola, Aniol. Tengo malas noticias…

—Lo sé, acabo de hablar con el subinspector Veudemar. Me lo ha contado todo… Ha debido de ser duro.

—Estoy aquí para eso. Para encontrarlo vivo o muerto. Te lo he prometido.

—Los análisis de la sangre son concluyentes. Es de Ireneu.

Édgar recibió la noticia con cierto desagrado, todavía tenía esperanzas de que aquello no tuviese nada que ver con la desaparición de Ireneu.

—¿Tienen algo más?

—Nada de momento. Ningún otro rastro. Aunque viendo la escena, comienzan a darlo por muerto.

—¿Así? ¿Sin más? Puede que no aparezca el cuerpo. Ni siquiera saben por dónde comenzar a buscar…

—No, no tienen ni idea. Pero parece ser que pueden dictar la declaración de fallecimiento… Lleva más de un año desaparecido y con las nuevas pruebas, la sangre y todo eso, la policía considera que hay indicio de muerte.

—¿Y eso qué significaría?

—Si el juez lo considera oportuno, lo declarará fallecido y se pondrá fin al proceso judicial.

Hubo un silencio…

—¿Qué ocurre? —preguntó Aniol.

—Eso mismo te iba a preguntar…

—¿Qué quieres decir?

—Quizá no deba decir esto, pero no te veo muy afectado…

Aniol expiró con fuerza al otro lado del teléfono.

—Sólo tengo ganas de que esto acabe.

—Lo sé, perdona. —Cambió el tono—. De acuerdo, dime cualquier cosa que sepas… yo haré lo mismo.

Se despidieron y colgó. Édgar miró hacia la escalera. Se asomó y puso toda su atención en el oído por si escuchaba algo. A pesar de no percibir ningún sonido comenzó a bajar despacio, sin encender la luz. Allí estaba. Dormida. La había llevado del coche al sofá. Aquella bestia de piel parecía el lugar más confortable del mundo. La observó. Se sintió mal por hacerlo. No tenía ningún permiso para haberla llevado hasta allí. Menos aún para observarla del modo que lo hacía. Así que dejó de hacerlo. Entró en la cocina y miró en la nevera qué podía preparar para cenar. Había trucha y jamón. Era sencillo. Mientras se calentaba el horno y se servía una copa de aquel vino que llevaba dos días pegado a su paladar, la escuchó hablar. Siguió con lo suyo como si no estuviera. Tenía la voz desgastada por el alcohol, y apagada por la humedad. Sonaba también cansada, sin brillo. Pero diligente. Fuerte. Era una mujer que no se le iba a ir de la cabeza en mucho tiempo cuando todo aquello acabase.

—Tarrós, soy Ivet…

El cabo tardó un momento en contestar, estaba buscando un lugar discreto en la central.

—Sargento… ¿cómo está? Siento lo que ha pasado…

—¿Alguna novedad?

—Nada. El semen no coincide con el ADN de Muntanyer. Así que no tenemos nada, de momento.

—Pero sin duda es de un vecino. Un vecino que nos ha ocultado información sobre su relación con Aèlia y el nido…

—Sí, eso está claro.

—¿Lo has contrastado con el ADN del padre de la niña?

—Sí, negativo. Ya lo he pensado.

—Bien… Te he llamado porque se me ha ocurrido algo. Una solución a la desesperada, pero puede funcionar. Ni le menciones a Terramilles que hemos hablado… —Tarrós no contestó, esperaba no meterse en líos o acabaría como ella…—. Consigue que el gran jefe te dé toda la cobertura de agentes posible. Y pon vigilancia a todos los vecinos…

—Hay más de cincuenta…, y mañana hay una huelga general en toda Cataluña. No tenemos efectivos…

—Convéncelo… Terramilles quiere acabar con esto lo antes posible… Después, que anuncien que hay un principal sospechoso y que se va a proceder a su detención de inmediato. Que es alguien que la policía sitúa cerca del nido, y que hay restos de ADN que lo incriminan…

—¿Cómo está tan segura de que es un vecino? Podríamos poner en alerta a alguien que no tuviéramos vigilado…

—No estoy segura…, pero quien lo hizo la lavó, y no creo que nadie se lleve el cuerpo en coche para hacerlo y devolverla al nido… Era alguien que vivía a un recorrido a pie de allí. Con fuerza para cargar con ella… Alguien que creía estar enamorado de ella. La deseaba tanto como para pelársela como un mono junto a un árbol, pero no le tocó un pelo antes de matarla ni después…

—Y ¿cómo explica eso?

—No puedo. Pongamos la trampa y veamos qué cazamos…

—Es muy arriesgado, si ese hijo de puta se ve perdido, podría destruir pruebas…

—Tan sólo es una sugerencia. No es una orden. Ya sabes que estoy suspendida de servicio. Seguramente cuando vuelva, esto ya habrá acabado. Tú sabes hacer este trabajo mejor que nadie. Sigue tu instinto…, no debería haberme entrometido.

Édgar intentaba hacer ruido en la cocina para que no pareciese que estaba escuchando la conversación. Era una situación embarazosa. Al final, ella se despidió y colgó. Él salió y no dijo nada. Tomó asiento en la butaca. Ella se aliñó un poco el cabello.

—Hola —dijo.

—Hola. Estabas en el coche… Pensé que haría frío.

—Gracias. He tenido un mal día.

—La cena está casi lista.

—He de marcharme.

—Como quieras… —Tomó aire, porque sabía lo raro que iba a sonar aquello, pero debía decirlo—: Pero me gustaría que te quedaras.

Ivet lo miró como si le acabaran de desvelar que Dios es una salamandra fluorescente. Hacía diez minutos que había despertado de una borrachera ejemplar, todavía notaba el alcohol, su pestilencia, deja de ser aroma cuando uno va ebrio, la visión pesada, la lengua torpe… Se avergonzó tan sólo del hecho de que aquel chaval le estuviese hablando así, como si ella no pudiese ser su madre. Qué juego se traía en-

tre manos… Quién coño era aquel hombre de la piel enve-
nenada y por qué había ido ella hasta él… Se puso su anorak.

—He de irme.

Y salió de allí. Una vez más Édgar la siguió con la mirada. Sabía que la había molestado. Se lamentó de haberse
precipitado. También por haberse dejado llevar. Aquello no
tenía ningún sentido. Por mucho que aquella mujer le bom-
please la sangre tan sólo con verla.

49

Miércoles, 8 de noviembre de 2017

A primera hora de la mañana, antes incluso de que el cielo estallase allá en el mar, la noticia de la inminente detención del asesino de Aèlia Imbert estaba en todos los noticiarios de radio, en la televisión autonómica catalana y en alguna cadena de ámbito estatal. También en los diarios digitales. Treinta efectivos de los Mossos daban apoyo a la Unidad de Investigación Criminal, que había aglutinado a otros tantos agentes de paisano. Tarrós dirigía el operativo. Aunque Terramilles estaba al corriente de todo. No había querido dejarlo en manos de Veudemar, considerando lo ocurrido. No quería que hubiese tensión de ningún tipo entre el equipo de Portabella y el subinspector. Quería que la gente estuviese concentrada en su trabajo, y terminar pronto con aquello. La prensa estaba ya nerviosa y la maniobra que iban a hacer acabaría por desatar las dudas en la investigación, en el cuerpo y en la nueva dirección. Cuarenta y cuatro vecinos tenían acceso al nido a pie. De ellos, dieciséis eran mujeres y nueve niños. Quedaban diecinueve varones adultos. No descartaban con rotundidad que fuese una mujer, pero desde el principio habían determinado que aquello era obra de un hombre. Llevar a Aèlia a hombros por aquel bosque no era tarea ligera. Si bien era cierto que al no ser violada se volvía a abrir el espectro, el hecho de que tuviesen la muestra de semen junto al árbol volvía a descartar que se tratase de una mujer. No una mujer sola, en todo caso. Con los primeros rayos de sol comenzó el flujo de informaciones entre los agentes y la central. A las siete y doce minutos un vecino, Martín Reverb, salió de casa con una bolsa. Miró sospechosamente a todos lados antes de entrar en una especie de establo. Salió sin ella. Los agentes que lo vigilaban constataron que había dado de comer a las gallinas. A las siete y veinticinco un chico salió corriendo de una vivienda situada muy cerca del nido. Uno de los agentes fue tras él y no lo perdió de vista. Se detuvo en la parada de autobús y al poco subió en uno escolar que se detuvo. A las siete cincuenta y tres minutos de la mañana Joan Muntanyer encendió la luz de la cocina. Estuvo así tres cuartos de hora. Luego se apagó, pero no salió de la casa. A las ocho y cuarto, con la mañana quebrada, Mercé, la novia de Andreu, salía de la casa con el abrigo abrochado hasta arriba, las manos en los bolsillos y una bolsa bajo el brazo…

—Sale una mujer… Va hacia el coche… ¿Qué hacemos? —preguntó Silverio, un *mosso*.

—¿Va sola? —preguntó Tarrós desde la central.

—Sí. Y no hay nadie en el coche. Lo hemos comprobado antes.

Tarrós dudó, no era ese el tipo de pez que esperaban en el anzuelo, pero al fin dijo:

—Que la siga una patrulla de paisano.

A lo largo de la media hora siguiente diferentes vecinos fueron observados en sus movimientos habituales, en sus salidas diarias, en sus quehaceres… El operativo siguió a dos más. El primero era Bertoret Jiménez. Un hombre de mediana edad que vivía con la hija de su exnovia, de diecisiete años. Ese dato, que había pasado desapercibido cuando la policía habló con él el sábado, ahora que abandonaba su casa como un ladrón, con un par de sacos pesados, los cargaba en la parte de atrás de su furgoneta y se deslizaba por la pista forestal tan silencioso como una serpiente, resultaba cuando menos incriminador. Dos patrullas lo siguieron. Abandonó la pista y se incorporó a la carretera. Circuló durante dos kilómetros y tomó de nuevo un camino en el bosque. Continuó unos cientos de metros y se detuvo. Abrió la puerta de atrás y arrojó los sacos junto a un pequeño vertedero ilegal. Los agentes intervinieron. Al verlos, su primera reacción fue de disimulo. Como si estuviese paseando por allí. Los agentes le explicaron que venían siguiéndolo y se terminó la comedia. Los sacos contenían escombro. Estaba realizando obras ilegales en la casa. Reformaba el baño. Y se deshacía del material sobrante del modo más cómodo para él, que no para el planeta.

El segundo era un chaval de veinte años con más testosterona que una ración de criadillas. Se escondió en el bosque, a menos de veinte metros de su casa y se fumó un porro mientras repasaba todo el porno casero que había en su móvil. Cuando se metió la mano en el pantalón del chándal, la patrulla se alejó de allí.

—¿Alguna novedad con Mercé Fontanals? —preguntó Tarrós.

—Aquí seguimos —respondió Silverio—. Acaba de detener el coche. Está saliendo… Ahora mismo acaba de tirar la bolsa que llevaba a un contenedor de basura.

—¿Dónde estáis?

—Casi llegando a Barcelona, en la BV-1462.

—¿Qué hace ahora?

—Da la vuelta…, vuelve hacia casa, parece.

—Mirad a ver qué hay en esa bolsa, y no la perdáis de vista, si puede ser…

Al poco, Silverio se comunicó de nuevo.

—Dos discos duros.

—Que alguien los traiga.

El operativo continuaba. La mayoría de agentes seguían en sus puestos de vigilancia. Pero en la central el grueso del equipo de Ivet estaba reunido en torno a Tarrós: Àngels, Lupiérez, Borràs, Solán… Como siempre, Àngels estaba al comando del ordenador.

—Los dos discos están desprotegidos. Ninguna clave de acceso…

—Empecemos por el negro —sugirió Tarrós. Había otro plateado.

Àngels lo abrió y aparecieron dos carpetas. Una se llamaba Facturas, la otra Vídeos. La agente miró al cabo.

—Ve directamente a Vídeos… —dijo éste.

Al abrir aparecieron docenas de documentos de vídeo, mp4, avi, mpg… Sin abrirlos ya se veía que se trataba de contenido pornográfico. Àngels clicó en el primero por orden. Efectivamente contenía una escena de sexo entre una mujer y un hombre. No tenía aspecto de vídeo doméstico. Lupiérez fue el primero en advertirlo, en apenas segundos.

—¿Es Aèlia Imbert?

Nadie respondió. Podía serlo.

—Abre el siguiente —ordenó Tarrós.

La misma chica, diferente chico. Esta vez aparecía un nombre en la pantalla, Katia Sieller. Àngels lo detuvo e hizo clic en el siguiente. Misma chica.

—Se parece mucho —dijo.

—No es ella —dijo Borràs—. No puede ser ella…, los vídeos son de verdad. Tiene producción y todo eso…, no están rodados en España. Son americanos, se nota. Y son vídeos profesionales.

Lo miraron. Debía de saber bien de qué hablaba.

—Abre el siguiente.

Àngels lo hizo, y entonces apareció otra escena de sexo. Pero la chica no era la misma.

—Ésta también se parece a Aèlia —dijo Tarrós.

Lupiérez y Borràs asintieron.

—Mucho —añadió Àngels.

Fueron pasando de un vídeo a otro. En total había más de ciento treinta. Distinguieron al menos a ocho actrices diferentes.

—¿Qué hacemos ahora? —preguntó Tarrós. Pensaba en voz alta…

—¿Crees que trata de encubrir a su marido? —preguntó Solán.

—Creo que Andreu estaba obsesionado con Aèlia. Alimentaba sus fantasías con todos estos vídeos de chicas que se parecían a ella.

—Pensaba que yo era el único que hacía eso… —dijo Borràs. Si aquello era un broma no tenía gracia, por lo visto. Nadie rio.

—Es fácil, ¿verdad?… —intervino Àngels un tanto molesta—. Hay tantas chicas metidas en esta mierda… ¿Quién te gusta, tu vecina? Tranquilo, hay una pornstar que se parece a ella…

—¿Lo hizo él? —preguntó Solán.

—Tiene coartada con su novia, Mercé; puede que lo hicieran juntos. O que lo esté encubriendo —afirmó Tarrós—. Veremos si coincide su ADN con el semen que había junto al árbol. Lo primero será conseguir una orden de detención para los dos.

—Pero ¿por qué matarla? No hay móvil sexual… ¿Qué razón pudo haber?

—¿Crees que lo hicieron juntos? ¿Que veían los vídeos juntos y todo eso? —preguntó Àngels.

—No lo sé…, no le tocaron un pelo.

—Quizá Aèlia lo sorprendió en el bosque mientras la espiaba…

—Aun así…, ¿matarla? —Tarrós suspiró con fuerza—. No sé qué tiene que ver en todo esto, pero su novia sabe algo. O no habría tratado de deshacerse de los discos duros ni le proporcionaría una coartada —sentenció—. Cerrad el operativo. Vamos a por ellos.

50

La noche había sido fresca. Se notaba en el vaho que pintaba los cristales. En algún lugar la caldera de la calefacción se había puesto en marcha, porque comenzaba a oler a hierro caliente y se escuchaba un runrún de fondo. El suelo crujió también fruto del cambio de temperatura. Se había acostumbrado a aquello, sin duda. Aquella vida acomodada que nunca había disfrutado antes, ni siquiera cuando vivía en casa de sus padres. Una casa de obreros. Ni siquiera cuando *Hojarasca* iba bien se pudo permitir según qué cosas. Vivir solo en Barcelona ya era un lujo. El resto de excesos podían esperar. Luego la cosa cambió a peor, y allí estaba ahora, aceptando la hospitalidad de un muerto, o desaparecido. Le sorprendió ese pensamiento. Se dio cuenta de que ya se había despedido de Ireneu. Lo había enterrado. Si ahora entrara por la puerta, gritaría como un niño aterrorizado por un fantasma, porque para él Ireneu ya no existía. Por lo visto, para Aniol tampoco, a tenor de la conversación de la noche anterior. Comenzó a escuchar ruido abajo. Había olvidado que Carmina debía volver en miércoles. Se preguntó si habría aparecido algo en la prensa o en los informativos. Así que bajó a saludarla.

—Buenos días, Édgar. ¿Ha probado ya las pastillas de mi sobrina?

Ni siquiera lo había pensado.

—No, esta tarde me acercaré al pueblo.

Parecía que no había transcendido nada de lo concerniente a Ireneu y la casa contigua. Édgar se preparó un café y subió al estudio. A aquella torre de escritos y papeles donde se escondían los personajes de Ireneu. Aquel taller de muerte, de amor, de fracaso, de libertad…, de cualquier cosa que quepa en una frase, incluso de cualquier frase que quepa en una palabra, tan sólo. Había estado demorando el momento. Quizá ahora que creía que Ireneu ya no estaba sentía también la necesidad de hurgar en sus cosas, notaba la libertad, incluso la obligación de hacerlo. Por Ireneu, aunque fuera. Todavía había muchas preguntas sobre la mesa. Así que reunió a las tropas, la infantería, los arqueros, la caballería…, cualquier cosa que le sirviese de aplomo para enfrentarse al recuerdo de un ser que fue querido y de algún modo volvía a serlo, y atacó aquel silencio, el polvo sobre los libros, las telas de araña de las esquinas del techo, atacó el olvido en el que llevaba aquel escritor amigo suyo demasiado tiempo ya.

A las dos horas enormes torres de libros semejaban las almenas de un reino conquistado. Los estandartes bajos podían ser las cartas que pendían todavía de alguna de las estanterías. Qué poder puede llegar a tener un trozo de papel dentro de un sobre. Qué amores, mundos escondidos tan sólo tras un fino papel. Y qué respeto infunde el simbolismo que la literatura, escrita o no, le ha conferido a semejante invento. Pero él no estaba allí para respetar nada. Estaba allí para arrojar luz sobre la desaparición y posible muerte de Ireneu. Y era mejor darse prisa, porque le extrañaba que la policía no le hubiese hecho salir de allí todavía. Si la investigación se retomaba, la casa de Ireneu podía volver a ser susceptible de registro o cualquier cosa por el estilo. Así que no sabía con certeza el tiempo que le quedaba de vivir allí y de disponer de todo cuanto Ireneu guardaba. No sabía exactamente qué buscaba ni a qué se enfrentaba. Revisaba todo. Papeles perdidos entre libros, fotografías dobladas que seguramente transitaron algún bolsillo, notas ininteligibles en los márgenes… Cualquier anotación, imagen…, cualquier rastro personal de Ireneu sobre todo aquel tesoro cultural.

A mediodía había escudriñado prácticamente todo. Quedaba una pila por desmembrar. Al comenzar se dio cuenta de que aquella columna bien podía ser una espina dorsal. Era uno de esos montones de cosas que pasan del cuarto de uno en la casa familiar, a la habitación del piso compartido, luego al piso en pareja, y más tarde al refugio que uno se construye, mejor o peor según sus medios, para acabar sus días. Una hacina que va de un sitio a otro sin que nadie se detenga a revisar qué contiene realmente, porque son cosas que, de aplicar el sentido común, serían condenadas a la hoguera, pero que constituyen el andamiaje que lo ha formado a uno a lo largo de los años. Y destruirlo sería poco menos que un destierro. En aquel montón no había cosas de mayor interés para alguien más allá de Ireneu. Calificaciones escolares, dibujos a bolígrafo, fotografías de campamentos, algún poema de amor borracho de juventud... Entre todo aquello una carpeta azul llamó su atención. Escrito a rotulador se podía leer: «Actas de la Asamblea Squat de Sarrià». Sintió una extraña emoción. Efectivamente, en su interior encontró varias actas que recogían las sesiones de asamblea previas a la ocupación del Hotel Otoño. Escritas en un lenguaje juvenil que pretendía ser solemne y resultaba a veces cacofónico, cuando no empalagoso o incorrecto. Leyó una por una. Se reunían una vez por semana. Allí quedó plasmado cómo se formó la asamblea. Cómo se decidió ocupar el Hotel Otoño y todos los pormenores de esa acción. La última asamblea recogida fue la que se produjo en el interior del hotel la noche en que fueron desalojados por la policía. Édgar la leyó y se dejó contagiar por el romanticismo de aquellos jóvenes punks, entre los que estaban Ireneu, Rebeca y también Meritxell Imbert, *la Pollo*.

ACTA DE LA ASAMBLEA SQUAT DE SARRIÀ

22 de febrero de 1985, 22:15 horas

- La policía lleva todo el día rodeando la casa.
- Sabemos que en la tarde del día de hoy se ha localizado al dueño del inmueble en Francia, y ha tramitado la correspondiente denuncia para que el juez pueda dictar la orden de desalojo y detención.

- No sabemos cuánto tiempo nos queda, pero seguramente antes del amanecer las fuerzas de inseguridad del Estado vengan a por nosotros. Ya hemos escuchado ruidos en el jardín y *Chita,* la perra de Joan, no deja de ladrar desde las nueve.

Se aprueba por asamblea:
- Resistir hasta el final sin negociar. Tendrán que sacarnos por la fuerza.
- Se establecen turnos de vigilancia durante la noche desde el tejado:
o Joan y Sonia. De 23 a 1 a. m.
o Ferran e Ireneu. De 1 a 3 a. m.
o Marco y Meritxell. De 3 a 5 a. m.
o Mateu y Egbert. De 5 a 7 a. m.

- Si no nos desalojan durante la noche, habrá una asamblea a las nueve para marcar la pauta de resistencia diurna, y se informará a la asamblea de cualquier novedad o incidencia que haya habido durante las guardias.

Concluye la asamblea.

4:20 a. m.

Asamblea extraordinaria de gravedad.
- Ha de constar en acta un terrible suceso de extrema gravedad ocurrido durante la presente madrugada. Marco, nuestro Marco, ha muerto. Ha resbalado desde el tejado

mientras hacía su turno de guardia. Enseguida ha venido una ambulancia y se lo ha llevado, pero la policía nos ha dicho por el megáfono que ha muerto. Que nos dejemos de tonterías y salgamos ya. Los padres de algunos están también fuera. La moral ha decaído bastante. No pensábamos que algo así podía pasar. Esta casa, la casa que debía ser una alternativa al sistema, a esta sociedad podrida, ha sido la tumba de nuestro amigo. Nos sentimos impotentes.

- Ha habido un gran debate. Hemos llorado, nos hemos peleado y, aunque suene raro, hemos reído recordando a nuestro amigo. Ha sido difícil. Pero la asamblea ha aprobado disolverse. No creemos que esta forma de lucha vaya a cambiar la sociedad del modo que pensábamos. Conocemos otros casos, otras asambleas, y cada uno es libre de tomar un camino u otro. Ellos han sido nuestro ejemplo y tendrán nuestro apoyo. Pero la Asamblea Squat de Sarrià deja de ser asamblea y deja de ser squat. No volveremos a reunirnos ni a ocupar casas. Nuestra misión es otra que la mera liberación de espacios. Nuestro objetivo es hundir el sistema. Y tenemos un plan. No será tarea fácil. Necesitaremos años. Necesitaremos dedicar a ello nuestras vidas. Y no volver a vernos bajo ningún concepto. Por Marco. Por nosotros. Por la anarquía.

- Se aprueba por asamblea entregarnos. Abrir las puertas. Y disolver esta asamblea.

51

Pere había envejecido bien. Era uno de esos hombres maduros que se ha cepillado los dientes a menudo. La piel endurecida como el cuero, y con un color similar. Los brazos, con los años, habían conseguido convertirse en ramas de algarrobo. Era atractivo. Lo suficiente para sonreír con seguridad ante cualquier contratiempo. Cómo podía mirarla así después de tantos años. Si aquello no era amor, nada lo era. Cuando apareció Aèlia por detrás de él supo que era un sueño. El amor va y viene en los sueños, pero los muertos se quedan donde están. Comenzaba a ser una costumbre que el teléfono irrumpiese de pronto. Tardó en reaccionar. Lo sacó de su bolso, que yacía a un metro escaso de ella, en el suelo. Había dormido sobre el colchón, de nuevo, junto al silencio que dejó *Mel* en aquel rincón. La botella de ron mallorquín yacía a su lado.

—Portabella... —dijo desde el infierno.

—Ivet, soy Terramilles. Me gustaría que viniese a la central. Es urgente.

—Señor...

—¿Se encuentra bien, Ivet?

Se incorporó y reaccionó a tiempo. A pesar del malestar.

—Sí, señor, es la maldita tiroides, se habrá vuelto a descompensar...

—Vaya, lo siento. ¿Puede venir? Olvídese de la suspensión... Necesito que venga ahora.

Ivet se metió en la ducha más caliente que pudo soportar. Luego cerró la llave y dejó que esta vez la fría la remojase por completo. Si no conseguía serenarse en diez minutos, según entrara en la central Terramilles la volvería a mandar para casa, esta vez puede que para una larga temporada. Ya en el coche llamó a Tarrós para que la pusiera al corriente de la investigación. Éste no contestó al teléfono. Vio que tenía dos llamadas perdidas de Édgar. Decidió llamarlo más tarde. Recordaba poco y mal, pero hubiese preferido recordar menos aún. La situación de la noche anterior fue incómoda. Debería llamarlo, ver qué quería e intentar disculparse de nuevo. Al llegar a la central, Terramilles la esperaba fuera. Aquello no era habitual. Se acercó receloso a ella en cuanto bajó del coche. Ivet se examinó y creyó que no daba muestras aparentes de haberse dormido a las seis de la mañana.

—Ivet, venga conmigo. No me gustaría que nos viese Veudemar.

—¿Qué ocurre?

—Sígame y ahora se lo explico.

Caminaron a toda prisa. Estaba feliz por estar allí. Había abandonado aquellas dependencias la mañana anterior con el peso de un mundo injusto sobre sus hombros. Ahora volvía bajo la máxima expectación. Y dio gracias, porque cinco días como aquel y no hubiese vuelto a llevar una placa. Llegaron a una sala de reuniones y el inspector cerró la puerta con presteza.

—Verá, voy a ser breve… Tenemos el testimonio de un hombre que está en la sala de al lado. Se trata de Mateu Villanueva.

Ivet puso cara de escalera de color.

—¿Debería conocerlo?

—No lo creo. Ha venido buscando protección. Teme que le pase algo. Ha visto en las noticias lo de Egbert Broen, y está al corriente de lo del escritor, la desaparición, me refiero, de lo otro no creo que sepa nada… El caso es que está asustado y ha venido a colaborar y a buscar protección.

—¿Por qué cree que le puede pasar algo? ¿Sabe quién lo hizo?

—Lleva un tatuaje que reza OTOÑO en la ingle. —Ivet se mordió el labio—. Ha venido a contar todo lo que sabe…, quiero que hable con él.

Ivet adoptó una actitud más arrogante.

—¿Por qué yo?

—Usted vio la posible relación entre los dos casos desde el principio. Por eso la he hecho venir. Estaba equivocado. Le pido disculpas y que se incorpore de inmediato a la investigación. Lleve usted ambas investigaciones. Además, cuenta con la ayuda de Tarrós, que se está manejando muy bien. Y puede que estemos cerca de un desenlace.

—Ya se lo dije…

—En estos momentos deben de estar deteniendo a Andreu Terrén y a Mercé Fontanals. Ha llegado la orden hace un rato. —Ivet puso cara de sorpresa…—. Es una larga historia…, su operativo funcionó…, no se haga la tonta conmigo. Luego se pondrá al corriente. Vayamos primero a ver qué tiene que contar ese hombre.

—¿Qué le dirá a Veudemar? ¿Lo sabe Capsir?

—El intendente está al corriente de todo. A Veudemar le diremos que el viejo, Imbert, ha solicitado que usted lleve la investigación. Lo cual es cierto. No sé qué le dijo usted, pero le ha pedido expresamente a Capsir que usted sea readmitida…

—Veo que es tan poderoso como para disponer de nosotros como piezas de dominó.

—No me vacile, Portabella.

—Perdón.

—Veudemar podría haber obstaculizado la investigación. Prefiero que no sepa nada por el momento. No estoy seguro de cuál puede ser su papel en todo esto…

—Será mejor que vaya a hablar con ese tío.

—Les estaré escuchando desde la otra sala.

Ivet salió de allí y entró en el cuarto contiguo. Un hombre que rondaba los cincuenta años la esperaba con cara de estupor. Tenía pinta de tipo nervioso. Se mordía las uñas, le cortaba el cabello alguien de su familia, no había que jurarlo, llevaba un reloj del Decathlon, y los puños del jersey con pelusa. No le sobraba la pasta.

—Buenos días, soy la sargento Portabella.

—Hola —dijo.

—Es usted… —revisó una nota— Mateu Villanueva, ¿no?

—¿Qué le ha pasado a Egbert? ¿Saben ya quién ha sido? Ivet sonrió sin ganas.

—Esperamos que usted nos ayude a averiguarlo. Empecemos por el principio. ¿Me puede enseñar el tatuaje?

El hombre la miró, dudó, y luego se levantó de la silla, y se bajó un poco el pantalón y los calzoncillos. Estaba igual de mal trazado que el de la Pollo.

—Aquella noche nos los hicimos, antes de salir de allí. No los he vuelto a ver, a ninguno… ¿Quién iba a pensar que hablaban en serio…? Por Dios, han pasado más de treinta años… —Exclamó nervioso.

—Tranquilícese, Mateu, beba un poco de agua —dijo Ivet acercándole un vaso—… Y empiece por el principio.

52

Era bien entrado el mediodía. Estaba despejado. El sol de noviembre devoraba los verdes rezagados de aquel boscaje. Era un lugar hermoso para construir una familia. Tarrós no era persona de muchos romanticismos, pero si había algo que deseaba, algo que hubiese pedido a un gnomo que saliese de debajo de una seta en aquel manto forestal, eso era una familia. Tampoco podía explicar por qué, porque no era él de prodigar ternura. Pero un hogar... Una persona que mantuviese la chimenea encendida a la tarde. Unas voces de niños que se pelean, juegan y aprenden que la vida es tan sólo unos miles de segundos buenos, y el resto es corteza. Como una nuez.

—Estamos preparados —dijo Lupiérez.

Media docena de efectivos de la Unidad de Investigación Criminal estaba con ellos. Y otros tantos agentes de uniforme rodeaban la casa por todos los flancos posibles. En su interior debían de estar a punto de sentarse a la mesa para la comida Mercé y Andreu.

—Vamos allá —dijo.

Cinco minutos después salían de la masía. La puerta quedaba derribada en el suelo, y un par de gallinas corrían hacia ninguna parte y luego volvían; nadie, ningún bicho huye realmente de quien lo alimenta, ni siquiera el hombre, tampoco una gallina.

—¿Dónde hostias están? —preguntó Lupiérez—. ¿Cree que han podido huir?

Tarrós maldecía en silencio.

—No lo sé. Quizá sospechaban que tarde o temprano vendríamos a por ellos. No debimos levantarles la vigilancia… Ahora ya sabes por qué todavía soy cabo.

Lupiérez no respondió a eso. Se acercaban en ese momento Borràs y un agente uniformado.

—Tarrós, éste es Bruno, dice que esta mañana Andreu ha salido, parecía que hacia el trabajo, puede que no haya regresado todavía.

—Pues vayamos al supermercado a buscarlo.

Andreu salía distraído. Eran las dos. Los piquetes no habían llegado hasta allí y la jornada transcurría con normalidad, a pesar de que parte de la plantilla sí había secundado la huelga. A las cuatro volvía al tajo. Tenía tiempo de comer y dormir un rato. Había madrugado. Habían tenido inventario en el almacén de la tienda. De camino al aparcamiento se encendió un cigarrillo, al volver a alzar la vista vio el coche de Mercé aparcado junto al suyo. Ella se dirigía hacia él. Traía una cara misteriosa. Caminaba rápido.

—Andreu, nos vamos de viaje, lo tengo todo preparado. Dejaremos tu coche aquí.

Él ya no se extrañaba de nada. Mercé llevaba meses con una conducta obsesiva hacia él. Era una mezcla de celos y ejercicio del control de todo lo que hacía. Si no temiera que cometiese una locura, la hubiera dejado hacía tiempo. Cuando llegó Aèlia al bosque. Ahora eso ya no era posible. Así que ya no había ninguna prisa.

—¿Qué quieres decir? He de volver a las cuatro.

—No, cariño, no tienes que volver… Nos vamos de vacaciones, ya te lo he dicho.

Aquello excedía a lo que lo tenía acostumbrado. La miró a los ojos y no supo a quién tenía enfrente. Aquella mujer hacía meses que no era Mercé.

—Vamos a casa. Descansemos un poco y después hablamos de ese viaje…

Ella se apartó.

—No me trates como a una loca… ¿Qué pasa? ¿No quieres venir? Pues ten el valor de decirlo… Eres un cobarde, me tengo que encargar yo de todo siempre.

—No grites, vamos a casa, por favor —dijo intentando agarrarla con cuidado por el brazo.

—He tirado tus discos duros a la basura.

—¿Qué?

—No te hagas el tonto. Ya no te hacen falta. Ella ya no está. Y la policía los hubiera encontrado tarde o temprano.

Andreu la miró intentando comprender en su mirada de qué estaba hablando realmente.

—¿Qué quieres decir? ¿A qué viene eso ahora?

Mercé se acercó y se abrazó a él con toda la dulzura que pudo.

—Venga, marchémonos. Tenemos pasta ahorrada. Peguémonos el viaje de nuestra vida, Andreu…, lo necesitamos. Tengamos niños… Vendamos la casa. Vámonos a Barcelona, a Gràcia, como al principio… No importa lo que pasase con Aèlia, ¿entiendes? Te quiero y eso es lo que importa.

—¿Por qué hablas de ella?

—No te preocupes. Nadie lo sabrá…, hiciste lo mejor.

Andreu se tomó un par de segundos para observarla con displicencia, parecía comenzar a comprender…

—¿Qué coño dices, puta loca? —dijo al tiempo que la agarraba con fuerza por el cuello y la golpeaba contra el coche.

Se escuchaban frenadas de varios coches y pasos.

—Chaval, suéltala… —dijo Tarrós.

Al llegar a la central, el cabo Tarrós fue directamente a hablar con Terramilles. Sentía que había hecho un buen teatro. También creía haber percibido que la mayoría de compañeros respetaban su labor. O hacían un buen teatro disimulando, porque incluso él mismo se sintió diligente durante aquellas horas al frente de la operación. Le sorprendió ver a Ivet en el despacho del inspector. Y aunque le incomodó un poco haber ocupado su puesto en la operación, se alegró de tenerla allí de nuevo.

—Buen trabajo —dijo Terramilles. Era obvio que trataba de animarlo inmerecidamente. El caso no estaba del todo resuelto.

—¿Y bien? —preguntó Ivet. Deseaba escuchar los pormenores.

—Vamos a contrastar el ADN de Andreu, pero es seguro que coincidirá con el del semen de la muestra del árbol… El chaval estaba obsesionado con la chica. Pasaba las horas con ella, pero también allí escondido, entre toda aquella maleza. Se la pelaba, se fumaba un cigarro, se la volvía a pelar… —Terramilles lo miró con reprobación por aquel tono soez, pero Tarrós ni lo advirtió—. La novia estaba al tanto de todo, pero el infeliz no lo sabía. No sólo pasaba allí las tardes, sino que se dedicó a recopilar lo que encontramos en los discos duros…, bueno, en uno, en el otro había mierda en general. Vamos a ver qué pasa en los interrogatorios, pero parece claro que la chavala la mató por celos.

—¿Ella? ¿Ha confesado? —preguntó Terramilles.

—No.

—¿Y el chaval?

—El Andreu no sabe nada. La reacción que ha tenido… Pero, bueno, en el interrogatorio se verá. Nunca se sabe…

—¿Cuánto pesa la chica? —preguntó Ivet.

—Ni idea… ¿cincuenta, sesenta…?

—¿Y llevó ella en brazos a Aèlia hasta el nido?

Tarrós guardó silencio.

—No lo sé. Pero parece que es ella. No era la primera vez que iba hasta el nido para llevarse de las orejas a Andreu a casa. La vio. Se le cruzaron los cables y le apretó el cuello hasta matarla.

—Bueno. No cantemos victoria. Entremos… Lleva tú el interrogatorio, Tarrós. Te lo has ganado.

Tarrós no pudo contener una cara de desilusión, de cierta decepción hacia sí mismo.

53

La luz era azul porque la tarde moría sin remedio. De nuevo la negrura crecía y lo devoraba todo, como un ente maligno en una película de serie B. A Édgar el atardecer lo sorprendió en el jardín, barriendo la hojarasca, la de verdad, recogiendo ramas, apartando tiestos en desuso, rotos, intentando luchar contra el invierno que se avecinaba, la batalla más inútil de todas, poniendo orden a aquel jardín en otoño. Hay un tiempo para cada cosa, y el otoño no es el momento para eso. Él lo sabía, pero también sabía que no estaría en aquella casa cuando llegara la primavera. Pasar el día allí fuera le había ayudado a pensar, a depurarse de todo. Tomar el fresco, ejercitarse le había servido para ordenar las ideas. Cuando todo terminara empezaría de cero. Sin miedo. Tenía treinta y ocho años. Era joven. Y era un tío honrado. Se debía a sí mismo un poco de respeto, y darse otra oportunidad.

—¿Necesitas ayuda? —Era Ivet Portabella. Asomaba por uno de los huecos de la verja. Parecía que no estaba molesta con él.

—No te he oído llegar.

—He aparcado más arriba, me apetecía caminar… Para la resaca, ya sabes… —Sonrió—. ¿Me abres?

Édgar apoyó la escoba en un abeto.

—Sí, claro —dijo mientras caminaba hasta la puerta…—. Te he llamado un par de veces esta mañana…

—Lo vi, por eso he venido. Hemos tenido un día complicado. —Édgar la miró extrañado y ella aclaró—: Me han readmitido. Es una larga historia…

—Vamos dentro, comienza a haber mucha humedad.

—Si no te importa, prefiero que nos quedemos en el porche. Necesito esto —dijo mirando a todas partes…—. Aire puro…

Édgar asintió y se sentaron en los sillones de mimbre.

—Te he llamado porque esta mañana he encontrado las actas de Otoño —dijo Édgar—. Allí se recogen todos los detalles de las reuniones que hubo antes y durante la ocupación del hotel. Murió un chaval, Marco, ya te lo dije… Pero pasó algo más…, y no sé exactamente lo que es…

—Un pacto…

—¿Qué?

—Hicieron una especie de pacto secreto.

—¿Cómo lo sabes?

—Ha venido uno con el tatuaje de Otoño a la central. Mateu Villanueva. Temía estar en peligro al ver lo que le ha pasado a Egbert Broen. Hemos estado hablando. —Ivet bajó la vista, observó la nada y volvió a levantar la cabeza—. Se hicieron el tatuaje como parte del simbolismo…, una especie de hermandad de sangre… Prometieron no volver a verse nunca. No del modo que lo hacían, no tenían prohibido encontrarse casualmente, ya me entiendes, pero no debían verse, ni saber nada los unos de los otros. Ningún contacto que pudiera poner en peligro su plan.

—¿Qué plan?

—Eran unos críos, diecisiete o menos, algunos…

—¿Qué plan? —insistió Édgar.

—Destruir el sistema desde dentro. Actuar como caballos de Troya. Infiltrarse en los órganos de poder…, económicos, políticos, mediáticos…, y una vez allí hacer descarrilar a la máquina, convertirse en la amenaza invisible. —Ivet se levantó y extendió la mano, como si buscase la humedad de la tarde—. Dedicarían sus vidas a ello. Algunos eran de familias bien, y con pacto o sin él, acabarían igualmente ocupando puestos de responsabilidad. Otros no lo tenían tan fácil. Pero todos aceptaron. Eran adolescentes, tenían sueños de revolución y acababan de perder a un amigo. Así que se tatuaron la ingle y salieron de allí dispuestos a sacrificar sus vidas.

—¿Por qué no me dijo nada de eso Rebeca Lletget?

—No lo sé…, quizá no le dio ninguna importancia. O quizá lo ocultó…

—¿Crees que treinta años después continúan comprometidos con algo que pactaron siendo unos críos? —preguntó Édgar con cierto escepticismo.

—No. La verdad es que cuesta creerlo. Pero lo cierto es que Broen dedicó su último aliento a arrancarse de la piel ese tatuaje. Y eso nos hace centrar la investigación en esa línea.

—Bueno, tiene bastante sentido… Egbert Broen iba a ser elegido en unas semanas nuevo miembro del Comité Ejecutivo del Banco Central Europeo. Es un cargo de máxima responsabilidad…, un par de medidas desafortunadas y el euro podría irse a tomar por culo… Especialmente ahora, con el Brexit a la vuelta de la esquina… Y sobre todo con la crisis política catalana, y la estampida de empresas que están sacando sus sedes fiscales de Cataluña, y el temor internacional a que se resienta la economía española… Si un país se va a la mierda, Europa entera se va a la mierda…

—Pero… ¿Ireneu?

—No lo sé… —Édgar se rascó la frente…—. Tenía miles de lectores, era influyente… Pero llegar a matarlo por eso…, por una chiquillada de hace treinta años…

—La muerte de la Pollo… no tiene nada que ver. Se lanzó contra un tren del metro. Y desde luego, en su estado vital, no suponía una amenaza para nadie salvo para ella misma.

—Si la muerte de Egbert tiene algo que ver con esto, la pregunta es: ¿quién aparte de esos chicos conocía el pacto?

—¿Habéis encontrado al resto de la pandilla? En las actas de la asamblea aparecen algunos nombres de pila. Pero ningún apellido. En el periódico ponía que los chavales fueron detenidos. Debe haber un registro de su detención en el archivo policial.

Ivet sonrió.

—Deberías hacerte policía. Eres un buen investigador…

—No, gracias. No me gusta la policía. —Aunque añadió—: No es nada personal…

Ivet obvió lo que dijo.

—No consta ningún expediente, ni archivo, ni detención siquiera en la comisaría donde estuvieron los chicos.

Édgar la miró, aunque la noche ya discurría entre ellos y no veía gran cosa.

—¿Se ha perdido?

—Más bien, alguien lo ha perdido… Algunos de los chicos eran de familias bien de Sarrià. Ya sabes qué quiero decir… —Édgar asintió a su modo—. Pero quien lo hizo olvidó deshacerse del Libro de Registro de Detenidos. Lo hemos encontrado después de dos horas y media de remover polvo en el archivo de la Policía Nacional, que eran los que tenían competencias entonces. Ésa es la buena noticia… —Ivet tomó aliento—. La mala es que alguien arrancó esa página. Y puede que recientemente. No sabemos quiénes eran los otros. Ni si corren peligro o no, ni si tienen algo que ver con lo de Egbert Broen. Sabemos los nombres de pila y algún apodo, Mateu Villanueva nos ha contado todo cuanto recuerda con pelos y señales. Pero nada más.

—Rebeca Lletget dijo no saber nada del resto.

—Volveremos a hablar con ella, de todas formas.

—¿Crees que se lo toman en serio después de tantos años?

—No sé qué pensar de todo esto… Aquellos chavales han desaparecido, seguramente se han convertido en su mayoría en gente corriente que lucha por sobrevivir, con sus hipotecas, sus problemas de salud. Aquel pacto no significa nada treinta años después…

—Y ¿por qué ninguno ha vinculado la muerte de Egbert con todo aquello? Tan sólo ese Mateu se ha sentido en peligro…

—Algunos puede que vivan, otros no. Y pueden haberse enterado o no. O pueden residir lejos, en el extranjero. O quizá sí lo han relacionado y les ha parecido algo descabellado. No lo sé…

—O quizá crean aún en todo aquello… —insistió Édgar.

—En mi opinión, aquello tan sólo es un recuerdo de juventud… Un acto de rebeldía cosido a sus ingles con tinta. Nada más.

—Eso ha sido muy poético, quizá deberías dejar la policía… y ponerte a escribir.

Ambos sonrieron.

—No me gusta la poesía, no es nada personal…

Édgar observó cómo Ivet se mordía el labio. Ella continuó:

—De todos modos, Egbert Broen se rascó el tatuaje por algún motivo. Creemos que podía intentar advertir al resto de que corrían peligro, o darnos una pista sobre quién lo atacó… Así que algo no cuadra. —Ivet suspiró echando vaho de su boca.

—¿Qué tal va el otro caso? El de la chica del bosque…

—No sé qué decir… Tenemos a una pareja. Ella creía que había sido él quien la había matado. El chaval estaba obsesionado… Así que intentó destruir pruebas. En cambio él piensa que fue ella, la chica está un poco mal de la cabeza…

—¿Entonces?

—Entonces, personalmente creo que ninguno de los dos lo hizo. Vamos a alargar la detención un poco por si alguno canta, pero estamos a cero. De todos modos tampoco me fiaría de dejarlos marchar a casa, porque entre ellos la cosa está tensa y temo lo peor. —Ivet suspiró—. Me voy ya…, necesito descansar…, gracias por lo de ayer. Siento haber sido desagradable, no es excusa, pero supongo que fue por el alcohol… Pensarás que soy una persona con problemas…, no sé…, bueno, *bona nit…*

—Ivet…

—*Bona nit* —volvió a decir ella con cara de disculpa.

Y caminó hacia la verja. El sonido de sus pasos se hundía en la hierba. Y luego se hacía pequeño por el camino. Pronto no se escuchaba ya nada. El relente pesado y lento lo abrazaba todo.

54

Tarrós había evitado el barrio desde el domingo. Pero había sido un día largo. Un día de esos que dan para escribir una novela. Un día de esos que dan para construir un amor. O un día de esos que dan para merecerse una cerveza en el silencio de una barra mientras alrededor de uno la vida sigue, o una amistad se rompe, una mirada sobrevuela a dos personas, una culpa cava un foso en la conciencia de un parroquiano de cera, mientras alguien toma la decisión más importante y precipitada de su vida en un mensaje de WhatsApp; una decisión siempre es binaria, a veces cabe recordar esto antes de complicarnos el mundo inmediato. Y sin embargo, él estaba en uno de esos días que se desea al despertar cada mañana. El caso todavía no estaba cerrado, la chica no había confesado. Pero había estado al mando y había dado la talla. Se había ganado el silencio de aquel mur-

mullo que siempre lo acompañaba. Uno se acostumbraba a
él. Pero no era agradable. Así que había una cerveza en alguna parte con su nombre. Caminó desde el coche hasta el bar
de Paco. Era lo más parecido a un lugar familiar. Aunque
bebiera siempre solo allí. Pero tenía tantos recuerdos de infancia sentado a aquellas mesas los domingos, que era lo más
parecido a estar cerca de casa. Porque su casa, la que ahora
le aguardaba a oscuras, y marchita, no era más que una puerta a una dimensión dolorosa. Conforme llegó vio en el rostro
de Paco que sabía lo ocurrido, todo el barrio debía de saberlo ya. Aun así le sirvió sin abrir la boca. Cuando no había
dado ni tres sorbos a la botella, uno de los chicos de la plaza
entró con urgencia, lo vio y fue hasta él. El barman vigilaba
por el rabillo del ojo. Había un par de almas más en la barra,
pero estaban a lo suyo con el móvil.

—Tienes que venir —dijo—. Por favor.

Se lo veía angustiado de veras. Tarrós dudó. Sabía que
Paco lo observaba.

—¿Qué pasa? —preguntó.

—Dos coches de los Mossos, están en la plaza, se van
a llevar a mi hermano, seguro…, lleva de todo encima.

Tarrós lo miró bien, Paco continuaba allí, y hacía como
que limpiaba la parrilla con un trapo ancestral. El chaval insistió, estaba apurado.

—Por favor, mi madre está enferma… Si el Jonás entra
en el talego, se muere. Yo no iba el otro día, te lo juro que no
iba…, por favor.

—Ahora te la pago —dijo dirigiéndose al dueño del bar.
Y salió de allí con el chico detrás como un perro.

Al llegar a la plaza, efectivamente, dos patrullas de los Mossos estaban levantando a los chavales. Al acercarse, se identificó enseguida.

—Cabo Tarrós. Buenas noches…

Uno de los *mossos* lo saludó.

—Buenas noches, aquí estamos con esta panda…

—¿Qué ha pasado? —preguntó Tarrós.

—Nada, están todo el día aquí fumando porros y haciendo el mangui.

—Lo sé, vivo aquí al lado. Iba para casa…

—Pues nada, esto ya está…, el chaval ese se viene detenido. Lleva una penca de doscientos gramos y no sé cuánta farlopa, el hijo de puta.

Aquello era mucho… Tarrós sabía que no debía entrometerse, pero:

—Escucha, este chaval es confidente. Nos ayuda a veces.

El *mosso* lo miró desconfiando.

—Va hasta las cejas de todo. No me pidas que…

—Yo me encargo. —Le mostró su placa—. Cabo Tarrós, Unidad de Investigación Criminal. No te preocupes por nada.

El *mosso* lo miró un poco molesto, pero accedió.

—Vale, tú sabrás. Yo informaré si me dicen algo. Esto me lo llevo por si acaso.

—Claro. *No problem* —dijo para suavizar, aunque quedó postizo.

Al poco se marcharon. Los chicos también. El chaval que acudió en su busca lo miró desde lo lejos. Tarrós deseó que fuese listo y se alejase de su hermano cuanto antes. Volvió al bar y terminó la cerveza un tanto preocupado. Si eso llegaba a la central, debería responderle algunas preguntas a Terramilles.

Édgar estaba fregando los platos con el sonido de la tele de fondo. El resto de luces y luciérnagas digitales de la casa estaban apagadas. La penumbra a veces es como una materia envolvente. Una lana negra que arropa o una lava fría que estremece. La televisión autonómica daba cifras de seguimiento de la huelga. Hablaba de los incidentes y de algunas cargas policiales. Sus manos ulcerosas se remojaban en el agua caliente de la que emanaba un tufillo incierto a comida y lavavajillas de limón. Entonces la periodista de las noticias de la noche dio parte de las detenciones de Andreu Terrén y Mercé Fontanals. Édgar dejó la fuente sobre un paño en la encimera y salió al salón secándose las manos con un trapo. La noticia comentaba lo que ya sabía, aunque con menor detalle. En ese momento intercalaron una imagen de Aèlia. Y acto seguido una de su madre, Meritxell Imbert, *la Pollo*. Édgar la observó bien. Ella, desde la pantalla, lo observaba a él. Podría haber jurado que así era. Y de hecho, la lava fría lo estremeció. Entonces recordó la fotografía de la noticia que encontró por la mañana. Subió al estudio de una zancada y abrió de nuevo el navegador en el ordenador. Efectivamente, ahí estaba. La chica de la foto era la Pollo, con su cresta amarilla. Entonces, observó detenidamente al joven policía que la acompañaba, y lo que vio lo impulsó hasta lo más hondo de aquella penumbra que lo rodeaba.

Ivet caminó hasta la nevera. Al abrirla comprendió que necesitaba hacer la compra. Prácticamente no había ido a la tienda en toda la semana. Los estantes rebosaban de la más absoluta nada. Todos excepto el segundo, sobre el cajón de la carne, que tenía cervezas, y la puerta de la nevera, donde había vino. Cogió un cartón de leche y cerró la puerta. Se sirvió un vaso y lo levantó al cielo:

—Salud —dijo antes de beber.

El teléfono comenzó a sonar en el salón y fue a por él. Contestó sin tomar asiento.

—Portabella… —dijo mientras observaba la imagen de la chica que reprodujo el restaurador. La había pegado a la pared.

—Ivet, soy Édgar. Acabo de encontrar algo muy extraño. Y yo no creo en las casualidades.

—¿De qué se trata?

—Es una noticia de 1985, del desalojo del Hotel Otoño… Hay una fotografía. Creo que Veudemar participó en el operativo. Era policía nacional; un chaval joven se parece mucho a él.

Ivet dejó el vaso sobre la mesa y avanzó hasta el dibujo que pendía en la pared con un rostro de chica trazado a lápiz.

—Gracias, te llamo más tarde… —dijo.

—¿Qué hago?

—No hagas nada, no tienes que hacer nada. Es asunto mío. *Adéu.*

Ivet tomó la foto con los dedos y la miró de cerca un instante.

—Veudemar… —dijo para sí.

55

Jueves, 9 de noviembre de 2017

A las siete y catorce minutos de la mañana Arcadi Veudemar entraba en la central Egara de los Mossos. Siempre llegaba de los primeros. Cruzó las dependencias hasta llegar a su despacho. Y al entrar se encontró a Ivet Portabella sentada a su propia mesa junto a un vaso vacío y una botella de algo parecido a whisky. Tras el primer sobresalto inquirió:

—¿Qué hace usted aquí? Creía que estaba apartada del cuerpo.

Ivet mostraba un semblante serio, aliñado por su aspecto insomne.

—Llevo aquí dos o tres horas. Dándole vueltas a todo. Creo que tengo algo.

—Deberá explicarle esto a Terramilles cuando llegue, Portabella. Su comportamiento ya está pasando de la raya. Vamos a acabar con su carrera. La calle será más segura con usted ordenando papeles y matasellando informes. Ahora levántese de mi butaca y vaya a lavarse la cara, por Dios.

Ivet tomó un marco de foto que había sobre el escritorio.

—Intento ponerme en su lugar, subinspector. Intento pensar en un hombre como usted…, que lleva una vida normal, tiene una familia, un trabajo con proyección, es respetado…, y de pronto todo peligra. Una pobre niña rica aparece en escena. Quiere una familia. Tiene un abuelo, sí… Un hombre distante, recto, un gran hombre de finanzas, ejemplo para una gran parte de la burguesía catalana. Pero no para su nieta, que no sabe si debe amarlo u odiarlo, por los mismos motivos, y lo mejor es tenerlo lejos. Muy lejos.

Veudemar miró hacia la puerta. Y se acercó a allegarla.

—Escuche, Portabella, déjese de gilipolleces. Está suspendida de servicio. ¿Quiere el caso del alemán? Todo para usted. Llorente no está consiguiendo una mierda… Salga de aquí, vaya a casa, y yo me encargo de que Terramilles la llame mañana mismo. Deje de pensar locuras o no podré ayudarla. Necesita descansar…

Ivet se levantó de la silla sin soltar el marco con la fotografía. Fue hacia la ventana.

—Hay cosas que todavía no tengo muy claras. Vamos a lo obvio y terminaremos antes. ¿Cómo se llama su hija…? Sonia, ¿no?

Veudemar se acercó a ella y bajó la voz.

—Está bien, usted gana. Pida lo que quiera, es la última oportunidad que le doy.

Ivet hizo caso omiso.

—Aèlia se sentía amenazada, creció con la muerte de su madre en la mirada. Pero eso no era todo, algo, alguien… la amenazaba, se sentía amenazada. Por usted. Todavía no comprendo bien por qué, pero así era. Y al mismo tiempo, descubrió un día que usted tenía lo que más quería y necesitaba ella en el mundo… —Veudemar la miró profundamente—. Sí, lo sabe…, usted podía darle una hermana. Usted tiene a su hermana. Su hija… Su otra hija.

Ivet depositó el marco sobre la mesa y sacó del bolsillo el retrato que había pedido recrear la policía. En la fotografía se veía a Veudemar, con su esposa y su hija. El rostro de la pequeña era la viva imagen del dibujo. Se parecía a Aèlia.

—Al principio pensé que Aèlia se había dibujado a sí misma…, pero algo no encajaba del todo en el retrato. ¿Sabe qué es? La mirada. La mirada de Aèlia era la misma que la de su madre. La de su hija Sonia es suya, Veudemar. Y no la reconocí a tiempo. Se me pasó por alto, ya ve.

—Está loca, Portabella. Voy a acabar con usted.

—Sabe cómo termina esto, Arcadi, no se lo ponga más difícil. Coopere cuanto antes.

Veudemar sacó su arma y fue directo al pecho de Ivet.

—Sssss…, ni una palabra más, zorra.

Apuntándole a la cabeza, palpó en su pecho hasta encontrar su arma. Y se la quitó.

—No haga ninguna locura, Arcadi. Esto ha terminado. Confiese…

Se la hizo coger a ella y él puso su mano por encima de la de Ivet. Entonces se acercó el arma al muslo y dijo, sin dejar de apuntar a Ivet en la cabeza con su arma:

—Dispáreme. ¡Ahora!

Ivet sabía que en cuanto disparara, él le volaría la cabeza. Fuego cruzado. Ivet había irrumpido en su despacho borracha y le había disparado. Él, en defensa propia, le habría disparado a ella. Problema resuelto de raíz.

—Escuche, Arcadi. La chica sólo buscaba cariño. A pesar de todo lo que sabía de usted, sólo buscaba una hermana. No debió hacerlo.

—¿Tiene familia, Portabella? —esgrimió Veudemar sin poder reprimirse—. Apuesto a que no, con esa vida que lleva. No tiene a nadie…, pero ¿sabe lo que cuesta formar una familia? ¿Una esposa? ¿Una hija? Educarla, criarla…, aquella puta yonqui me hizo una faena teniendo a la niña. Debería haberla hecho abortar a patadas. O cogerla del cuello, me hubiera ahorrado muchos problemas. Ahora la niña está donde debería haber estado siempre. Dispare, o la mato ahora mismo.

Veudemar puso el dedo índice por encima del de Ivet, y se dispuso a apretar el gatillo en la pistola de ella, preparado para disparar la suya a continuación. Ivet gritó, finalmente:

—¡Entren ya! ¡No va a hablar más!

Antes de darse cuenta Veudemar, Tarrós ya le había quitado el arma y Lupiérez lo sujetaba por el brazo. Terramilles entró poco después. Veudemar no se molestó en abrir la boca. Parecía como si se alegrara de que aquello hubiese terminado. Miró a Ivet como si acabase de salir de un sueño. Uno de esos en los que uno se despierta y todo va bien, pero al contrario.

—Una ambulancia está en camino —dijo Àngels.

—No hará falta —respondió Ivet—. Arcadi, hablemos de todo esto. Colabore por fin. Hágalo por ellas —dijo Ivet enseñándole de nuevo la foto familiar.

Le había parecido ver un atisbo de humanidad en el fondo de aquella mirada.

—Sáquenme de aquí —dijo.

Cuando Veudemar salió, Ivet se dirigió a Terramilles. Tarrós escuchaba a su lado.

—¿Han esperado a entrar en el último instante por darse el gusto de verme padecer?

El viejo no contestó.

—Él no la colgó —intervino Tarrós. Terramilles escuchaba—. Hemos triangulado la señal de su teléfono. No se acercó al nido. La mató en algún punto alrededor del cruce de caminos. Luego se marchó a casa en su coche y no volvió a la zona hasta la noche siguiente, en medio del operativo, cuando todos estábamos allí.

Terramilles miraba a Ivet con asombro y respeto, algo que no solía hacer aquel hombre. Ella intervino también:

—No, no la colgó él, y por el comportamiento que tuvo aquella noche, yo diría que no tiene la más remota idea de qué pasó con el cuerpo desde que él la dejó tirada sin vida.

—Bueno —dijo Terramilles—, preparen un buen interrogatorio y veamos qué sacan de toda esta desafortunada
historia. Y suelten ya a esos chicos…

—¿Andreu y Mercé? Estamos en ello —dijo Tarrós.

Terramilles comenzó a caminar hacia la puerta. Y se
giró hacia Ivet:

—Y dé un trago, por el amor de Dios, lo necesito hasta yo.

56

Édgar había alargado la noche anterior en el salón. Había escuchado toda la discografía punk de los ochenta, había acabado con la botella de vino y algunas cervezas. Había encontrado una caja con cigarros caliqueños y había prendido uno. Era algo que sólo hacía cuando el alcohol usurpaba su voluntad, eso de fumar. Así que de algún modo inconsciente estaba despidiéndose de aquella vida acomodada en aquella casa museo de Ireneu. De madrugada había estado llorando de nuevo. Como hacía unos días. Lloró por sus padres, y también por sí mismo, por la mala racha que había atravesado y que volvería en cuanto se terminara aquella ilusión de perseguir el rastro de Ireneu. Sabía, tras la conversación con Ivet, que nada iba a sacar él en claro. Pasaría el tiempo y luego, de forma casual o no, aparecería una nueva línea de investigación y encontrarían al pobre Ireneu disecado en un pozo, en un zulo, troceado en un congelador o inflado como un Bob Esponja de helio en el fondo del mar. Pero no sería él ni sería ahora. Tampoco volvería a ver a Ivet. Ni a la señora Carmina. Ni olería aquella furia botánica de allá fuera. Todo terminaría en unas horas, días o con el último euro. Ni historia que contar había.

Ahora se dejaba acariciar por aquella ropa de cama virgen. Un bálsamo para su piel de reptil. Que con el alcohol de la noche estaba en plena ebullición. Quizá debería probar esas pastillas antes de quedarse sin dinero. Dinero…, lo más honesto sería devolverle a Aniol el resto de los dos mil pavos. El caso volvía a estar en manos de la policía, aunque ni ellos sabían por dónde comenzar a buscar ahora. Aquel peso del dinero fue lo que comenzó a tirar de él hasta despertarlo por completo… De un pensamiento fue a otro, y a otro, hasta que llegó a Rebeca Lletget. La antropóloga punk de la alta burguesía de Sarrià. Algo no encajaba en ella… Aquella casa debía de valer varios millones de euros. ¿Cómo podía pagarla con su sueldo en la universidad? Era hija de un funcionario de la embajada filipina…, y su familia no vivía en una zona tan exclusiva. ¿Por qué se borró el tatuaje? ¿Por qué ocultó lo que sabía cuando desapareció Ireneu y cuando asesinaron a Egbert? ¿Por qué ocultó lo del pacto? No tenía ningún motivo para hacerlo. Se levantó de la cama con esa idea creciendo en su cabeza, como agua de río bravo…, superando desniveles, arrollando con todo. Fue hasta el ordenador de la planta alta e hizo varias búsquedas en Google. Ningún resultado. Toda la información a la que podía acceder sobre Rebeca era accesoria. Pero qué había de aquel palacete… Entonces se le ocurrió consultar los datos del inmueble en el Registro de la Propiedad. Telefoneó para informarse. En efecto, había la posibilidad de solicitar una nota simple telemáticamente previo pago. Conocía la dirección de Rebeca en la calle Anglí. Pudo ver que dependía del Registro de la Propiedad número 8 de la ciudad. No contaba con ningún otro dato sobre el inmueble, pero eso debería bastar. Siguió las instrucciones y solicitó conocer el propietario de la casa que habitaba Rebeca Lletget. El trámite duraría unas horas, y recibiría la información en su correo electrónico. Tan sólo cabía esperar.

A las cuatro de la tarde el sol era una llama templada, una ráfaga de luz calabaza que teñía el paraje. Parecía que el astro se deshacía sobre la tierra. Que era el fin de este mundo agonizante. Pero no. Tan sólo era una tarde más de noviembre. Édgar se había recostado después de comer y había tonteado con el sueño ligero veinte minutos. Se levantó y fue a ver el móvil, por si hubiera llegado el correo que esperaba. Nada. Fue a la cocina y preparó café. El sonido de la cafetera no le permitió escuchar el bip del teléfono. Había llegado un correo. Así que no lo descubrió hasta veinte minutos más tarde. Entonces fue cuando lo abrió y encontró la información registral. La casa donde vivía Rebeca Lletget era propiedad de una sociedad de inversión, Royal Investment Society. Subió las escaleras y buscó todo tipo de datos sobre ellos. Era una *offshore* afincada en la Isla de Man, donde al parecer no se aplicaban impuestos sobre transferencias o ganancias de capital o beneficios para compañías no residentes en el Reino Unido, de cuya corona era semiindependiente. Una sociedad de inversión orientada sobre todo a la especulación inmobiliaria. Su activo más importante era un piso de mil metros cuadrados de superficie en el Arco del Almirantazgo de Londres valorado en más de ciento cincuenta millones de euros. Aquello no tenía ningún sentido. Una compañía como aquélla no necesitaba alquilar una propiedad como la casa de Rebeca Lletget para obtener beneficios. Y tampoco era probable que se hubiese formalizado una venta, y no estuviera el registro puesto al día aún, porque la cantidad de varios millones de euros no estaba al alcance de una profesora de la UB. Rebeca tenía alguna relación con aquella sociedad. Algún nexo con la alta economía, con la macrovida, la macroespeculación, la macrosociedad. Se borró el tatuaje porque cambió de vida, cambió de bando, pensó…, pero ¿por qué seguía dando clases? Édgar discurrió que era un disparate pensar que Rebeca había podido tener algo que ver con la muerte de Egbert, o la desaparición de Ireneu… Pero no tenía por qué haberlo hecho con sus propias manos, ni estar siquiera de acuerdo. Alguien más podía haberlo hecho, incluso a pesar de ella. Alguien de su entorno. Alguien a quien ella hubiese puesto al corriente del plan de Otoño. Sonaba todo disparatado. Pero lo cierto era que aquella mujer, que no había mencionado el plan por algún motivo, vivía en una propiedad de una sociedad de inversión con el poder de un Estado pequeño. Aquello era una realidad. Llamó a Ivet, pero no obtuvo respuesta, como era ya habitual. Miró a su alrededor, la tarde empujaba en las ventanas, cogió la chaqueta y salió por la puerta.

57

Todavía respiraba el día, aunque herido de muerte, cuando llegó a la parte alta de la calle Anglí. Llamó y esperó. En esta ocasión nadie contestó al interfono. Simplemente, la puerta se abrió. Ya era otoño en aquel jardín señorial. Los ocres perpetraban un ataque sin cuartel. Una *Ampelopsis veitchii* trepaba la cara norte de aquella fortaleza y el rojo de sus hojas a punto de caer le confería el contraste oportuno al resto de colores que trataban de luchar contra la creciente oscuridad vespertina. Aquello era una auténtica revuelta fitológica. Un ejército que se sabía aniquilado de antemano y aun así se alzaba en armas. Pero nadie gana contra el paso del tiempo. Rebeca salió a recibirlo.

—Qué grata sorpresa… ¿Has averiguado algo sobre la desaparición de Ireneu? —preguntó.

—No, Rebeca. Lo siento… —Sonrió—. Lo cierto es que necesito respuestas. Lo admito. Estoy perdido…

Ella lo miró con cierta sospecha, como si no acabara de comprender qué podía llevarlo hasta allí de nuevo.

—¿Quieres un té? Acabo de preparar…

—No, gracias.

—Vamos a sentarnos dentro. Comienza a refrescar.

Édgar la siguió. Atravesaron el jardín y entraron por la puerta principal. Un recibidor propio de las grandes fortunas barcelonesas de principios de siglo pasado. Alguien esperaría encontrar servicio en un lugar así. No lo había. Ni un empleado en ninguna parte se oía. Tampoco ostentación. No más allá de algunos muebles antiguos, de gusto cuestionable teniendo en cuenta los parámetros actuales. El resto de mobiliario era más bien normal, actual, y la decoración simple, paredes blancas y cortinaje oscuro. Como cualquier piso de la Barcelona post-Ikea.

—¿Vive aquí sola?

—¿Qué te preocupa, realmente?

Édgar se sonrió.

—¿Por qué no me dijo lo del pacto de Otoño?

Rebeca no pareció sorprenderse. Quizá esperaba que lo acabase averiguando. Pero no respondió a eso.

—Yo sí voy a tomar un té —dijo. Y salió del salón.

Édgar observó la estancia. Una enorme chimenea recogía aún las brasas derrengadas de la noche anterior. Seguramente volvería a concentrarse en torno a ella el calor en unas horas. No escuchaba nada. Se preguntó qué estaría haciendo Rebeca tanto tiempo en la cocina. Habían pasado ya cinco minutos. Se levantó con cuidado y antes de poder acercarse ahí venía ella. La belleza de aquella mujer siempre sorprendía, aunque sólo hubieran pasado unos instantes desde que había salido de la habitación.

—¿Piensas que voy a escapar o algo así?

Ambos rieron.

—¿Lo va a hacer?

—Dirijo la tesis de una alumna…, no podría dejarla tirada… Te he servido una taza, por si cambias de opinión… —dijo mientras dejaba la bandeja sobre la mesita—. Siéntate…, por favor. Es una tesis interesante. Trata de la imposibilidad de plantar pimientos con semillas de tomate. O si lo prefieres, de cómo seres humanos educados, formados y desarrollados en un sistema hipercapitalista no pueden luchar contra lo que ellos mismos son. Pueden creer que lo hacen, pero eso forma parte de la función. Como cuando alguien critica las redes sociales desde las redes sociales. Como esas fotografías compartidas en Facebook con imágenes de rótulos en pizarras de cafeterías en los que se invita a los clientes a que apaguen los móviles y hablen entre ellos. Y la gente lo comparte, y muchos creen que han purificado sus almas, que ellos son diferentes, pero son parte del problema.

—¿Tiene eso algo que ver con lo que pasó en Otoño?

—Verás, puedes ir contra el sistema o pretender estar al margen, pero hay un lugar para ti en el sistema en tu condición de antisistema. —Hizo el signo de las comillas con los dedos y añadió—: Por algún motivo el propio sistema ha acuñado el término. —Luego continuó—: La ilusión más perniciosa es creer que se está fuera del sistema. La sociedad es como un tablero de ajedrez. No puedes salirte. Todas las piezas tienen su función para que todo siga igual. Cuando se criminaliza al colectivo anarquista con montajes policiales, lo que se pretende es que se perpetúe, se radicalice, siga existiendo…, bajo el guion, claro. Eso permite que todo siga igual. Los movimientos sociales, por ejemplo…, podrían ser una amenaza con leyes justas, con ética política, pero no sirven de nada, porque el sistema controla los dos polos del poder, el represivo y el mediático. El mundo está en guerra, y el bando más mayoritario, la gente corriente, no lo sabe. Van muriendo de hambre, de frío, las deudas los empujan al abismo, al suicidio…, mueren sin saber que hay una guerra. Hay una minoría que domina el mundo. Son las grandes riquezas…, no las que aparecen en la prensa alimentando su ego, en ese ranking sólo hay gente patológicamente ambiciosa…, crean sus imperios económicos, reúnen más de lo que podrían gastar en un millón de vidas…, pero a menudo son unos pobres niños, personas que no han desarrollado con normalidad la empatía, la inteligencia emocional, y viven anclados en un estado de inmadurez permanente. Explotan a sus trabajadores y contaminan el planeta, pero no hablo de ellos. Ellos son unos pobres diablos. Perdona… —Dio un sorbo a su taza—. Me refiero a los que manejan los hilos de verdad. Los que, por ejemplo, pueden retener toda la producción mundial de un cereal, sacarlo del mercado, causar una hambruna con millones de muertes, y luego subir el precio y venderlo. Hablo de ese tipo de poder… Un amigo mío suele decir que cuando un presidente de los Estados Unidos llega a la Casa Blanca recibe una llamada de teléfono. En ella le comunican dos cosas. La primera es que no existe la vida extraterrestre. La segunda es que su cargo es puramente ornamental, que espere órdenes. Édgar la observaba. Aquella mujer había construido su discurso desde un dolor evidente.

—¿Trabaja usted para ellos? —preguntó Édgar.

Rebeca rio con más rabia que diversión.

—¿Cómo puedes pensar eso?

—Esta casa es propiedad de Royal Investment Society.

—Vaya, así que sabes eso…

—¿Qué relación tiene con esa sociedad? ¿Por qué se borró el tatuaje?

Rebeca dejó la taza en la bandeja y se levantó de la butaca.

—Ve al grano. ¿Crees que tengo algo que ver con lo que ha pasado?

—Ya se lo he dicho al entrar. Estoy perdido. No sé cuál es su papel en todo esto.

—Te voy a decir una cosa. No he estado treinta años guardando un secreto para decírselo a la primera persona que entrara por esa puerta. Por eso no te dije nada del pacto.

—Y ¿qué hay de la sociedad de inversión? Esta casa es suya…

—Exacto. —Rebeca sopesó lo que iba a decir—. Voy a confesarte algo que no vas a creer, pero te pido que guardes en secreto. ¿Puedo confiar en ti, Édgar?

—Por supuesto.

—He ocupado esta casa.

—¿Cómo…, qué quiere decir ocupado?

—Okupado, con k, he okupado esta casa. No es mía, ni tengo derecho a habitarla. La vi, me gustó, comprobé quién era el propietario… Buscaba algo así, un inmueble de un gran grupo inversor. Nadie de la sociedad de inversión ha venido ni vendrá jamás. Un día pactarán una venta y otra sociedad de inversión la comprará…, y quizá nadie venga tampoco entonces a verla. Y si lo hacen, me marcharé y dejaré aquí todas mis cosas. Ya habrás visto que no puedo tenerle mucho apego a lo que hay.

—¿Por qué? Usted se puede permitir un alquiler medio digno en Barcelona… ¿Por qué ocupar este caserón?

—Y ¿por qué no? He recuperado esta casa, la he rehabilitado, cuido del jardín. Es un bien patrimonial de la sociedad en su conjunto, no sólo de unos pijos que evaden impuestos en la Isla de Man. Ellos no tienen derecho a hacer lo que hacen. No pueden juzgar al resto. No a mí. Mantengo vivo el patrimonio, entierro mi dinero en esta casa para que no se caiga, no se cierre…, es importante que entre la luz, la vida…, que se descorche vino, se encienda el fuego y pasen cosas maravillosas, como una risa, un beso o un mar de lágrimas. Eso es para mí importante, mi pequeño acto de insurgencia, después de todo.

—Pero… ¿cómo hizo para entrar aquí e instalarse? Hay vecinos… Hay…

—Es muy sencillo. Con naturalidad. Vienes con un cerrajero que te abre la puerta. Cree que has perdido las llaves. Luego viene una cuadrilla de albañiles a hacer algunas reformas necesarias. Electricista, fontanero… Camión de mudanzas… ¿Crees que un vecino puede sospechar de algo así?

—Pero podría salir mal.

—Sí, en alguna ocasión salió mal. Desaparecí y ya está.

Édgar decidió beberse aquella taza de té. Dio un sorbo.

—Así que pensabas que yo podía tener algo que ver con lo de Egbert Broen…

—Supongo que no soy tan buen periodista…

—Escucha, Édgar. Lo eres. Y debes volver a ejercer. No porque te guste o porque necesites el trabajo. Es un deber. La sociedad necesita voces como la tuya.

—*Hojarasca* era una revista sobre literatura… Creo que la gente necesita otras cosas más importantes…

—Así es. Pero la literatura también es importante. Su deber también es testimonial, tú lo sabes…, y crítico, ilusionante…

—¿Por qué se borró el tatuaje? Y no me diga que porque no estaba de moda…

—Verás, la idea del pacto fue mía. —Édgar alzó la vista—. Me pareció la ofensiva perfecta para hundir el nuevo orden mundial. —Sonrió—. Éramos así de ambiciosos… El tiempo me ha dado la razón. Cada vez que hay una alternativa capaz de cambiar algo, se pone en marcha la maquinaria, se manipula la información, se inventa, si es preciso, se hace descabalgar a cualquiera… Hoy todo es mentira, excepto la mentira, la ficción es la única verdad; el resto es un gran engaño… Y si eso no funciona, se cambia la ley. Es imposible ganar cuando el adversario cambia las normas de juego según le convenga. Es imposible ganar si en última instancia un juez afín al poder puede retorcer una ley hasta meter a cualquier adversario político entre rejas. Es imposible ganar… cara a cara. Por eso se me ocurrió la idea del caballo de Troya. Infiltrarnos en las instituciones, en sus partidos políticos, en sus estructuras de poder. Y desde dentro, cambiarlas. Sabotearlas. Destruirlas. Surgirían otras más equitativas, más justas…

—¿Por qué se borró el tatuaje? —insistió Édgar.

—Dejé de creer que era posible. Es un plan imperfecto. Infiltrarte tanto tiempo es peligroso. Acabas pensando como ellos. Y cuando te das cuenta has pasado toda tu vida haciendo lo contrario a lo que querías hacer. Mira cómo terminó Egbert. Iba a ser nombrado miembro del Comité Ejecutivo del Banco Central Europeo. ¿Crees que toda su carrera se debe a que a los veinte años selló un pacto secreto con otros críos? No. Lo hacía porque ésa era su vida. Lo que había estado haciendo desde que dejó Barcelona. Para lo que se preparó durante años.

—Usted le pidió discreción al tatuador…

—Bueno, supongo que en aquella época todavía creía que alguno de mis compañeros podía ejecutar el plan. Yo militaba en movimientos sociales. Mi vida no había cambiado…, no quería que se me vinculara con Otoño si ello entorpecía el trabajo de algún compañero o lo ponía en un aprieto. Por eso me lo borré entonces. Pero lo hubiese hecho igualmente. De todos modos, el tatuaje no significaba nada… Recordé el otro día que Ireneu nunca se lo hizo. Tenía miedo a las agujas y lo dejó para más tarde. Pero que yo recuerde nunca lo hizo. —Rebeca fue hasta la ventana—. Mira, ya comienza a atardecer. Pronto todo terminará y volverá a empezar.

—Ya me voy, no quiero molestarla más, Rebeca. Pero voy a insistir… ¿Qué cree que le pasó a Ireneu? Ustedes parecían muy unidos. Lo conocía bien…

—¿No te has dado cuenta de que sigo enamorada de Ireneu? —Édgar no supo cómo reaccionar a aquello—. Dejamos de vernos por ese maldito pacto. Yo lo intenté. Pero él se lo tomó muy en serio. Así que dejamos de vernos. Lo perdí. En lo mejor del amor y de mi juventud, lo perdí. Seguramente hubiese sido un amor tan intenso como corto. Pero no fue ni una cosa ni otra. Y por ello se ha hecho invencible. No puedo acabar con él.

Édgar se dispuso a salir de allí. No había nada más que añadir. Se preguntó si habría sido consciente Ireneu de lo que se había perdido en la vida.

58

La tarde se desleía en el bosque. Los marrones se tornaban grises antes de morir. En un paraje a punto de caer en penumbra casi agradecía la compañía de sus pisadas. Frente a lo conocido, fruto de la naturaleza, y también frente a lo desconocido, fruto de la imaginación. Caminó quince minutos antes de llegar. No había vuelto desde hacía días, cuando acordonaron el lugar para que los curiosos no interfirieran en la investigación. Comenzó a escuchar el fluir de la riera y supo que estaba llegando. Así fue, frente a ella, suspendida en el espacio, y también en el tiempo, permanecía empírea la esfera de leña muerta. Un ligero balanceo, una imperceptible rotación, quizá superior o no a la propia del astro que habitamos. Le divirtió pensar eso. No había meditado mucho el ir hasta allí. Simplemente, subió al coche y condujo lejos de cualquier bar. De pronto apareció en aquella floresta. Pero si lo pensaba un poco, comprendía que el eco de las palabras de aquel hippie sonaba en su cabeza desde el lunes. Si quería comprender aquello, debía entrar y sentarse en el nido. Debía de estar muy perdida en la vida para acabar buscando respuestas allí, en aquella obra de land-art de una adolescente asesinada. Llevaba dos días sin tomar un trago. Conducir borracha hasta la casa de aquel escritor y el espectáculo que dio había sido caer más bajo de lo perdonable. No lo pensó más, o sabía que se iría de allí sin hacerlo. Se acercó, se ayudó de una rama y una roca que delineaba el caudal del arroyo, y consiguió poner un pie dentro del nido. Aquello se movía. Luego colocó el otro. No parecía muy estable. Se escuchó un rechinar del cable y un crujido del árbol principal que lo sostenía, que se apoyaba en otros dos con los que confluía apuntando al espacio. Tomó asiento. Y se entregó a los sentidos, al vaivén, al fresco, a la brisa, al sonido del agua y a la respiración del bosque. Entonces lo comprendió. Aèlia había conseguido construir una cápsula para escapar del mundo. Una cabina teletransportadora al bienestar inmediato. Ajena a todo. Una barrera simbólica de ramas muertas que dejaban pasar la luz, el sonido, el aire, la vida, pero que dejaba fuera todo lo demás. La soledad, el dolor, el miedo, el cansancio, la frustración… Por primera vez en mucho tiempo no necesitaba un trago. Quizá tampoco el ladrido de *Mel.* Ni el recuerdo de un desconocido de veinte años, Pere, que había crecido con ella en su imaginación, hasta convencerse de que era tal y como ella lo había construido. Ya no existía Pere. Sentía una extraña paz. Nada mágico, ni místico, ni inexplicable. Simplemente, aquel artilugio de naturaleza muerta le estaba permitiendo tomar el control. Sin interferencias. Realmente, Aèlia, quince años después, le había devuelto el calor de aquella tarde en que sacaron a su madre de las vías del metro. Aquellos veinte minutos de amor habían sido pagados con creces en aquella esfera. Aquel nido de otoño. Al que las aves vuelven cada año. El lugar primigenio.

De pronto recordó que allí mismo estuvo colgada del cuello Aèlia. Y como si ella misma le narrara lo ocurrido, fue desgranando cómo pudo llegar hasta allí. Tenía las piezas, y no había sabido ordenarlas hasta entonces. Quizá su desorden personal no le dejaba ver el bosque. Pero allí estaba, todo más que claro. Bajó del nido y comenzó a caminar en dirección oeste, no era la primera vez que recorría aquel camino. Llamó a Tarrós. No contestó. Así que le mandó un audio de WhatsApp. La noche lo silenciaba todo ya cuando llegó a casa de Joan Muntanyer. Salió del bosque, de la noche, y fue hasta la puerta. Unos farolillos arrojaban luz amarilla sobre aquella masía. El viejo no tardó en salir a abrir.

—Ah, es usted… —dijo—. No espero a nadie tan tarde.

—Hola, Joan. Me gustaría preguntarle algo.

—¿Quiere pasar? Hace fresco.

—No, prefiero que nos quedemos aquí fuera…

El viejo pareció conforme.

—Dígame.

—¿Cuándo fue la última vez que me vio?

—Vino usted el domingo con más policías… ¿No lo recuerda?

Ella sonrió.

—Sí, lo recuerdo… Verá, ¿no recuerda haberme visto en el bosque el otro día? Usted iba paseando y yo le hice un par de preguntas…

Joan puso cara de preocupación. Y contestó con reservas:

—No. No lo recuerdo.

—Voy a decirle algo que quizá le sorprenda… Usted no mató a Aèlia, la chica.

Él se hizo el molesto.

—Por supuesto que no, ya se lo dije, fue Josep Lluís. Él mató a mi perra.

—No, no fue él. Pero tampoco fue usted.

—¿Quién ha dicho que fuera yo?

—Usted lo cree. —Ivet no le quitaba la vista de encima, por si se le ocurría hacer algo—. Usted encontró a la chica en el bosque, aquí cerca, puede que incluso su perra lo llevara hasta ella. Entonces llamó a los Mossos y dijo: «Está muerta». Pero mientras venía la patrulla pensó que podía haberla matado usted. Seguramente, la había deseado en más de una ocasión. Pensó que la habría forzado y de alguna manera la chica murió. Aunque no lo recordaba. Así que la escondió, no sé si en el bosque, en su propia casa…

—Eso no tiene ningún sentido…

—Entonces no sabía cómo iba a explicar la llamada al 112. Así que le disparó a su propia perra con el arma que Albert Matallana le dejó en alguna ocasión y que nunca le devolvió. Vinieron los agentes y usted enterró a su animal. Estuvo toda la noche dándole vueltas a lo sucedido. No recordaba nada. Pero es habitual para usted tener lagunas de memoria. Y sabe que es capaz de cualquier cosa. Así que por la mañana, de madrugada, decidió lavar el cuerpo con lejía y colgarla en el nido. No era un buen plan, pero era el único que tenía. Nadie iba a sospechar de usted. Menos aún si dejaba el rastro de Josep Lluís. Pero esto se le ocurrió después, un poco tarde. Entonces, al día siguiente, cuando mis compañeros estaban aún en el nido apareció usted, y con disimulo dejó algunas colillas de porro que debió de recoger alrededor de casa de Josep Lluís cuando fue a dejar el arma. Con eso sería suficiente. Al fin y al cabo él era amigo de su mujer, Montserrat. Siempre iba a él a buscar protección. Usted lo odia.

Muntanyer cambió el semblante. Más risueño.

—¿Se encuentra usted bien?

—¿Quién me ha dicho que es usted? —preguntó—. Montserrat no está en casa. Ahora viene. Pero no se quede ahí, hace frío…, pase, que estoy preparando sopa.

Ivet lo miró extrañada. El viejo se metió en la casa. Ella comprobó su móvil y no había respuesta de Tarrós. Dudó pero al final entró. El viejo había desaparecido. Sacó su pistola y avanzó entre la oscuridad. Una rama de nogal le golpeó la cabeza con la fuerza suficiente para tirarla al suelo. Luego una patada en el abdomen, otra. Desde lo más profundo del bosque comenzó a sonar el canto de una lechuza que se fue convirtiendo en sirena de policía. El viejo la agarraba con fuerza e intentaba atarle las manos a la espalda. De pronto la soltó y escuchó sus pisadas hacia la puerta, y luego se borraron en la noche. Lo siguiente fue que Tarrós entraba en la casa. Ella se estaba intentando incorporar.

—¡Ivet!

—Aquí, Tarrós —dijo en un hilo de voz—. ¿Lo habéis cogido?

—Están en ello. Vamos —dijo tendiéndole la mano—. Apóyese en mí.

Una vez fuera, Lupiérez sacaba a Joan Muntanyer de entre la maleza esposado.

—Buen trabajo, Ivet —dijo Tarrós. Se le veía un tanto avergonzado por no haber cerrado el caso mientras pudo.

—Escucha, Tarrós, deberías probar un día a entrar en ese nido. El mundo es diferente cuando sales, ¿sabes?

Él la miró y se preguntó si hablaba en serio.

—Que venga la científica. Hay que excavar la fosa que hay junto a la perra. Mucho me temo que Montserrat ha estado enterrada ahí atrás todo este tiempo. Encárgate tú de todo. Estoy cansada…

Ivet se puso a caminar con dificultad…

—Que alguien me lleve hasta el coche…, por favor.

59

Pasaban de las ocho y cuarto cuando Édgar salía de la estación de Sants. Volvía al barrio por primera vez desde que abandonó la ciudad perseguido por la crisis y por el Diego. Todo continuaba igual. El clamor de la gente en el metro. Las luces, el progreso de la Humanidad hecho tecnología y a la vez consumo, y a la vez esclavitud de nuevo. Es imposible extirpar al ser humano de su tiempo. Es banal y equívoco considerarlo una pieza intercambiable en el curso de la historia. Sería como utilizar una esponja seca para lavarnos el cuerpo. Somos quienes somos por todos los minutos que han caído sobre nosotros, y no otros. Pero aquello no era consuelo para él, ni para su generación, ni para su tiempo. Enfrentaría sus problemas a partir del día siguiente. Aquella noche sólo iba a verse con Antonio, ver qué quería, y volver a casa a preparar una cena con vino y retener al bosque fuera. A su propio bosque también.

Caminó tres minutos y llegó al bar de Pepa, pero no entró. Continuó hasta el descampado donde se jugaba al fútbol para regatear los problemas. Aquellas pachangas eran la vida para muchos. Era allí donde lo había citado Antonio. Algo raro, pero ya no se sorprendía con nada. Quizá quería hablar con él de sus problemas y compartir una cerveza, o comentar algún inconveniente doméstico con Imran o cualquier cosa referente a sus hijos. Cualquier desahogo. Lo escucharía. Le mostraría apoyo. Y se despediría. La calle estaba demasiado tranquila. Allí estaba Antonio, plantado como un militar en su garita.

—Hola, Antonio…

—Ya temía que llegaras tarde —dijo un poco nervioso—. No hay mucho tiempo. Así que escúchame bien… Va a venir Diego. Viene a por ti.

—¿Qué? ¿Cómo sabe…?

—Yo se lo he dicho…, que estarías aquí esta noche.

Édgar lo miró con cierta incomprensión, y dolor…

—¿Qué coño has hecho, Antonio?

—Escúchame, Édgar. Confía en mí, chavalote. Esto lo arreglo yo…

Édgar miró a aquel hombre sin entender nada. La había cagado. Pensó que por algún motivo le había traicionado y ahora se echaba atrás, pero eso no iba a evitar que Diego los reventara a los dos. Antonio era un buen hombre, pero…

—No hagas nada. No digas nada…, déjame a mí.

—Gracias, Antonio, pero será mejor que nos vayamos cagando hostias…

El albañil lo miró y vio algo extraño en sus ojos. No supo qué, pero aquel tío tenía todo bajo control.

—Déjame a mí, en serio… —insistió Antonio—. Ahí vienen.

Por la calle se acercaba el Diego, y diez o doce de sus chavales. Entre ellos también tipos más curtidos. Gente que habla poco. Gente que siempre te va a perseguir, toda tu vida, allá donde estés.

—Hombre, mira quién está aquí…, el rubiales… —dijo el Diego—. Ya te puedes ir, Toni. Voy a hablar con él. Gracias… Y no te des la vuelta…

—Hola, Diego —dijo Antonio—. No me voy a ninguna parte.

—¿Qué pasa? ¿Quieres que te reventemos a ti también? No tengo problema…

Los chicos se habían sentado sobre algunos coches, pero tres de los veteranos estaban junto a Diego. Alguno llevaba alguna barra que habrían recogido de camino. Debían de haber dejado los coches donde nadie pudiera verlos, por lo que pudiera pasar. Uno se rascaba la mierda de la zapatilla con una navaja. No se sabía si por infundir amenaza o por pulcritud.

—Te he hecho venir para acabar con esto. Porque quiero que mi amigo te explique qué sucedió realmente. Lo engañaron igual que a ti. Él no tiene tu pasta. Te la hubiera devuelto si pudiera. Es un buen chaval.

—¿Estás loco, Toni? —preguntó Diego.

Édgar no sabía ni qué hacer… Antonio era un hombre castigado por el trabajo, el tabaco…, no podría salir de aquel descampado corriendo. Él tampoco estaba en su mejor momento para salir a toda prisa. Los iban a hostiar bien. O algo peor.

—No. No estoy loco.

—Xepa, mira que no venga nadie…

Un chaval salió corriendo de allí y se puso en la esquina. Édgar se preparó para defenderse. Se vio perdido.

—Tengo a cien colegas en el bar —dijo Antonio señalando al de Pepa—. Si levanto el brazo no saldréis de aquí. —Se le notaba asustado, pero estaba claro que hablaba en serio.

—¿Qué coño dices? —Diego miró hacia el bar, pero las cortinas no dejaban ver nada.

Édgar pensó que era un farol. Aquel loco lo había metido en aquella situación con un farol. ¿Pensaba que Diego se iba a ir sin más? ¿Así? ¿Cabizbajo y sin su pasta porque creyera en su palabra…? Aquello iba a terminar peor de lo que había pensado.

—Tengo a cien colegas ahí dentro —repitió Antonio—. No son críos que compro con farlopa o iPhones. Son colegas. Uno de ellos ya vale más que toda esta mierda… y somos cien. —Diego continuaba mirando hacia el bar—. Quiero que te vayas, que te olvides de nosotros, y ya está. No te pido nada más. No te vamos a denunciar ni nada parecido.

Diego guardaba silencio. Pensativo.

—Ignasi, vete al bar y mira dentro… —dijo.

El tal Ignasi era un tío con la cara deshuesada como un pollo de Mercadona. Una vieja gloria. Se acercó a buen paso. Abrió la puerta y desapareció en su interior. Édgar estaba preparado para todo. Lo que tuviese que pasar, adelante. Pero lucharía junto a su amigo. Un maldito loco, pero un buen hombre, al fin y al cabo. Entonces el Ignasi salió del bar. Y comenzó a caminar hacia ellos. Tras él se abrió la puerta y comenzó a salir gente. Se fueron disponiendo a ambos lados, uno a uno, había cien o más, era verdad. El puto chalado de Antonio había reunido a todo el barrio, a sus colegas de la obra, a los del torneo de fútbol, compatriotas de Imran, a Julián, el panadero, a los italianos del restaurante…, a gente que Édgar ni conocía… El tío había removido Barcelona y había congregado un ejército.

—Tío —dijo Ignasi al acercarse… —Vámonos ya mismo de aquí…

—Espera… —dijo Antonio—. No quiero que os marchéis y esto continúe…. Quiero que termine hoy, aquí. U os reventamos a hostias, lo juro por mi puta madre que os reventamos. Si esto no termina aquí, iremos a por ti, te lo juro. Y no seremos cien, seremos legión.

Édgar casi suelta una carcajada… Antonio hablando como Anonymous… ¿Dónde lo habría escuchado? Diego lo pensó un momento, y calibró la situación.

—Vámonos —dijo. Y se dirigió a Édgar—. En paz.

Mientras se retiraba aquel grupo, desde el bar se escuchaban vítores… Había algo que celebrar…, la amistad siempre es algo por lo que brindar. Antonio y Édgar se abrazaron como dos chiquillos.

60

Volvía a Vallvidrera. Al bosque. Al clima no domesticado. Al silencio. Había vuelto a olvidar pasar por la farmacia. Podía esperar un día más. Aquello llevaba matándolo meses, poco a poco, arrancándole la piel a tiras literalmente. Había sido un día muy largo. Las aguas se reconducían, como siempre tras una tempestad. Todo tiende a volver a su sitio. Más en la naturaleza, donde la vida y la muerte son una misma cosa. No esperaba encontrar el Volkswagen en la puerta, de nuevo. Mientras se acercaba observó a alguien en el asiento. Se temió lo peor. Pero no. Ivet no estaba durmiendo borracha. Estaba allí sentada. Con la ventanilla abierta y el anorak puesto con torpeza, como siempre. Y una botella de vino todavía precintada a su lado. Édgar llamó a la ventanilla del copiloto con los nudillos y subió al coche. Ella ni lo miró. Se sonrió y comenzó a hablar:

—Mi compañero Bernat Llorente, otro sargento de la unidad, ha resuelto el caso de Egbert Broen. —Seguía sin mirarlo a los ojos, observaba la nada, como si estuviese conduciendo—. Creen que lo mató el novio de una *escort*.

—¿El novio de una *escort*?

—Una prostituta de lujo…

—Sé lo que es…

—El tipo creía que su novia lo engañaba. Interceptó un mensaje en su móvil. Se presentó a la cita en lugar de ella y discutieron. Egbert le dijo a lo que se dedicaba su chica y el tío se volvió loco, cogió la lámpara y lo mató. Asunto resuelto, Jessica Fletcher ya puede volver a jugar al mus.

—¿Lo han detenido?

Ivet no respondió inmediatamente a eso. Édgar reflexionó unos segundos sobre aquello.

—Sí, el tío se ha entregado él mismo. Luego ha confesado…

—En ese caso… ¿Por qué se rascó el tatuaje? Si no estaba intentando advertir al resto de integrantes de Otoño de un peligro ni dejaba pistas para la policía… ¿Por qué se rascó el tatuaje? ¿Por qué invirtió en eso sus últimos minutos de vida, su último aliento?

—Llevo pensando en eso una hora. ¿Sabes que se escucha el tren desde aquí? Sabía que estabas al caer…

—Así que era Veudemar… —dijo Édgar cambiando de tema—. Qué hijo de puta…

—Sí. Era el padre de la chica, Aèlia. Lo hemos interrogado esta tarde. Ha colaborado, extrañamente. —Édgar la observó—. Me ha sorprendido cómo se ha derrumbado cuando hemos hablado de su hija. He conseguido convencerle de que facilitaríamos poca información a los medios sobre todo este asunto. Quiere proteger a la niña. Eso le ha hecho cantar como un gorrión. Puede que también estuviera sobreactuando; y buscara ablandar al fiscal, no lo sé. Tiene amigos, contactos, con un poco de teatro podría atenuarse la condena. Bueno, ¿quieres escucharlo?

—No tengo otros planes esta noche.

Ivet sonrió discretamente.

—Bien, en ese caso… Demos un paseo, y te contaré la historia de Aèlia. Según yo la veo…

Bajaron del coche. La noche era un zumbido, una imagen perlada por la humedad. Ivet agradeció el fresco. Aquello no era frío, era pureza, desintoxicación. Se alejaban de la luz de una farola o una casa y llegaban a otra. Aparecían y desaparecían. Parpadeantes. Como un latido. Ivet comenzó a hablar:

—En el desalojo del Hotel Otoño Veudemar era un chaval que comenzaba en la Policía Nacional, salía en aquella fotografía; aunque más tarde pasó al cuerpo de los Mossos. Aquel día conoció a Meritxell Imbert. Y parece ser que se dedicó a amedrentarla. La encontraba por ahí puesta hasta las cejas y le hacía perrerías. La maltrataba. Eso le hacía creerse importante. La pobre chica estaba perdida. Se aprovechó de ella. Incluso la violó, el malnacido.

—¿Por qué ella no lo denunció?

—Tenía miedo. La muerte de Marco, en la okupa aquella… Ella era la única que estaba con él cuando el chaval se resbaló. Fue un accidente, pero ella se sentía culpable porque el crío se le había declarado, lo rechazó, y haciendo el tonto como que se tiraría desde el tejado se cayó. Ella se lo contó al primer policía que vio, necesitaba sacárselo de dentro. Pero se lo dijo a una bestia como Veudemar, que la hizo sentir culpable y se aprovechó de ello hasta que la chica murió arrollada. —Ivet suspiró—. Y ésa es otra cuestión, él estaba allí, en la estación de metro. La niña seguramente lo vio, aunque la madre la había escondido. Las perseguía a veces. Supongo que la niña heredó el miedo de su madre a Veudemar. Pero sabía que era su padre. Por lo visto, la Pollo se lo dijo en cierta ocasión, y la niña lo grabó a fuego.

—¿Lo sabía Veudemar?

—Sí, claro, Meritxell intentó despertar su compasión. Él todavía estaba soltero entonces. Pero el cambio que consiguió en él fue para peor. Ahora una yonqui y su hija paseaban por Barcelona diciendo que el padre de la niña era madero. Él reaccionó con toda su furia. Cuando las veía las espantaba como si fuesen leprosas. Hasta que un día, huyendo de él, la Pollo cayó a las vías del metro. Y eso es todo. A la niña le decía que las perseguían dragones para que pareciera un juego. Ya ves…

Habían llegado a los pies del bosque. Se detuvieron sobre una alfombra de maleza seca y hojas. Édgar miró a Ivet con malestar. Y luego intervino:

—Así que un día la niña crece y aparece en casa de Veudemar.

—No es tan sencillo… Ella lo temía, lo temía más que a nada. Pero un día lo vio con su mujer y su hija. Y descubrió que aunque ese monstruo era su padre, tenía una hermana.

Una hermana pequeña a la que cuidar, y de la que recibir el amor y el cariño que no tenía desde que su madre se desparramara por toda la estación… Se armó de valor y fue a hablar con Veudemar. Éste lo negó, por supuesto, y le dijo que su padre era en realidad un alemán, un novio de juventud de su madre. Él creía que Egbert Broen y Aèlia no se iban a ver nunca.

—Pero entonces el alemán vino a Barcelona…

—Sí, y la chica fue a visitarlo para saber la verdad. Y el alemán, conmovido por la aparición de la chica, la hija de Meritxell, le contó cuanto sabía. Él había seguido en contacto con su madre un tiempo. Estaba enamorado de la Pollo, como Marco. Era muy guapa, ya lo viste en la foto… Así que él estaba al corriente de todo lo que ocurría con Veudemar. Sabía por Meritxell que Arcadi era el padre. Y cuando se lo dijo a Aèlia, ésta no quiso esperar más para hablar con Veudemar de nuevo. Quedaron en el nido, el lugar más seguro del mundo en sus propias palabras. No en vano, estoy segura de que lo había hecho para protegerse del mundo, pero también de Veudemar, que era para ella, desde la infancia, la representación de la maldad. Pero no llegó al nido. Se encontraron antes, en el camino. Y allí se produjo todo. Le contó cuanto sabía, para ponerlo contra las cuerdas y conseguir lo que tanto anhelaba. Aèlia le mostró a Veudemar el retrato de su hermana, arrancado de la libreta. Y le advirtió que iba a acercarse a ella, que quería, que necesitaba una hermana. Veudemar se vio perdido. Su carrera, su familia…, todo se iría a la puta mierda si aquella chica contaba lo que sabía. Le apretó el cuello como a un pajarillo, y la dejó allí. Donde la encontró el viejo, quien intentó dejar pistas falsas al creer que podría haberla matado él mismo. Cuando apareció el cuerpo en el nido, Veudemar llegó lo antes que pudo, y guardó la esperanza de que otra persona, quien la hubiese colgado, pagase por su muerte también. Estaba tranquilo, había eliminado sus posibles huellas del cuello de la chica, y además, con el tiempo transcurrido tampoco hubiese hecho falta. Los poros ya se habrían encargado de absorber la grasa dactilar. Nada lo relacionaba con ella. Pero para eso debían mantenerse los dos casos sin relación alguna. Cualquier indicio que llevase a aquella casa okupa de Sarrià podía situarlo extrañamente allí. De ahí su insistencia en boicotear la investigación.

Ivet suspiró con tristeza.

—No puedo dejar de pensar en ella, ¿sabes? La verdad es que no he dejado de hacerlo desde que la arropé en mis brazos hace quince años.

Ambos permitieron que el silencio se expandiera sobre aquella penumbra, la cubriera por completo. Al fin ella añadió:

—Lo que no entiendo es dónde encaja la desaparición de tu amigo en todo esto…

Comenzaron a caminar de nuevo hacia el coche.

—No lo sé. Le he dado mil vueltas…

—Me consta que no tienen nada… No han encontrado más que su ADN en toda esa basura. Ningún otro —dijo Ivet.

Llegaron al coche en silencio. Continuaron así, en silencio, unos minutos. El tiempo suficiente para que se olvidaran de todo.

—Veo que has traído vino… ¿Te quedas a cenar? —preguntó Édgar.

—Hace un rato he estado pensando dentro de una esfera de ramas que colgaba de un árbol. —Édgar la miró—. Y me he dado cuenta de que necesitaba venir a verte. No entiendo por qué, soy veinte años mayor que tú, pero creo que te gusto. Si tuviese tu edad me hubiese fijado en ti enseguida, pero no la tengo y no lo hice. Si aún quieres invitarme a cenar, no puedo prometer que no vaya a hablar de trabajo.

Tarrós acabó su cerveza y se despidió de Paco. Al salir del bar, el Loquer lo esperaba en la calle.

—Yo no sabía que los chicos te habían metido una paliza, si no el domingo hubiéramos jugado al futbolín y tomado cerveza, pero nadie te hubiera puesto la mano encima.

Tarrós no contestó a eso. Él era un cabo de la policía, por qué le hablaba aquel tío como si fuese él la puta autoridad. El Loquer continuó:

—No sé de qué vas ni me importa una puta mierda, Xavier. Pero podías haberles jodido la vida a esos chavales y no lo has hecho…

—No sabes mis motivos…

—No me importan. No lo has hecho. Cuídate.

Tarrós pensó que aquel matón de medio pelo había visto más series de Netflix que él. Pero a su modo, sin abrir la boca ni despedirse, le agradeció aquello. Un tío que tenía antecedentes desde que nació acababa de hacer por él más que la mayoría de sus compañeros. Lo había llamado Xavier.

Caminó hacia casa. Más de media vida había hecho aquel trayecto con bragas. La mayoría del barrio apenas si le dirigía la palabra. Alguna vecina ni siquiera le devolvía el saludo. Él insistió al principio. No le había servido de nada. Un año después estaba tan solo como el día en que volvió. Podía haber ido a cualquier otra parte. Vender esa choza y mudarse al extrarradio. Pero necesitaba regresar al punto de partida. Necesitaba borrar las huellas de Eva y reescribir su historia, la de Xavier. No lo había conseguido. Lejos andaba todavía de tener pareja, de conocer a una chica, de formar un nido en aquella casa viciada. Quizá debía conformarse con menos. Quizá debía ser tan sólo Xavier. Sólo eso. Lo único puro, real, desde siempre. Y asumir el dolor, el rechazo, como parte de la realidad. Asumir que Eva existió y existiría siempre, de algún modo, en la mente de aquella gente. Que eso era algo que él no iba a poder cambiar.

Al entrar en el portal la luz no funcionó. Quedaban pocos vecinos en la finca, nadie asumía las funciones de jefe de escalera y las cosas que se estropeaban permanecían así durante semanas. Pensó que por la mañana él mismo compraría una bombilla nueva. El olor, un olor grabado con navaja en las fosas nasales, le reveló que no estaba solo. El recuerdo de treinta años atrás acudió a su mente como un trueno quiebra el cielo y asusta a un niño. La bolsa le tapó la cabeza y comenzó a resistirse. Guillermo estaba solo. Ninguno de sus amigos, por malotes que fueran, hubiese participado ni consentido algo así. Dentro de su mundo había una ley no escrita respecto a aquello. Y una cosa era asustar a un *mosso*, y otra reventar de verdad a un ser humano. La asfixia y los golpes lo fueron abatiendo de lleno. En el suelo lo pisoteó con torpeza, pero al ver que Tarrós se resistía comenzó a darle puntapiés en el vientre. Esto lo dejó a merced. Derribado. Vencido. Deshecho por dentro. La oscuridad comenzaba a ser líquida, porque se metía por todos sus orificios, los oídos, la boca, la nariz, donde la sangre ya no lo dejaba respirar. Empezó a sentir que se alejaba de allí y un silencio insoportable le nublaba los sentidos. Y entonces fue cuando escuchó la hebilla del cinturón, y supo que Guillermo había venido a terminar lo que había comenzado en 1989. Tuvo la sensación de que aquella noche lo estaba acechando desde entonces, de que nunca había terminado; el reloj, parado en aquel minuto trágico interrumpido por una vecina. Y que todo lo que lo había empujado a ser quien era, las fuerzas para aguantar todo el proceso de ser Xavier habían salido de aquella necesidad de supervivencia. Guillermo lo agarraba por detrás, era bastante más grande que él. Lo tenía inmovilizado. Sabía lo que iba a continuación. Y lo que iba a continuación de eso, también. Cuando pensaba que no iba a salir con vida de aquello, vio a la pequeña Eva tirada junto a él, y por primera vez en su vida, sintió cariño por ella, como si nunca hubiesen sido la misma persona. Durante mucho tiempo sólo había existido Eva, y él pensaba que Eva no era nadie. Pero allí estaba, tirada en el suelo. A su lado, como una especie de amiga imaginaria, como una especie de hermana difunta. Y entonces propulsó su cabeza hacia atrás con toda la fuerza que pudo. Se escuchó el sonido de rotura de nariz, seguido de un lamento primigenio, el dolor hecho furia. Pero nada iba a pararlo ya. Dio otro cabezazo hacia atrás y sintió cómo un diente se rompía contra su cráneo. Se zafó de Guillermo con un codazo certero en la cabeza y se levantó. Ahí estaba su mayor amenaza, su mayor temor personificado en un solo ser humano, pero que representaba la crueldad de la especie en su conjunto. Entonces comenzó, un golpe tras otro, un puntapié tras otro, a matarlo. Quería matarlo. Pero cuando aquella basura humana era poco más que un charco de sangre y vómito no pudo continuar. Tomó aire y se sentó junto a aquel montón de mierda.

Entonces apareció bajando por la escalera una mujer con una linterna que se disponía a tirar la basura al contenedor. No le había dirigido la palabra desde que llegó hacía un año. Ni había respondido a saludo alguno. Se quedó contemplando la escena sin decir nada, intentando comprender qué había pasado allí.

—Señora Manuela —dijo Tarrós—, llame a una ambulancia..

61

Viernes, 10 de noviembre de 2017

Aprovechaba la primera claridad del día para observar la silueta de su perfil. Sus labios, su nariz, su pómulo izquierdo…, lo recorría todo con el dedo desde su punto de mira. Todavía estaba en penumbra la habitación, afuera el azul oscuro perdía intensidad poco a poco. Se respiraba todavía el sexo o el amor, fuera lo que fuera lo que había ocurrido allí, poco le importa a quien no pide nada a cambio. Ella había recorrido su piel. Había besado cada llaga. Como si pudiera sanarlas todas. Como si bebiese de su dolor, de su derrota, para convertirla en victoria. Como si fuese un hada enviada desde una narrativa incierta a salvarlo. Se sonrió al pensar que era una sargento de policía de la edad de su madre la que estaba allí, cuando él podía ver perfectamente a aquella niña de pelo revuelto, torpe y dulce que fue un día no hacía tanto tiempo. El tiempo nunca es tanto.

Ambos habían vivido una semana frenética. Cada uno en su particular guerra; siendo guerrilla, él, contra el tiempo, contra la destrucción de su dermis, contra el silencio que asfixiaba la casa de Ireneu, la casa de un fantasma, contra los palos de la vida, las hostias como panes en la cara… En tan sólo seis días había ido de un mundo a otro, del presente al pasado, del olvido al respeto propio. Y ella, en su particular resistencia pasiva a dejarse llevar por la corriente del río como un salmón. Su innata capacidad para no aceptar órdenes. Y los hechos relativos a las dos muertes, que, cosidos a su propia angustia, habían hecho de aquella la semana más vertiginosa de su vida. Como una caída libre. Una caída que contra todo pronóstico la había llevado a aquel mullido y sedoso lecho. Con aquel hombre lechoso que se consumía en una dermatitis extraña, como si fuera el hígado de un organismo intentando depurar todas las toxinas de la sociedad.

Pensamientos y sueños vagos como éstos revoloteaban en aquel amanecer nubloso. De pronto, Édgar recordó algo que dijo Rebeca la tarde anterior…, que Ireneu no se hizo nunca el tatuaje. Y pensó por un momento.

—¿Estás despierta…? —susurró.

—*Bon dia…* —dijo ella. Sin abrir apenas los ojos ni moverse.

Édgar sonrió. Se alegró de que ella no fuese a salir corriendo al despertar.

—¿Qué pasa cuando se da por muerto a alguien…?

—¿Qué…? ¿Qué hora es…?

—¿Qué procedimiento comienza cuando se da por muerto a alguien?

Ivet se incorporó un poco.

—¿Hablas en serio…? —preguntó. Pensó un momento y añadió—: Se abre la sucesión sobre los bienes a los herederos… ¿Qué ocurre?

—Luego te lo explico. Duerme…, es temprano.

Édgar salió de la habitación. La mañana comenzaba a recuperar el mundo, a reconquistarlo de la oscuridad, del silencio, a arrebatárselo a los amantes… Se puso la bata de Ireneu y recorrió aquel salón pensativo. Lo hizo durante el tiempo que necesitó el sol para barrer la escarcha del jardín, para coronar la copa de los pinos y tostar las hojas caducas y suicidas del castaño de Indias. Entonces salió afuera y fue directo hasta la valla que lindaba con la vivienda de al lado. La saltó en pijama y siguió hasta el precinto policial de la puerta de la cocina de la casa. Lo rompió y entró. Estaba todo revuelto, y habían estado buscando huellas. Pero allí estaban todas las botellas y residuos. Comenzó a revolver. Al poco la encontró. Una botella de Bushmills Malt. Volvió a la casa y estuvo pensativo un rato.

Luego se dispuso a preparar café y el desayuno… Y cuando terminara, subiría a despertar a Ivet, a comprobar si quedaba algo de ellos entre aquellas sábanas. Si seguirían existiendo más allá de aquella madrugada o se habían convertido en ceniza, como aquel tronco de la noche. Si aquella pequeña revuelta de amor los llevaría a *La guerra de los mundos* o a *La rendición de Breda*.

Era casi mediodía cuando Ivet llamaba a la puerta de la residencia de Francesc Imbert.

—No la esperaba, sargento —dijo por el interfono.

—No mienta, Francesc. Sabe que no necesita hacerlo.

El viejo abrió la puerta, Ivet entró al jardín, y a los pocos segundos apareció Imbert entre la luminosidad de la mañana, como un resucitado.

—¿Qué la trae por aquí, Ivet?

Ella sabía que intentaba ponerla en su sitio apelando a su nombre de pila.

—Dígamelo usted. Supongo que no sabe que el chico que detuvimos ayer por la muerte de Egbert Broen ha muerto esta noche.

—No sé de qué me habla.

—No, ya veo… Usted sabía que su hija llevaba un tatuaje de OTOÑO; fue a reconocer el cadáver al depósito y pudo verlo. También debió de ver el informe forense. Así que si no le llamó la atención cuando en los medios hablaron del tatuaje de Egbert Broen es porque sabía lo que era Otoño. Seguramente se lo contó ella en algún intento de aproximarse a un padre esquivo, lejano…, o de llamar su atención, no lo sé.

—No sabe lo que una hija que necesita droga es capaz de ofrecerle a un padre, sargento —dijo con dolor no fingido—. Sí, conocía el tatuaje, pero eso no quiere decir nada.

—No, no quiere decir nada. Pero tenemos a un financiero alemán que en unas semanas iba a ser elegido miembro del Comité Ejecutivo del Banco Central Europeo y ahora está muerto…, y que curiosamente hace treinta años había hecho un pacto secreto. Derrocar el sistema desde dentro, de la única forma efectiva que se puede hacer sin poner en marcha la maquinaria de guerra del propio sistema, y ser aplastado como una mosca. ¿No es increíble? Uno de aquellos críos punks había conseguido algo que aquella noche ni soñaban. Se iba a convertir en una de las seis personas con más responsabilidad en la economía de la zona euro. Pero entonces llega un novio celoso y lo mata, decide confesar el crimen, y esa misma noche lo encuentran abierto como una lata de sardinas, resulta que todo apunta a que lo ha matado el preso de confianza que debía evitar que se suicidara… —Ivet dio un par de pasos mirando el jardín—. Qué guion más espectacular, ¿no cree?… No se preocupe. No soy tan inocente como para pensar que puedo probar nada de esto, que puedo involucrarlo de alguna manera, tampoco creo que usted haya hecho más que poner el plan de Otoño en conocimiento de otras personas. Las que están ahí arriba… —dijo señalando el cielo—. No, no soy creyente, no me malinterprete, usted ya sabe a quién me refiero…

La mañana brotaba por todas partes. A pesar de aquella lamentable convicción de que ellos mismos eran poco menos que marionetas dirigidas por la maquinaria, incapaces de salirse de su órbita, porque el equilibrio cósmico depende de cada pequeña órbita, por insignificante que fuera, por equivocada que pareciese, cada órbita tenía su lugar en aquella red de araña. Ivet continuó:

—Y mire por dónde, estaba en lo cierto. Egbert Broen no intentaba llamar la atención sobre su tatuaje, sino todo lo contrario. Trataba de arrancárselo. Procuraba no dejar rastro de Otoño. Él sí creía en Otoño, en el pacto. Y quiso borrarlo de su ingle para no levantar sospechas, para no dejar un hilo a la policía del que tirar y acabar descubriendo a sus compañeros. Porque él creía que todos estaban aún en el ajo. Que Otoño era real. Que cada uno por separado había construido su vida en función de ese pacto…, cuando lo cierto es que debía de ser el único en creerlo todavía…

El viejo escuchaba, no absorto, pero sí tratando de evidenciar que nada de lo que dijera Ivet iba a cambiar su modo de ver el mundo. Aquella actitud de ser el único gato del jardín era sorprendente en una persona tan sola y necesitada de alguien.

—Pero hay una cosa que yo no alcanzaba a entender… —continuó Ivet—: ¿Cómo estaban tan seguros de que iba a seguir con el plan? Era un juego de niños y llevaba tanto tiempo infiltrado que era difícil pensar que estuviese actuando… ¿Cómo tuvieron la certeza de que, realmente, Egbert Broen continuaba con el plan que urdieron siendo unos niños?

Francesc Imbert no contestó. Ivet lo hizo:

—Debió de ser tan sencillo como que lo negara todo. Negarlo todo lo delató. Seguramente mandaron a alguien de su confianza, alertados por su inminente nombramiento, para despejar dudas sobre su lealtad. Y negar la mayor, negar la existencia de Otoño, del plan, de su pasado…, fue prácticamente una confesión de que todavía creía en él, y necesitaba protegerse. De otro modo, hubiese admitido la travesura y se hubiese echado unas risas con su amigo. Pero no lo hizo, y su amigo dio la voz de alarma. Y torpemente lo eliminaron pensando que cualquier otra solución sería más arriesgada. Un escándalo, o desvelar que un antisistema se había sumergido durante treinta años en puestos de poder financiero de Europa, podía crear incertidumbre, miedo, y el miedo y la economía no son buenos amigos.

Francesc Imbert parecía pensativo, sabía que Ivet saldría por esa puerta y no la volvería a ver jamás. Y no lo iba a volver a molestar. Ella comprendía perfectamente que no podía demostrar nada de aquello. Y él tampoco tenía nada que ver directamente. Su único delito fue informar, ver y callar. Pero no pudo mantenerse en silencio más tiempo:

—¿De verdad creen que el mundo es tal y como se ve? —dijo al fin—. ¿Que todas las piezas están a la vista? ¿Que hay unas normas y un espacio de juego delimitado? ¿De verdad pueden creer eso, ustedes, que son sobradamente inteligentes? ¿No se dan cuenta de que las cartas siempre están marcadas?

Ivet ya se daba media vuelta. Aquel hombre ni siquiera debía de saber quién estaba detrás de aquello. Aquel magnate local no era nadie, no era más que un gusano para las esferas más altas. Para la macroeconomía invisible que nos gobierna.

—Sargento —añadió—, gracias por esclarecer la muerte de mi nieta.

—*Adéu*, Francesc —dijo Ivet.

El césped crujía bajo sus pies. El otoño secaba las hojas a su paso. Todavía sentía el aroma de Édgar en su cuello. Le dolía medio cuerpo y llevaba las bragas sucias. Aquello debía de ser el amor, por fin.

Entre madroños, nopales y bellotas, en Vallvidrera, Édgar paseaba pensativo por el jardín de Ireneu con la sensación de que, como capas tectónicas, todas las piezas se movían de manera imperceptible pero imparable y que acabarían por encajar por la inercia propia de los acontecimientos recientes. De vez en cuando miraba a lo alto de la casa contigua. No dejaba de pensar en la botella que había encontrado hacía un rato. Se fijaba en la ventana que había dejado ya de golpear. Y lo imaginaba allí, observándolo en silencio… ¿Qué había estado haciendo allí? ¿De qué se ocultaba? Y sobre todo, ¿qué lo hizo desaparecer? ¿Qué le ocurrió? De pronto, una idea voló sobre aquel paraje otoñal. El puzle al completo se estaba ensamblando… Volvió al interior de la casa aprisa, subió a la torre, al despacho de Ireneu, conectó de nuevo el ordenador de mesa, y comenzó a buscar en el historial de visitas de Google en octubre de 2016. En apenas media hora lo tenía. Había una noticia sobre la que Ireneu había estado buscando, y una serie de páginas visitadas al respecto. El 10 de octubre de 2016 hubo un crimen en Barcelona. Un tal Ferran González. Lo abrieron como un bacalao en el Gòtic. Allí estaba su foto. Édgar la imprimió y fue directo a la fotografía de los jóvenes punks del Hotel Otoño. En efecto, Ferran era uno de ellos, el mismo Ferran que en las actas de la asamblea hizo guardia con Ireneu en el tejado la noche del desalojo. Siguió buscando noticias sobre el caso, y parece que finalmente el asunto se resolvió sin más complicaciones días más tarde, el 14 de octubre. Ferran había perdido la pasta de otro jugando a ser un tipo malo y otros malos le habían levantado un cuarto de kilo de coca. Así que el dueño de la farlopa tuvo que darle un castigo ejemplar, antes de que todos los gualtrapas de la ciudad comenzaran a tomarlo a broma. Ajuste de cuentas, caso cerrado. Pero esto se supo más tarde. Cuando desapareció Ireneu, el 12 de octubre, la investigación todavía daba palos de ciego. Así que Ireneu, el día de su desaparición todavía no sabía quién ni por qué había reventado a su viejo amigo. Un integrante de Otoño. Entonces Édgar lo comprendió todo por fin. Luego cogió el teléfono y marcó un número extranjero:

—Aniol, soy Édgar —dijo—. Quiero que le des un mensaje a Ireneu…

62

Un mes más tarde

El silencio no conoce descanso en la ciudad. A las cinco de la tarde sonó el timbre y una estampida de adolescentes uniformados salió por la puerta del Col·legi Germana Maria Petrer de Barcelona. Después del alboroto inicial, seguían goteando jóvenes en grupo, sueltos, en pareja... Un flujo menguante. Ivet observaba con atención. No la encontraba. Casi en último lugar, la vio. Aunque más joven, tenía catorce años, se parecía mucho a Aèlia. Esto le causó un poco de conmoción. Fue lo más parecido a ver a la chica en carne y hueso. Viva. Quizá la ayudara a borrar por fin al fantasma que la perseguía desde entonces. Y a poder eliminar de su memoria la piel azul, el rostro amoratado, la carne en proceso putrefacto. Llevaba la mochila a la espalda. Caminaba sola.

En un colegio como aquél, ser hija de un asesino convicto debía de espantar hasta a las peores amistades. No debía de ser fácil ser la hija de Arcadi Veudemar, de repente. Ivet bajó del coche y se dirigió a la chica. Ella desconfió al verla acercarse. Debía de temer que la prensa apareciese por allí, o algo peor.

—Hola, Sonia, no quiero molestarte. Soy la sargento… —Se corrigió enseguida—: Soy Ivet —dijo alargando su mano.

La chica le estrechó la mano tímidamente mientras intentaba comprender si hacía bien o mal.

—Hola —dijo.

—Tengo algo para ti —dijo Ivet buscando en su bolso. Al final lo encontró, era un pendrive—. Me gustaría que guardases esto. No tienes por qué verlo hoy ni mañana. Solamente consérvalo. Algún día espero que te ayude, de alguna manera.

—¿Qué es? —pregunto la chica desconfiada.

—Son vídeos, fotos, cartas… Hay un poco de todo. Lo hizo para ti una persona que te quería mucho —dijo Ivet.

La chica la miró cautelosa.

—No te preocupes. No es nada malo. Ella lo dejó para ti, y un día puede que te sirva de algo en la vida. Es como un regalo…

—Dices que eres policía…

Ivet asintió.

—¿Es de ella? ¿De la chica del nido?

Ivet volvió a asentir.

Sonia Veudemar la miró. En su expresión pudo ver emociones que no conocía, que no supo identificar. Aquella chica tenía algo de Aèlia, sin duda. Lo cogió y lo guardó en el bolsillo.

—Gracias —dijo.

Se dio la vuelta y se marchó. Y sintió que con ella se marchaba Aèlia para siempre. Salía de su cabeza, por fin. Y Pere. Y el miedo a la soledad. A envejecer sola. A enfermar como su hermana. Se marchaba el frío agarrado a la espalda. Se marchaba la nostalgia marchita y enfermiza de la juventud. Se marchaba la culpa, el llanto…, *Mel,* se marchaba el dolor. Y aceptaba, por fin, la vida como parte de todo, y todo aquello como parte de la vida.

—Adiós, Aèlia —dijo.

Al regresar al coche, Ivet arrancó y marcó un número en el teléfono.

—Hola.

—Hola, Édgar. Soy Ivet.

Hubo un silencio. Llevaban días sin verse.

—Ya está. Lo he hecho.

—Es lo que querías, ¿no?

—Sí, creo que es lo que quería Aèlia cuando grababa todos esos vídeos y escribía sus papeles, y las fotografías… Era su manera de compartir su esencia, de cuidar, de querer a su hermana. Seguramente confiaba en poder mostrárselo algún día.

—Le dijiste a Veudemar que mantendrías a la chica apartada de todo esto.

—Le mentí —dijo sin vacilar. Tras unos segundos preguntó—: ¿Tienes planes?

Édgar sonrió.

—¿Te refieres a esta noche?

—No, me refiero a planes de futuro. Si sabes qué vas a hacer a partir de ahora. Si crees que puede pasar algo serio entre nosotros. Si vas a contratar un seguro médico privado o un plan de pensiones…, planes. Lo que se dice planes, joder —dijo con media sonrisa asomando en la boca.

—No, no tengo.

—Bien —dijo ella—. Yo tampoco.

La ciudad de repente parecía un lugar más amable. El mundo incluso, sin esa carga sobre sus cabezas. Sin complejos. Sin presiones. Sin horarios ni tiempos que respetar. Seguir el curso natural de las cosas, como hacen las plantas y los animales. Comprender que nada importa tanto como para malgastar un segundo de nuestra vida. Que queramos o no, somos parte del mundo, y sólo así podemos encontrar nuestro lugar.

EPÍLOGO

Ireneu Montbell había pasado las mejores horas de su vida haciendo lo que más amaba. Juntar palabras en torno a una semilla y hacerla crecer como el árbol más alto, con sus ramas, sus hojas, sus nidos… Siempre se había considerado un afortunado. Poder dedicar un solo segundo de la existencia a hacer lo que uno más ama quizá ya da sentido al resto…, a todo el desamor, la soledad, la noche fría, el llanto atribulado de la condición humana, la ineludible muerte, el inevitable invierno del corazón. Pero llegó un día en que la literatura se tornó enfermedad, se tornó mercado, obsesión, negocio. Y siguió escribiendo pero sin libertad. Porque perder una palabra es perder la voz, y perder una nota es perder la melodía completa; no se pierde un poco de libertad, se pierde toda. Porque la libertad no es un cesto de naranjas. La libertad es como el amor, o se tiene o no, y el resto son frases hechas en un dictado escolar. Y sin libertad, la íntegra, la única que existe, el arte no es nada, el amor no es nada, la amistad no es nada, la agricultura no es nada y, por supuesto, la literatura no es nada.

Hacía unos años que se había vendido a cualquier cosa que le ayudara a pagar las facturas. *Leña muerta* no era sino otra más de una serie de novelas sin alma. Y él, por ende, un pobre peón, un mercenario…, otra gran mentira en el engranaje cultural.

Un día apareció por su casa Ferran González. Estaba paranoico. Se habían visto en alguna ocasión en los últimos treinta años, pero ahora era distinto. Estaba como ido, había perdido la cabeza. Estaba convencido de que alguien lo seguía, de que corría peligro. Y de que lo mismo les ocurría a todos los integrantes de Otoño. Ireneu le aguantó la conversación un par de tardes. Trataba de distraerlo y al mismo tiempo de hacerlo reaccionar para que pidiera ayuda, hacerle comprender que todo era un juego de juventud sin mayores consecuencias. Pero entonces llegó la noticia de su asesinato. Así que él mismo se dejó contagiar un poco de aquella paranoia. En septiembre había estado husmeando en la casa vecina. Había escuchado ruidos una noche y pensó que alguien había podido entrar. Efectivamente, algunos chavales del barrio habían reventado la puerta de la cocina y habían estado fumando porros dentro. Él se cortó al intentar cerrar la puerta de nuevo, y luego recorrió la casa buscando una toalla limpia o un trapo para taparse la herida antes de saltar de nuevo a su casa. Pero entonces escuchó al Jordi, el hijo de la señora Carmina, que lo llamaba desde fuera de la tapia. El chico iba a sustituir unos días a su madre. Así que Ireneu se asomó a la única ventana que no tenía contraventanas echadas, y al hacerlo la sangre corrió por la pared hasta el suelo. Eso fue lo que vio el chico cuando por fin le abrió con el portero automático desde su casa: a Ireneu ensangrentado lavándose en el fregadero. Así que lo pensó al conocerse el asesinato de Ferran González, y el lunes y el martes decidió pasar la noche en la casa vecina, para evitar que le hiciesen una visita inesperada. Por la mañana volvía a la suya. Luego se asustó un poco más viendo que la policía no esclarecía el caso y el miércoles no regresó a su casa por la mañana. Desde entonces se le consideró desaparecido. Y un día, el viernes 14 de octubre, desde allí, se asomó a la ventana y vio su vida desde fuera. Como si fuera una gran pantalla. Y no le gustó lo que vio. No le gustó en lo que se había convertido. Ni lo que escribía. Ni lo que representaba. No sentía orgullo por ser Ireneu Montbell. Más bien al contrario. Sentía vergüenza de sí mismo. Decepción. Y una necesidad imperiosa por salir de allí comenzó a asfixiarlo. Al principio dejó de escribir. Se ausentó en la presentación de su propia novela. Pasados unos días, cuando no sabía si volver a casa y olvidarlo todo o lanzarse por aquella ventana, encontró la solución. Así que lo dejó todo como estaba en aquel preciso instante, y mató al Ireneu Montbell en que se había convertido. Se ayudó de Aniol para salir del país e instalarse en el campo al norte de Ámsterdam. No fue difícil encontrar trabajo en un vivero de tulipanes. Al principio temió que la Europol cruzara datos con la policía catalana o española. A fin de cuentas, lo buscaban por desaparecido. Eso no ocurrió. Llevaba una vida tranquila. Trabajaba por un sueldo limpio de 950 euros después de impuestos, vivía en una pequeña casa modular de los años setenta en medio del campo y se había encontrado un perro. Una persona que sabe contemplar el atardecer no necesita mucho más. Escribía, era su pasión, no iba a dejar de hacerlo. Había terminado una novela en todo aquel tiempo. Una novela hecha en libertad. Quizá la intentara publicar bajo pseudónimo. En formato digital. O quizá imprimiese unos cientos de ejemplares. Cualquier cosa que no fuese encadenarse de nuevo a un buque que se hunde. Le había pedido a Édgar Brossa que mantuviese su asunto en secreto. Aniol había conseguido que le dieran por fallecido al fin. Aquella sangre era un rastro evidente de desaparición violenta. Así que ya podía disponer de sus bienes. Él estaba al corriente. No le parecía mal. El hermano pequeño se había metido en negocios que no salían a flote. Le iría bien toda la pasta que Ireneu Montbell estaba ganando con *Leña muerta.* Pero él no quería ese dinero. Su libertad no valía eso.

Aquella tarde se sentó fuera, como siempre. Aquel porche escuchaba su conversación solitaria cada día. Mientras se ponía el sol en el mar del Norte. Con su copa de Bushmills Malt de dieciséis años, el único lujo que aún se podía y quería permitir, si no era un lujo ya en sí mismo aquella vida entre los campos, entre millones de bulbos, de flores, para un escritor. Cada flor es una historia dulce o dolorosa. Pero todas merecen ser contadas. Había una carta sobre la mesa. Por la mañana se la daría al cartero, que pasaba por allí una vez a la semana. Iba dirigida a Édgar Brossa. En ella le sugería que buscase el nombre de Xisco Monferrer en los

Paradise Papers. En cierta ocasión, estando ambos muy borrachos, se fue de la lengua. Seguro que salía un buen artículo para la nueva *Hojarasca*. Le sorprendió ver un taxi por allí. Llegó hasta el principio del camino y se detuvo entre aquel mar de tulipanes. Ireneu tomó un trago sin dejar de observar el coche. Llevaba el pelo más largo y la barba salvaje. Estaba a escasos veinte metros del camino. Entonces el taxi se puso en marcha de nuevo y se alejó. No era la primera vez que el GPS llevaba a alguien hasta allí por error. Se quedó sentado. Apurando el vaso de whisky irlandés. Entonces se levantó y fue adentro a buscar su teléfono, y marcó un número que alguien le había dado unos meses atrás.

—¿Sí…?

—Hola. —No dijo nada más.

—Hola, Ireneu…, estás vivo.

—Sí.

Rebeca sonreía, aunque él no podía verlo.

—Hace unos meses me comuniqué con Édgar Brossa. Me habló de ti. Me dio este número. Hoy estaba viendo caer la tarde, sin más. Y ha parado un taxi. Y he deseado que fueras tú. Y te llamo después de tantos años porque necesitaba decírtelo.

—Era yo —dijo a su espalda.

AGRADECIMIENTOS

Uno, en la vida, tiene la suerte de haber compartido vivencias con gente maravillosa. Gente que lo ha querido a uno como si lo mereciera. Mis novelas son gracias a esas personas que se han cruzado en mi camino. Gracias a profesores como Paco de la Rubia, que me alentó con dieciséis años a no dejar de escribir. Gracias a José Luis Aguirre, profesor y maestro de las letras, que fue tan amable como para leer mis ocurrencias en la universidad y animarme a seguir contra una tempestad. Gracias a mis amigos de juventud, hacíamos fanzines y tocábamos punk, y eso otorgó sentido crítico a nuestras vidas.

En esta obra he recibido la ayuda directa de varias personas. Gracias a Felipe Fernández, del estudio de tatuaje Scholopendra, por su saber sobre la tinta. Gracias a Angie Vera por el mural que fondea la foto de autor. Gracias a Pere

Cervantes, por responder al teléfono cada vez que lo someto a alguna consulta. Gracias también a mis lectores de confianza: María, Víctor, Lluïsa B., David, Simón, Lucas… los que ven la obra en construcción y cuya opinión acaba de conformar sus páginas. Y gracias a la ciudad de Barcelona, por dejarme ser calle, mercado, noche en una plaza… Gracias por haberme dejado ser Barcelona.

Gracias de corazón a Román por su generosidad artística. Su nido, el real, ha inspirado esta novela. Y su inestimable y desconcertante amistad es un regalo en mi vida. Gracias a Ramon Conesa, de la Agencia Balcells, por su entrega y profesionalidad. Gracias a Gonzalo Albert, mi editor, por leer esta novela y creer en ella.

Y por último, gracias a Lluïsa, Eira y Gael, por todo, por absolutamente todo.